© Éditions du Chat Noir
Collection Cheshire
www.editionsduchatnoir.fr
ISBN : 978-2-37568-161-9
Dépôt légal : Juin 2021
Couverture : Mina M

Cheminons entre les rêves, sans toutefois nous y égarer...

Les couleurs du temps

« La danse est le langage caché de l'âme »
Martha Graham.

CRÉPUSCULE

Émerveillée par les couleurs ensorcelantes du crépuscule, Alcidie dansait entre le jour et le rêve. Les yeux rivés sur l'horizon, elle guettait la faille imperceptible qui s'étirait comme un sourire étrange, dont s'échappaient des éclats étincelants de poésie. Ce court interlude énigmatique et envoûtant mettait en lumière le paisible monarque du soleil couchant : *Crépuscule*, un hêtre au port altier qui régnait sur l'ouest du jardin.

À la tombée du jour, se levaient les ombres mystérieuses et gracieuses qui glissaient sur les rayons mourants du soleil.

Les lumières du soir s'unissaient à ces silhouettes déformées qui ondoyaient lentement, comme des serpents ensommeillés qui dévoraient goulûment l'espace.

L'astre diurne se faisait alors peintre, le temps de dire bonne nuit au monde sur le point de s'endormir. Il esquissait des lueurs atmosphériques habillées de rouge, d'orange et de rose, puis faisait place à la ténébreuse onde violette qui trainait derrière elle le voile brumeux du jour déclinant.

La lune prenait enfin possession du ciel qui se parait progressivement d'un bleu profond, avant de laissait régner l'obscurité parsemée d'étoiles scintillantes.

Venait alors l'heure de *Nuit Noire*, l'arbre du nord, un if remarquable aux proportions impressionnantes. Le prince des ombres solitaires, le lien entre le ciel et la terre.

Dans les ténèbres naissantes, Alcidie ne distinguait plus la couleur des roses qui déployaient leurs corolles de pétales délicats. Mais, tandis que le monde se parait de nuances de gris, elle pouvait encore apprécier leur parfum enivrant.

Elle goûtait encore le plaisir d'avoir regardé la palette infinie des couleurs se répandre en trainées mouvantes sur la toile fantomatique du ciel, quand Aubeline s'assit à ses côtés.

— C'est magnifique, n'est-ce pas ?

Allongée sur la pelouse, enveloppée d'une couverture douillette après avoir dansé avec les ombres du soir, Alcidie faisait glisser son regard sur la voûte céleste.

— Oui, c'est apaisant. Je ne m'en lasse pas. Il reste encore quelques touches de bleu derrière la cime des grands arbres du bois. Regarde-les ! On dirait de longs pinceaux maculés de ciel. Je vais attendre que ces lueurs vespérales disparaissent totalement avant de rentrer. Quand tout devient gris, il est préférable de se mettre à l'abri.

— J'aimerais tellement voir le monde à travers tes yeux, ce doit être une expérience fabuleuse, ma chérie.

Aubeline s'allongea à son tour et enlaça sa fille qui lui rendit son étreinte. Elles regardèrent encore un moment les étoiles, dans un silence ponctué des bruissements de la nature environnante.

— Maman, j'ai choisi la couleur que j'aimerais mettre à l'honneur le jour de mes quinze ans. Ce sera le rose. Je porterai ma robe rose brumeux et sa ceinture décorée de broderies. Je mettrai des roses dans mes cheveux noir corbeau et je chausserai mes sandales à fleurs noires. Et ce jour, je l'appellerai simplement le *Jour Rose*.

— Alors, il te faut un carnet et de l'encre roses ! Si j'ai bonne mémoire, tu n'en as pas encore ?

— Non, je n'en ai pas.

— Rose brumeux. C'est un nom de couleur très poétique. Si je devais te peindre vêtue de cette robe vaporeuse, j'utiliserais un rose carmin lavé de gris clair. C'est une teinte très douce qui correspond merveilleusement à ta personnalité. Ton choix est très judicieux, comme toujours !

Alcidie embrassa tendrement sa mère et l'aida à se relever. Puis elles se dirigèrent, main dans la main, vers la maison qui les avaient vues naitre toutes les deux, leur cocon familial, le berceau de leur univers : la maison des Bruman.

Cette maison, Alcidie y vivait depuis sa naissance avec Aubeline, sa mère, Orson, son grand-père maternel, et Rosamé, la sœur d'Orson. À une certaine époque, Aubeline avait habité une petite maison de pierre avec son conjoint Théophane. Mais quelques semaines avant la naissance d'Alcidie, la mérule pleureuse avait brutalement envahi la masure et souillé ses murs de pernicieuses larmes colorées qu'Alcidie appelait : les coulures de couleurs.

COULURES

COULEURS

La maisonnette s'était lamentée.
Bientôt, elle s'effondrerait.

Invités par Orson et Rosamé, Aubeline et Théophane s'étaient donc installés ensemble dans la maison familiale des Bruman, où les événements de la vie avaient fait que la jeune maman ne s'en était plus jamais éloignée.

Aubeline tenait fermement la main de sa fille qu'elle entraîna dans le salon. Installés dans le canapé, Orson et Rosamé les attendaient, une tasse à la main. Ils avaient l'air détendus, presque assoupis.

— Ah ! Vous voilà ! s'exclama Orson qui s'éveilla soudain. Désirez-vous un peu de ce breuvage délicieux, mesdames ? demanda-t-il avec emphase. J'ai ouï dire que vous aimiez les infusions de *Vapeurs oniriques* ?

— Avec plaisir, très cher, répondit Alcidie, mimant une petite révérence. J'aime les infusions de *Vapeurs oniriques* plus que toute autre boisson chaude.

Elle s'assit dans le fauteuil qui jouxtait le canapé afin de savourer la décoction.

— Le spectacle était-il à votre goût, ce soir ? s'enquit le vieil homme.

— Absolument ! Les couleurs du ciel étaient éblouissantes ! Les ombres du crépuscule m'ont même invitée à danser.

— Quel honneur ! s'extasia Orson. J'espère que vous me ferez profiter de ce spectacle à l'avenir ?

— J'y penserai, répondit Alcidie en lui adressant un clin d'œil complice.

Elle appréciait particulièrement ces moments de partage pendant lesquels Orson se livrait à l'improvisation théâtrale. Il s'imaginait très souvent être un autre homme et elle prenait plaisir à lui donner la réplique.

— Aubeline, une tasse de *Vapeurs oniriques* ? demanda-t-il à sa fille qui s'était affalée dans le canapé aux côtés de Rosamé.

— Bien entendu, souffla-t-elle en levant les yeux au ciel. Je ne puis refuser de boire ce breuvage qui semble avoir été concocté par vos amis imaginaires, ajouta-t-elle en riant.

— Trêve de plaisanteries, Orson, intervint Rosamé. J'ai une question éminemment importante concernant l'anniversaire d'Alcidie. Quelle couleur as-tu choisi de porter le quinze juillet prochain, ma chérie ?

— J'ai opté pour le rose. C'est une teinte que je n'ai encore jamais intégrée aux *Couleurs du temps*.

— C'est un très bon choix. Aimerais-tu que je choisisse les fleurs qui orneront ta chevelure ?

— Ce serait merveilleux, Rosa. J'aimerais aussi qu'Angèle soit des nôtres. Penses-tu qu'elle sera disponible ?

— Elle ne manquerait cet événement pour rien au monde.

— Quant à moi, intervint Aubeline, je vais devoir élaborer le dessert idéal. Et il sera rose, bien entendu.

Un sourire malicieux illuminait son visage. Elle savait que sa fille apprécierait que le moindre détail se rapporte à la couleur qu'elle avait sélectionnée.

COULEUR

Depuis sa plus tendre enfance, les couleurs fascinaient Alcidie. Rien que pour elles, elle avait imaginé un calendrier intitulé *Les couleurs du temps*. Les 5, 15 et 25 de chaque mois, elle choisissait l'une d'entre elles et l'arborait de la tête aux pieds pendant l'intervalle de temps qui séparait ces dates. Ses tenues chatoyantes lui valaient un surnom poétique donné par les habitants des environs. Ils l'appelaient *Fille d'Iris*, en référence à la déesse messagère des dieux de l'Olympe qui laissait dans son sillage, un arc-en-ciel. Seul Ailill, un adolescent qui lui en voulait pour une raison mystérieuse, l'appelait parfois *Sorcière Aubépine*. Ce sobriquet, le jeune homme lui avait attribué un été, inspiré par les fleurs d'aubépine qui ornaient alors sa coiffure.

Après avoir bu quelques gorgées de son infusion, Alcidie posa sa tasse encore fumante sur la table basse. Elle fit glisser ses doigts dans sa chevelure qu'elle divisa en trois brins afin de les tresser.

— Ils sont incroyablement longs, nota Orson. Toi qui apprécies particulièrement l'univers des contes : as-tu déjà songé à te glisser dans la peau de Raiponce ?

— Dans la version des frères Grimm que Papa me lisait, Raiponce est blonde, répondit-elle, songeuse. Et moi, j'ai les cheveux plume de corbeau.

— Et alors ? s'exclama le grand-père. Je croyais que tu avais assez d'imagination pour ne pas t'arrêter sur ce genre de détail.

— Tu as raison, je ne sais pas pourquoi je me focalise sur la couleur de cette chevelure. Depuis toujours, je m'identifie aussi aisément aux personnages masculins qu'aux personnages féminins. Je pourrais donc facilement faire abstraction de cette caractéristique. Et puis, comme le répétait souvent Papa, les contes sont issus de la tradition orale, il est donc tout à fait possible de se les approprier et de les modifier à notre guise. Malgré tout, mon petit papy, jamais je ne laisserais la sorcière de *Raiponce* couper ma précieuse chevelure !

CHEVELURE

Alcidie n'avait plus voulu couper ses cheveux depuis la disparition de son père. Elle n'avait alors que cinq ans et s'était persuadée que cet acte romprait le lien invisible qu'elle entretenait encore avec lui. Sa longue chevelure noire, qu'elle entrelaçait parfois à celle de Théophane avant sa disparition, contenait, selon elle, des souvenirs qu'elle ne devait pas oublier. Des souvenirs qu'elle devrait un jour démêler. Sa chevelure était son plus précieux trésor.

Aubeline, en grande conversation avec Rosamé, leva les yeux vers sa fille. Elle sentait grandir son chagrin. Il se répandait comme un poison dans le creux de son estomac. Le souvenir de Théophane revenait régulièrement les hanter et ces retours dans le passé brisaient le cœur d'Alcidie. Par conséquent, Aubeline n'osait plus aborder ce sujet brulant qui leur faisait immanquablement verser des larmes.

Théophane.

Comme une incantation magique, ces quelques lettres articulées ensemble avaient le pouvoir de figer le temps, de suspendre le cours des événements.

Pour apaiser le manque et remplir le vide laissé dans son cœur par l'absence de son père, Alcidie avait alors imaginé son départ. Elle s'était fabriquée un souvenir digne des plus beaux contes de fée qu'il lui lisait. Pour honorer sa mémoire, elle avait fait de lui un être merveilleux enlevé par une créature invisible et mystérieuse du *Bois aux mille cheveux d'ange*. L'insaisissable présence l'avait charmé, puis attiré vers le chemin qui serpentait vers l'est. À hauteur des deux peupliers noirs qui marquaient l'entrée du domaine des Bruman, en un instant, il avait été aspiré par une faille ouverte sur un univers insoupçonné. Il s'était envolé vers le jardin des fées et n'en était jamais revenu. Pour Alcidie, ce souvenir inventé teinté de bleu chagrin avait longtemps été un pansement apaisant sur son petit cœur tendre.

TENDRE FAILLE MAUDITE

ADIEU MA TENDRE FILLE

CARNET

Pourquoi nous a-t-il abandonnées ?

Cette question, elle l'écrivait en première page de chacun des carnets qu'elle possédait, espérant y voir apparaître une réponse tracée par un démêleur de mystère.

Sur les autres pages, dansaient les encres qu'elle appliquait minutieusement. Du bout de sa plume émergeaient des histoires enchanteresses, des récits d'un autre temps, des souvenirs, des pensées furtives. Elle jouait avec les mots, rédigeait des poèmes sur le crépuscule et ses couleurs chargées de mystère. Elle inventait des fables à propos de fleurs qui poussaient dans les cheveux ou des contes dans lesquels les pierres noires volaient les souvenirs des gens. Et parfois, elle griffonnait des observations sur les petits cailloux lisses et doux qui réchauffaient le bout de ses doigts lorsqu'elle avait froid.

Elle aimait particulièrement les anagrammes qu'elle intercalait entre les phrases, comme des pensées éphémères à inscrire en urgence, tracées en lettres capitales.

| COULEUR | CARNET | CRÉPUSCULE | CAILLOU | CHEVELURE |
| COULURE | NECTAR | CE SCRUPULE | IL COULA | VELU RÊCHE |

Dans ses carnets assortis à ses tenues chatoyantes, elle décrivait aussi ses rêves, les plus beaux comme les plus effrayants. Car chaque nuit, elle parcourait des mondes surréalistes entrelacés de brume et saupoudrés de secrets. Un univers qu'elle quittait souvent à regret, parfois soulagée.

Certaines personnes pensaient que dormir était comme être mort. Alcidie, au contraire, avait la sensation de profiter d'une autre vie dans les contrées du rêve. De devenir quelqu'un d'autre, tout en restant elle-même. Bien entendu, dans son esprit, les limites entre la réalité et le rêve étaient claires. Malgré cela, son existence rêvée avait, pour elle, autant d'importance que sa vie d'éveil. Ses rêves s'imprégnaient de véracité, sa réalité se parait des brumes cotonneuses d'un songe. Elle appelait ce processus : Rêver double.

Au cours du temps, elle avait accumulé un trésor inestimable : une collection de carnets qui renfermaient des souvenirs qu'elle n'avait pas encore pris le temps de relire. Elle avait trop peur de les réinventer, de les réinterpréter à travers le prisme du temps. Peur de ne plus les comprendre comme elle les avait exprimés sur le moment.

Ce qui comptait vraiment pour elle, c'était la création dans le présent. Elle était convaincue que lire le passé était trop dangereux, car les souvenirs étaient soumis aux aléas du temps et à l'influence de la subjectivité. Ils étaient aussi malléables qu'un morceau de pâte à modeler. En somme, en plus d'être parfois douloureux, ils n'étaient pas assez fiables. Et ce qui manquait de fiabilité l'avait toujours rendue nerveuse.

— Je pense qu'il est l'heure d'aller dormir, déclara Rosamé.

— Je suis d'accord avec toi, Rosa, répondit Aubeline en baillant. Est-ce que Neven et Prunelle seront des nôtres demain ? demanda-t-elle à sa fille.

— Oui, ils n'ont pas pu prendre la route ce soir, car les répétitions pour le ballet se sont éternisées. Ils comptent arriver en début d'après-midi.

— Nous devrions en profiter pour ajouter des fleurs à ton *Jardin secret* dans la matinée, proposa alors Rosamé, en déposant les tasses sur un plateau.

— Oui, c'est une bonne idée, approuva Alcidie.

— Un plant de fleurs orangées serait idéal. Je pense pouvoir en trouver chez Angèle.

— J'ai toute confiance en tes talents de paysagiste, Rosa. Si je trouve un joli caillou demain, je le déposerai au sein de ce nouveau parterre de fleurs.

CAILLOU

Alcidie avait ses habitudes, ses petites routines, des intérêts un peu particuliers et des petits rituels qui la rassuraient. Le calendrier des *Couleurs du temps* était le plus important d'entre eux. Quant aux autres, ils s'étaient développés après le *Jour des épines*.

ÉPINES
PEINES

Le *Jour des épines* avait été simultanément marqué par la disparition de son père Théophane et le décès de l'*Oncle Miroir*. Elle avait oublié quand et comment l'*Oncle Miroir* s'était installé dans la maison des Bruman, mais elle savait pourquoi : il était malade et avait besoin que l'on s'occupe de lui. Quelques heures avant sa mort, ce dernier lui avait confié une très jolie pierre. Elle était rapidement devenue la première de sa collection de cailloux lisses et doux, ceux qui réchauffaient le bout de ses doigts lorsqu'elle avait froid.

CRÉPUSCULE
COULEUR
CHEVELURE
CARNET
CAILLOU

CINQ mots en C.

CINQ mots qui jalonnaient le cours de l'existence d'Alcidie, comme les cailloux du Petit Poucet l'avaient guidé vers son foyer. Ces mots avaient, pour elle, une importance capitale. Depuis la disparition de Théophane et de l'*Oncle Miroir*, le chiffre cinq était devenu son phare, son doudou, son roi, son confident, son emblème, son despote. Il régentait sa vie. Si elle avait maîtrisé la magie, elle en aurait fait son talisman. Si elle avait pu lui donner vie, elle lui aurait obéi comme à un tyran.

CINQ *ans.*

C'est l'âge que j'avais quand mon père a disparu, pensa-t-elle en entrant dans sa chambre. *C'est l'âge que j'avais quand l'Oncle Miroir, le clone de mon père, est parti, emporté par la maladie.*

CINQ *ans.*

C'est l'âge que j'avais quand j'ai endormi ma douleur. Ce petit monstre qui sommeille en moi ouvre parfois les yeux pour grignoter un tout petit morceau de mon cœur. Mon cœur saigne, ma douleur s'en abreuve. Puis la blessure cicatrise et la douleur se rendort pour un temps. J'y appose un souvenir-pansement.

CINQ.

Comme les cinq doigts de la main, les cinq extrémités d'un corps, les cinq branches d'une étoile, les cinq sens, les cinq arbres du jardin, les cinq lettres du mot RÊVER. *Les cinq lettres du mot* MAMAN. *Les cinq lettres du mot* CŒUR. *Les cinq lettres du mot* ONCLE. *Les cinq lettres du mot* DEUIL. *Mon deuil a été dilué par mes larmes aveuglantes.*

ONCLE DEUIL
CLONE DILUÉ

Les paupières lourdes, elle referma la porte de sa chambre et s'allongea sur son lit. Face à elle, la fenêtre lui offrait une vue magnifique sur le ciel d'encre parcouru d'éclats scintillants. Une question traversa alors furtivement son esprit :

Pourquoi la nuit est-elle noire ? Les étoiles sont pourtant si nombreuses et si lumineuses !

Elle les regarda un instant. Les relia entre elles pour faire apparaître le dessin des constellations. Puis, sereine, elle se laissa glisser derrières les limites indicibles qui séparaient l'éveil du sommeil profond.

Le lendemain, elle se leva tôt pour se rendre à la jardinerie avec Rosamé. C'était la fin du mois de juin. Une vague de chaleur embrasait la région depuis quelques jours déjà. Malgré cela, elle avait passé une excellente nuit peuplée de doux rêves. Angèle, la compagne de Rosamé, leur dénicha un sublime plant de gazania qu'elles ajoutèrent à son *Jardin secret*, aussitôt rentrées à la maison.

— Rosa, j'espère ne pas te paraître trop intrusive, mais une question me taraude, déclara Alcidie alors qu'elles rangeaient les outils de jardinage.

— Je t'écoute.

— Pourquoi n'as-tu jamais emménagé avec Angèle ?

— C'est une question que nous nous sommes posées il y a bien longtemps, répondit Rosamé, nostalgique. Je lui suis fidèle depuis plus de quarante ans et je sais qu'elle est très attachée à moi. Mais vivre ensemble… Je ne sais pas. J'aime profondément Angèle, mais…

je crois bien qu'au début de notre relation, nous avons eu peur des commérages que notre union aurait pu susciter. Et le temps passant, nous nous sommes habituées à vivre ainsi.

— Je pense qu'il n'est jamais trop tard pour changer les choses, déclara Alcidie. Si vous avez envie de les changer, bien sûr. Excuse-moi, Rosa, ce n'est pas à moi de te dire ce que tu as à faire, ajouta-t-elle mal à l'aise, mais vous semblez tellement proches toutes les deux !

— Ne t'excuse pas, ma puce, répondit tendrement Rosamé. Tu as raison, peut-être qu'il est temps pour moi d'aborder ce sujet avec Angèle. Mais pour l'heure, nous sommes attendues pour déjeuner.

Bras dessus, bras dessous, elles se dirigèrent alors vers le sud du jardin, où Orson et Aubeline avaient dressé la table. Un repas estival concocté par Orson les y attendait. En tant que chef cuisinier à la retraite, il aimait particulièrement exercer son savoir-faire pour satisfaire ses proches. Ce n'était pas pour déplaire aux femmes de son entourage qui se délectaient des mets délicieux qu'il préparait.

Après le déjeuner, drapée d'une longue robe couleur malachite qui volait au vent et coiffée d'un chapeau vert de cobalt, Alcidie se dirigea d'un pas décidé vers son arbre, *Crépuscule*. Ses pieds nus s'enfonçaient agréablement dans l'herbe tendre, étalée comme un tapis moelleux aux fragrances fraiches et vivifiantes. Le vent, chaud et tourbillonnant, dansait avec ses cheveux qu'il habillait de parfums d'été. Elle s'installa dans l'ombre réconfortante de son hêtre en attendant Neven et Prunelle, ses deux amis d'enfance de trois ans ses aînés.

Les rayons ardents du soleil se frayaient un chemin entre les feuilles ébouriffées par la brise et déposaient, sur les pages de son carnet, des points de lumière éblouissants. Quelques mètres plus loin, son *Jardin secret*, parsemé de petits cailloux lisses et doux, lui inspirait des pensées qu'elle couchait à l'encre verte sur les pages blanches de son carnet.

**Carnet vert pomme, 22 jours avant le Jour Rose.
Encre verte sur papier blanc.**

Depuis le Jour des épines, depuis la mort de l'Oncle Miroir et la disparition de Papa, je collectionne les jolis petits cailloux lisses qui glissent et roulent dans le lit des rivières. Un minuscule galet coloré se love dans le creux de ma main. Je le caresse, le fais tourner entre mes doigts pour ressentir son contact chaleureux. Parfois, en hiver, j'en glisse un dans le fond de ma poche. Ainsi niché contre moi, il subtilise une partie de ma chaleur corporelle, pour mieux me la restituer lorsque j'ai froid au bout de mes doigts. Les petites pierres colorées sont toujours très douces. Les plus obscures le sont parfois beaucoup moins.

L'une d'entre elles demeure au pied de l'épine noire, le prunellier qui s'épanouit derrière Nuit Noire. Cet arbuste épineux est aussi nommé Mère du bois, car il a servi d'abri protecteur à certains arbres, avant qu'ils ne grandissent et le supplantent. Dissimulée sous son couvert, la sinistre Pernilla me donne des frissons. Son prénom, elle me l'a soufflé en rêve. D'étranges créatures naissent de son cœur ténébreux. Par le biais des cauchemars, elles viennent parfois me tourmenter la nuit. Je les soupçonne de vouloir me voler quelque chose de précieux. Mes souvenirs peut-être ? Je jette des regards méfiants à cette horrible pierre chaque fois que je passe près de Nuit Noire, le géant des bois, le monarque de notre domaine. J'espère qu'elle a peur de lui !

PURE
PEUR

En ce moment même, Maman s'agite dans son atelier, à l'étage. Elle ouvre la fenêtre et me sourit. Un sourire mélancolique ourlé d'amour et de tendresse. Cette brume dorée qui émane de ses longs cheveux châtains est incroyablement belle. Si seulement j'arrivais à la capturer pour en faire des pigments, la coloration qui en résulterait serait la plus radieuse de toutes, plus belle encore que les couleurs du crépuscule.

Maman baigne dans des vapeurs mordorées.
Dans mes récits, Maman est une fée.

Je vois des choses que la majorité des gens ne soupçonne même pas. Mais pourquoi s'obstine-t-on à nommer mes particularités perceptives ? Pour les rendre plus réelles ? Plus palpables ? Plus compréhensibles et donc acceptables ? Ou simplement pour se convaincre, à grand renfort de vocabulaire scientifique, que je suis « normale » ?

Synesthésie.

C'est ce mot qui est supposé rendre mes perceptions sensorielles concevables. Mais peu importe le nom de ces expérimentations qui me sont naturelles ! Elles ne sont incroyables qu'aux yeux de ceux qui n'en font pas l'expérience quotidienne. Certaines personnes pensent que la réalité et les perceptions sont les mêmes pour tout le monde. J'affirme sans craintes que ce n'est pas le cas !

On me dit que mon cerveau est doté de connexions synaptiques plus nombreuses que la moyenne. Que des liens se font entre des zones censées ne pas être activées simultanément. Ces étranges câblages dans ma tête provoquent des réactions sensorielles inhabituelles et involontaires.

J'ai appris que certains synesthètes voient les sons, goûtent les textures, associent des couleurs aux lettres ou des personnalités aux chiffres. Moi, je distingue des exhalaisons vaporeuses et colorés qui s'élèvent de chaque être humain. Ces brumes légères et mouvantes reflètent leur personnalité et traduisent leurs changements d'humeur. Elles constituent leur identité immatérielle. Ces auréoles éthérées sont communément appelées auras. Mais comme ce mot implique des interprétations ésotériques auxquelles je n'adhère pas, je les appelle : Les Ondes d'Iris.

ONDES IRIS
DÉRISIONS
DÉSIRIONS

Les Ondes d'Iris ont leur propre langage. Un langage chromatique que je suis la seule à voir et à comprendre, sans pour autant pouvoir influer d'une quelconque manière sur leur changement d'état. Je n'en suis que l'heureuse spectatrice.

Invisibles aux yeux des autres, sont-elles pour autant irréelles ?

IRRÉEL
RELIER
LIERRE

Justifient-elles qu'Ailill me qualifie parfois de Sorcière ?

Même si j'ai une image positive de la sorcière, loin des clichés qui lui confèrent des allures de vieille harpie malveillante, je sais que s'il me surnomme ainsi, c'est qu'il souhaite me déstabiliser.

— Alcidie ! Prunelle et Neven sont là !

—Merci Maman ! J'arrive tout de suite !

Prunelle et Neven. Les prénoms les plus doux au monde ! songea-t-elle en rangeant son porte-plume et son encrier dans leur écrin.

NEVEN. *Un prénom palindrome qui signifie ciel.*

Le ciel des yeux de NEVEN, *dans lequel sa Prunelle se noie quand elle danse avec lui. Un prénom presque aussi beau que le plus beau des mots:* RÊVER. *Le mot porte-plume qui me souffle des histoires. Le mot couronné, le roi des mots. Un mot paré d'ailes blanches, légères et gracieuses. Des ailes d'ange de nuit, délicatement nervurées de noir.*

Nimbée de rêve et d'impatience, Alcidie quitta son fief enveloppé de mystère et courut vers la maison qu'elle contourna par le nord pour rejoindre l'entrée, à l'est.

— Bonjour Alcidie ! Tu es prête à braver le courant de la rivière ?

— Bien sûr Neven ! dit-elle en le serrant dans ses bras.

— Et moi, je crois que je vais rester sur la rive pour vous regarder ! s'exclama Prunelle, après avoir embrassé son amie. Cette semaine d'examens m'a épuisée. Sans compter nos répétitions de danse d'hier soir.

— Il fait tellement chaud ! Je ne sais pas comment vous pouvez endurer des exercices physiques par un temps pareil. Mes cours de danse contemporaine sont suspendus jusqu'à septembre. Je suis bien contente que les températures se soient montrées clémentes début juin.

— Tu ne crois pas si bien dire, ajouta Prunelle. C'est un vrai calvaire ! J'espère que cette canicule ne durera pas trop longtemps.

— Je l'espère aussi. En attendant, allons profiter de la fraicheur de l'*Effluviale*. À tout à l'heure, Maman !

— Oui, à tout à l'heure. Je dois me rendre à la boutique des Beaux-Arts pour mon prochain projet, je vais essayer de t'y trouver un carnet rose. Faites bien attention, ne vous exposez pas trop au soleil !

— Ne t'en fais pas, on s'installe toujours sur la rive la plus ombragée.

Les trois amis descendirent tranquillement la colline sous le couvert des arbres. En contrebas, ils distinguaient le courant tranquille de l'*Effluviale* qui scintillait sous les assauts brulants du soleil. Orson racontait parfois cette histoire qu'il tenait de son père. Celle d'une fée prénommée Effluve qui s'était un jour allongée au pied d'un aulne pour pleurer la perte de son amour. De ses larmes était née la rivière. Alcidie aimait imaginer qu'elle se baignait dans les larmes d'Effluve, les effluves fluviales d'une fée tourmentée. Effluve s'était-elle noyée dans son fleuve chagrin ?

Prunelle marchait gracieusement devant Neven qui semblait troublé. Il posait son regard bleu azur sur la longue chevelure blond polaire qui dansait contre la peau laiteuse de son amie. La pâleur de ce fragile épiderme contrastait avec son regard aux iris presque noirs, ce regard profond qui aspirait l'âme de Neven, chaque fois qu'elle le posait sur lui. Elle avait un regard de fée, les prunelles ombrageuses d'une sylphide sur le point de se laisser porter par le vent. Neven la voyait comme une créature à première vue fragile et gracieuse, mais qui cachait, en définitive, une force de caractère incroyable.

Prunelle s'installa à l'ombre d'un saule pleureur, imitée par ses amis. Elle regardait Neven du coin de l'œil, parcourant ses traits fins, sa peau mate, observant ses cheveux bruns qui ondulaient sur sa nuque. Son corps élancé et ses gestes délicats lui conféraient des allures de prince androgyne qui ne la laissaient pas indifférente.

Alcidie, quant à elle, ne se lassait pas d'observer le nuage de brume blanche qui flottait gracieusement autour de lui. Ces douces ondulations s'accordaient à merveille au magnifique halo qui irradiait du corps de Prunelle, en de longs tentacules évanescents, les rayons cosmiques d'une étoile.

Alcidie aimait penser que ses amis étaient sur la même longueur d'onde, qu'ils étaient complémentaires. Comme le yin et le yang, ils formaient un duo harmonieux qu'elle aimait particulièrement regarder danser. Ensemble, ils faisaient disparaître l'effort sous leurs mouvements subtils et gracieux. Leurs corps se répondaient si naturellement qu'ils paraissaient ne faire qu'un.

À l'image des flocons de neige qui se laissaient porter par le vent, ils semblaient se fondre dans l'espace et le temps. Se liant et se déliant à l'infini, ils dansaient comme les ombres élégantes du crépuscule à travers les couleurs du temps. Entre tension et lâcher prise, amortis et déséquilibres, ils se mêlaient aux sons et aux parfums du monde, comme des créatures envoûtantes habillées de leurs émotions.

Eau de rose

« De l'amour de la danse à l'amour, il n'y a qu'un pas. »
Jane Austen.

L'*Effluviale* était fraiche. Les petits galets, qui sommeillaient paisiblement dans son lit, attirèrent aussitôt le regard subjugué d'Alcidie. Elle avançait doucement dans le courant tranquille de l'onde. Sur la rive opposée se dressait l'arbre du repos éternel. Le majestueux aulne mortuaire aux larmes de sang, sous lequel Esthète Bruman avait été retrouvé mort cent ans plus tôt. Il se disait qu'il s'était effondré là, sur un parterre de datura. Les yeux grands ouverts, les pupilles dilatées, le visage rougi et la peau sèche. Les *trompettes des anges* avaient sonné l'hallali alors qu'Esthète venait de mordre le fruit défendu. Il avait embrassé la belle endormie et goûté la dangereuse *pomme épineuse*.

Poison mortel.
Baisers vénéneux.

L'eau caressait maintenant le nombril d'Alcidie. Qui pouvait être cette belle endormie qui avait empoisonné son aïeul ? Effluve la fée ? Celle qui avait pleuré la perte de son amour ? L'amour perdu d'Effluve pouvait-il être Esthète Bruman ?

Un frisson lui parcourut le corps. À quelques mètres, Neven venait de plonger et mettait un terme à sa rêverie.

— Neven, l'eau est glacée ! Tu risques l'hydrocution !

— Tu as raison, Prunelle ! J'aurais dû prendre exemple sur Alcidie ! Tu es sûre de ne pas vouloir nous rejoindre ?

Neven avait le sourire aux lèvres et l'intonation de sa voix trahissait ses émotions. Le regard nouveau qu'il portait sur

Prunelle éveilla quelque chose en elle. Un petit quelque chose qui la fit frissonner. Une sensation étrange et agréable envahissait doucement son corps. Une vague de chaleur prenait source dans son estomac et se déployait comme des cercles concentriques à la surface d'un lac.

Alcidie avait remarqué le changement d'attitude de ses deux amis. Au-delà du fait qu'ils étaient plus âgés qu'elle et donc, physiquement plus matures, leur relation avait évolué. Ils se connaissaient depuis leur plus tendre enfance mais n'avaient, jusqu'à présent, jamais éprouvé autre chose que de l'amitié l'un pour l'autre. Mais depuis peu, ils s'étaient rapprochés. Alcidie avait la désagréable sensation d'être devenue le cheveu disgracieux qui venait gâcher un délicieux velouté. Elle les observait à la dérobée, ne sachant plus si elle devait s'éclipser pour les laisser profiter de ces instants précieux. Leurs regards tendres, leurs gestes, l'intonation de leurs voix. Tout en eux révélait leur idylle naissante. Ils s'apprêtaient à devenir des âmes sœurs, Alcidie en était persuadée. Ils s'effleuraient discrètement, se chuchotaient des mots doux dans le creux de l'oreille quand ils pensaient être seuls. Et surtout, sous les yeux attendris de leur amie d'enfance, leurs *Ondes d'Iris* s'enlaçaient, s'étreignaient, s'enroulaient les unes avec les autres sans qu'ils aient besoin de se toucher. Un regard suffisait.

Prunelle sentit ses joues s'empourprer. Elle attrapa précipitamment le livre qu'elle avait emmené pour dissimuler à demi son visage avant de répondre.

— Je vais rester sur la rive pour l'instant, mais peut-être que je vous rejoindrai tout à l'heure !

Alcidie se mouilla la nuque avant d'appliquer ses mains fraiches sur ses épaules. Le temps de s'acclimater doucement à la température de l'eau, elle fixait les petits cailloux au travers du courant limpide. Les rayons du soleil s'y évanouissaient et s'éparpillaient en milliers de paillettes emportées par les remous. Un galet en particulier attira son attention. Elle avança encore un peu pour pouvoir l'observer de plus près. L'eau s'écoulait et glissait agréablement contre sa peau. Elle commençait à s'accommoder à la fraicheur de la rivière et finit par y plonger sa tête.

Ses longs cheveux noirs se mirent alors à flotter, lui procurant cette agréable sensation de légèreté et l'impression étrange de basculer dans un autre monde. Un monde où les sons se faisaient feutrés et pénétraient sa chair par tous les pores de sa peau. Un univers d'une beauté incroyable qui annihilait la pesanteur, mais contre lequel il fallait lutter pour ne pas se laisser emporter par le courant.

Elle repéra le galet qui l'avait tant attirée. Elle hésita un moment. Son instinct lui disait qu'il ne fallait pas y toucher. Mais quelque chose bougea juste à côté de lui. Un poisson minuscule ? Alcidie essaya de toucher ce petit quelque chose qui remuait imperceptiblement et semblait vouloir envelopper la pierre. Mais au moment où elle approcha son doigt, il se cacha sous le galet. Intriguée, elle souleva l'objet de sa convoitise, mais le petit quelque chose avait disparu. Finalement, peu lui importait de savoir ce que c'était, car elle tenait son précieux trésor entre ses doigts. Le caillou était plus fabuleux encore maintenant qu'elle s'en était emparée.

Elle s'apprêtait à remonter à la surface pour le montrer à ses amis, quand on lui saisit violemment les cheveux. Une ombre passa devant ses yeux et frôla sa joue. Était-ce le petit quelque chose qui s'était mué en un monstre effroyable ? Alcidie était terrifiée. La mystérieuse créature exerçait une pression de plus en plus forte autour de son crâne. Elle s'agrippait fermement à sa chevelure pour l'entraîner vers le fond. Incapable de se retourner pour voir de quoi il s'agissait, Alcidie luttait contre la force incroyable de l'agressive entité. L'air commençait à lui manquer.

Respiiire !!!

RESPIRE

PIERRES

Elle se débâtit, sentant l'angoisse affluer comme une vague démesurée. Finalement, la peur lui fit perdre connaissance au moment où quelqu'un la saisit par la taille pour la sortir de l'eau. La créature mystérieuse avait desserré son étreinte et lâché sa proie.

PURE
PEUR

Alcidie ouvrit les yeux. Encore étourdie, elle sentait le contact rude et chaud de la roche sous son corps lourd. Neven et Prunelle étaient penchés sur elle et la dévisageaient, inquiets.

— Alcidie ? Tu te sens bien ? Heureusement que Neven se trouvait assez près de toi au moment où tu as mis la tête sous l'eau. Tu aurais pu être emportée par le courant ! Que s'est-il passé ?

— Je t'ai remontée à la surface le plus vite possible. Tu as à peine eu le temps de boire la tasse. Tu m'as fait peur ! Il serait certainement plus prudent de rentrer... Quand tu auras repris tous tes esprits, bien sûr.

— Neven a raison, nous allons te raccompagner.

Alcidie tenait fermement la pierre contre sa poitrine. Elle avait l'étrange impression de sentir un battement contre sa peau. Les palpitations de son cœur devaient résonner contre le morceau de roche. Elle s'assit pour l'examiner, pendant que Neven lui posait une serviette sèche sur les épaules.

— J'ai juste voulu ramasser cette pierre et une chose a essayé de m'en empêcher, dit-elle en caressant le galet. Peut-être qu'elle souhaitait simplement la protéger...

Les yeux dans le vague, elle essaya de se souvenir des sensations qu'elle avait éprouvées. La mystérieuse présence avait enserré ses cheveux avec une telle violence qu'elle devait certainement en avoir arraché quelques-uns.

— Une chose ? s'inquiéta Prunelle, les sourcils froncés et le regard suspicieux. Une créature qui protègerait une pierre ?

— C'est certainement ton imagination qui t'a joué des tours, Alcidie, déclara Neven. Par cette chaleur, avec le choc thermique...

— Je n'ai pas halluciné ! Mais je ne sais pas ce que c'était. Une liane, une algue, un poisson ? Quoi qu'il en soit, elle paraissait vouloir protéger cette pierre. Ou au moins m'empêcher de l'emmener avec moi. Regardez les couleurs et les arabesques qui s'enroulent à sa surface. Elle est tellement belle. J'ai eu l'impression qu'elle m'appelait à son secours. J'ai peut-être fait une erreur monumentale en l'arrachant au lit de la rivière.

— Alcidie, tu sais que nous apprécions tous les deux tes récits toujours empreints de magie et de mystère, mais cette fois, tu as franchi la limite entre le rêve et la réalité. Il arrive parfois que les choses paraissent réelles alors qu'elles ne le sont pas. Cette pierre est très jolie, mais ce n'est qu'une pierre.

— J'ai vu flotter quelques branches tout à l'heure, ajouta Neven dans l'espoir de la raisonner. Peut-être que l'une d'entre elles a été piégée par ta longue chevelure. Et avec le courant, tu as sûrement dû croire qu'elle t'emportait.

— Vous avez raison. J'ai dû imaginer tout ça. Il s'agissait certainement d'une de ces branches à la dérive.

Neven et Prunelle échangèrent des regards inquiets mais n'insistèrent pas.

C'était la première fois qu'Alcidie doutait de ses perceptions. Habituellement, elle savait très bien où se situait cette frontière ténue entre la vie réelle et les mondes qu'elle imaginait. À cet instant, elle ressentit la peur panique de ne plus savoir faire la différence entre ces deux univers. Comme s'ils ne faisaient plus qu'un. Cette pensée la déstabilisait. Elle rangea la mystérieuse pierre dans son sac, en se disant qu'il était peut-être préférable de la rendre à la créature de l'*Effluviale*. Mais, envoûtée par sa beauté, elle ne le fit pas.

— J'ai envie de vous faire goûter la crème glacée que Maman a préparée ce matin. Elle voulait faire un essai avant mon anniversaire. On y va ?

— Bonne idée ! répondit Neven.

— Rien de tel qu'une glace pour se rafraichir, ajouta Prunelle, soulagée de pouvoir oublier la peur qu'elle venait de ressentir.

Leurs chevelures, nappées de larmes d'Effluve, étaient balayées par la brise tiède qui subtilisait les gouttes de fée pour les transporter vers les cieux.

Évaporation.

Disparition des tensions.

Alcidie, Neven et Prunelle remontaient le chemin qui serpentait entre les arbres séculaires du *Bois aux mille cheveux d'ange* et les menait à la maison des Bruman, perchée sur sa petite colline à l'écart du monde. À chaque fois qu'elle traversait le bois, Prunelle ne pouvait s'empêcher de penser à ce qui lui était arrivé, dix-huit ans auparavant.

— Et dire que c'est Orson qui m'a trouvée dans la forêt ! déclara-t-elle. Il m'a certainement sauvée des griffes du froid et de la faim. Peut-être même de celles d'un animal sauvage.

— Je n'arrive toujours pas à comprendre ! Comment un être humain peut-il condamner un nourrisson à une mort certaine ? s'indigna Neven.

— C'est vrai, c'est cruel de t'avoir abandonnée ici, renchérit Alcidie. C'est une pratique moyenâgeuse. À notre époque, il y a assez de structures pour accueillir les bébés des personnes qui se sentent incapables de subvenir à leurs besoins.

— En tous cas, j'ai eu de la chance dans mon malheur. Mes parents adoptifs sont adorables, je n'aurais pas pu rêver famille plus aimante. Et je vous ai vous aussi. Il n'y a rien qui puisse me rendre plus heureuse.

Prunelle en était intimement convaincue, elle n'avait aucune raison de se raccrocher à une histoire douloureuse. Son abandon lui avait permis de rencontrer sa véritable famille. Elle ne regrettait rien. Elle ne cherchait même pas à gratter la couche de mystère qui lui dissimulait ses origines. Pour rien au monde elle ne remuerait le passé. Dans l'esprit rêveur d'Alcidie, une idée saugrenue avait cependant germé.

Et si grand-père disait vrai ? Et si Prunelle était un Changelin abandonné à son triste sort par les fées ? Peut-être la trouvaient-elles trop jolie pour servir leurs plans malveillants ? Elles ne pouvaient certainement pas laisser un si bel enfant aux mains des humains ! Cela aurait été leur faire une offrande, alors que l'objectif de leurs échanges était bel et bien de les punir. Orson n'était peut-être pas censé trouver Prunelle ? Les fées se vengeront-elles un jour de ce terrible affront ?

L'INCHANGÉ CHANGELIN

Alcidie aimait beaucoup écouter les histoires racontées par son grand-père Orson. Il lui avait raconté celle de Prunelle à plusieurs reprises. Et chaque fois, il était gagné par l'émotion.

CARNET BLEU NUIT,
9 ANS 5 MOIS ET 15 JOURS APRÈS LE JOUR DES ÉPINES,
ENCRE BLEUE SUR PAPIER BLANC.

Dix-huit ans auparavant, dans le Bois aux mille cheveux d'ange.

Senteurs d'humus, brise tiède, Orson débordait de joie.

Enveloppé dans sa béatitude, il s'aventurait, sautillant comme un enfant, sur les sentiers ombragés du bois. Inhalant son parfum sylvestre à pleins poumons, il s'imaginait y rencontrer des fées aux chevelures magiques, des sylphes majestueux emportés par le vent, des animaux étranges plus discrets que son ombre. Son esprit rêveur vagabondait, libre comme l'air.

Il était sur le point de ramasser quelques champignons qu'il déposerait dans le panier de Rosamé, quand il entendit un petit cri. Les gestes suspendus, l'oreille tendue et le regard perçant, le rêveur insouciant laissa alors place à un homme à l'affût. Un second cri retentit. Il se blottit derrière un arbre à la recherche de l'animal qui avait émis ces sons plaintifs. Il n'avait pas pu les identifier malgré ses connaissances approfondies de l'univers forestier. Et pour cause ! Ces cris n'avaient pas été poussés par un habitant des bois !

Stupéfaction ! Là, derrière un noisetier, à quelques pas du courant de la rivière, lové dans un petit sureau noir encerclé par le lierre, un nourrisson larmoyait. Un bébé habillé de noir, aux yeux incroyablement expressifs. Deux abîmes sombres nimbés de douce mélancolie, dans lesquels Orson se noya volontiers.

— Que fais-tu là, fragile petite merveille ? demanda-t-il, perplexe.

Mais sa découverte angélique fut vite suivie d'un sursaut d'horreur : des centaines de pucerons noirs fourmillaient sur la peau lactescente du bébé. Il implorait de ses yeux émouvants qu'on le libère de ces compagnons indésirables. Le pauvre petit être n'était pas vêtu de noir, il était nu sous cette horrible enveloppe grouillante.

Sans hésiter, notre rêveur s'empara du petit et l'emmena se baigner dans le courant de la rivière. Il s'immergea tout habillé, tenant le nourrisson comme un trésor dans le creux de ses bras. Il balaya délicatement les pucerons qui furent vite emportés par les flots, désertant la peau fragile du bébé, rougie par la fraîcheur de l'eau. Le petit était une fille. Elle s'apaisa rapidement, lovée tout contre son sauveur. Mais elle tremblotait. Ses petites lèvres viraient au bleu et le fin duvet qui recouvrait sa peau douce se hérissait comme les poils d'un chaton en colère.

Orson se précipita vers le panier de Rosamé, dans lequel il avait soigneusement rangé une couverture pour faire la sieste sous les arbres. Il s'en servit pour envelopper le petit être, puis le déposa délicatement dans la corbeille tressée, avant de prendre le chemin du retour. Il marchait lentement, envoûté par le regard profond de son petit ange des bois.

— Tes yeux sont comme des prunelles obscures enrobées de magie. Ne t'en fais pas, nous allons prendre bien soin de toi.

Après diverses procédures administratives et juridiques, Prunelle fut confiée à un couple des environs ; deux personnes adorables qui n'avaient pas pu avoir d'enfants et possédaient l'agrément nécessaire à la demande d'adoption. Orson fut soulagé d'apprendre que son petit ange des bois était en sécurité.

Je me demande parfois si les fées le surveillent.

Attendent-elles le moment propice à leur vengeance ?

Les premiers voisins des Bruman habitaient tous en contrebas, à quelques centaines de mètres sous leur propriété. Il régnait donc une certaine tranquillité au sommet de la colline, qui n'était pas pour déplaire à ses discrets habitants.

La maison se dressait au centre d'une petite clairière baignée de lumière. Il n'y avait pas de portail pour empêcher l'accès à la propriété. Mais les deux fiers et imposants peupliers noirs qui en marquaient l'entrée lui conféraient des allures de passage vers un monde enchanteur. C'était, en tous cas, ce qu'imaginait Alcidie quand elle les observait. *Aube* et *Aurore* étaient les arbres les plus puissants du bois, après l'imposant if *Nuit Noire*. Dans ses songes, elle les pensait capables de défendre leur territoire de n'importe quel fléau, de n'importe quelle intrusion indésirable. Usant de leur aura magique et de leur force monumentale, comme deux gardes en faction, imperturbables.

Une fois passée l'entrée, les trois amis longèrent le petit chemin aménagé dans l'herbe pour rejoindre la maison. Neven et Prunelle marchaient l'un à côté de l'autre, n'osant pas s'effleurer. Mais Alcidie voyait leurs *Ondes d'Iris* s'entrelacer timidement. Puisqu'elles étaient de la même couleur, ce rapprochement provoquait l'apparition d'interférences, de reflets irisés, les prémices d'un arc-en-ciel de bonheur.

— Rosamé a vraiment la main verte. Je n'ai jamais vu de jardin aussi beau que le vôtre ! On se croirait au pays des merveilles ! s'enthousiasma Neven.

— Oui, elle est incroyable, répondit Alcidie. Elle a conçu son espace vert comme un hommage à la paysagiste Gertrude Jekyll. Vous la connaissez ?

— Non je ne la connais pas, répondit Neven avant de porter une fleur à son nez. Quel parfum enivrant !

— Moi non plus. Mais je suis certaine que Rosamé serait ravie de nous en parler, ajouta Prunelle avant d'imiter Neven. Tu as raison ! Cette fleur sent incroyablement bon !

— Justement, la voilà. S'il vous plaît, ne lui dites rien à propos de ce qui vient de se passer à la rivière, implora Alcidie. Je ne voudrais pas qu'elle s'inquiète inutilement pour moi.

Rosamé approchait, un sourire posé sur son visage avenant et les bras chargés d'outils de jardinage. Ses *Ondes d'Iris*, d'un délicat rose poudré, nimbaient ses longs cheveux blancs qui irradiaient sous le soleil.

— Alcidie, ma chérie ! Tu rentres plus tôt que prévu ? Tout va bien ? Bonjour Neven, bonjour Prunelle !

— Tout va bien, Rosa. Nous sommes rentrés, car j'ai promis à nos amis de leur faire goûter la merveilleuse crème glacée de Maman. Tu veux te joindre à nous ? Ils aimeraient que tu leur parles de Gertrude Jekyll.

— Oh ! Mais avec plaisir ! Je vais chercher Orson. Il est encore allé s'enfermer dans le grenier. Par cette chaleur ! Quelle idée saugrenue ! Je pense qu'il sera enchanté de pouvoir déguster son entremets favori en si bonne compagnie. C'est toujours un moment important pour lui, de revoir son petit ange des bois, conclut-elle en caressant la joue de Prunelle.

Carnet vert d'eau
20 jours après le Jour des épines
Crayon vert sur papier blanc

(Avec l'aide de Rosamé, ma tatie jolie)

Le grenier.

Moi, j'ai 5 ans et j'ai peur du grenier.

Pourquoi Orson y va si souvent ? Il me dit qu'il sent bon le grenier. Moi je trouve qu'il pue la poussière. En plus, il y a plein de bruits bizarres dedans. Et je crois aussi que dans le grenier, il y a des fantômes qui mordent les gens pour les rendre malades. Un peu comme les moustiques qui piquent et qui donnent des maladies graves. Je ne veux plus jamais y retourner, dans le grenier !

Après avoir étendu leur linge humide, les trois amis se rendirent à la cuisine. Alcidie ouvrit le congélateur et sortit le bac à crème glacée pour en répartir quelques boules dans des coupelles en porcelaine. Elle les disposa soigneusement sur un plateau qu'elle confia à Prunelle. Neven se chargea d'emmener des verres et un pichet d'eau fraîche, tandis qu'Alcidie le suivit avec des cuillères et quelques gâteaux secs confectionnés par Orson.

Au sud, sous la ramure majestueuse de *Jour Radieux*, qui offrait l'ombrage nécessaire aux repas estivaux, la table de jardin avait été recouverte d'une jolie nappe par Rosamé. Orson était assis dans son fauteuil. Ses *Ondes d'Iris*, aux teintes automnales, contrastaient avec le bleu azur de sa chemise dont il avait relevé les manches. Il attendait patiemment qu'on lui apporte sa gourmandise favorite, fébrile à l'idée de revoir Prunelle, son petit ange des bois.

— Ah ! Vous voilà ! Bonjour chers amis ! Vous m'excuserez de ne pas me lever pour vous saluer, j'ai passé une très mauvaise nuit et mon corps de vieillard s'en souvient.

— Ne bougez surtout pas, Orson, lui dit Neven en lui serrant la main. Je suis heureux de vous revoir.

— C'est réciproque jeune homme. Et voilà ma Prunelle aux yeux de fée qui m'apporte une coupe de ce délicieux entremets ! Merci mon ange. Viens-là que je t'embrasse.

— Je suis heureuse de te revoir Orson, lui dit Prunelle, l'étreignant en retour.

— Dis-moi, Alcidie, ajouta-t-il d'un ton espiègle. As-tu remarqué que nos jeunes amis semblent inexorablement se rapprocher ?

Il ponctua sa question d'un clin d'œil appuyé à l'intention de Neven.

— Orson ! intervint Rosamé en distribuant les coupelles, pendant qu'Alcidie remplissait les verres d'eau fraîche. Tu n'as pas honte ? Laisse-les donc tranquilles. Qu'est-ce que tu peux être taquin par moments !

Ils rirent tous de bon cœur tout en s'installant autour de la petite table de jardin d'un autre temps.

Les *Ondes d'Iris* scintillaient comme jamais. Elles traduisaient à elles seules l'atmosphère joyeuse et la complicité qu'entretenaient les proches d'Alcidie.

Prunelle et Neven échangèrent des regards mi-gênés, mi-exaltés.

— À vrai dire, répondit Neven le feu aux joues et le regard plongé dans sa coupe de glace, je ne peux plus garder ce secret plus longtemps. Effectivement, Prunelle et moi sommes devenus plus que des amis. Maintenant que c'est dit, pouvons-nous passer à autre chose ?

Il finit sa phrase en redressant la tête et en rendant son clin d'œil amusé à Orson. Ce dernier ajouta d'un air triomphant :

— Je m'en doutais ! Et je suis certain que ma petite Alcidie l'avait remarqué, elle aussi. Mais elle a bien trop de pudeur pour évoquer ce genre de sujet. Ce qui n'est pas mon cas !

Prunelle saisit la main de son amie. Ses yeux étaient soucieux. Sa voix, hésitante.

— Je voulais te le dire, mais je ne trouvais pas les mots. J'avais peur que tu te sentes rejetée. Tu n'es pas fâchée ?

— Bien sûr que non ! Comme le dit si bien Orson, je l'avais remarqué. Ça me soulage que vous l'ayez annoncé. Je me sentirai moins mal à l'aise dorénavant.

Elle embrassa son amie avant d'ajouter à l'attention de tous :

—Dégustons cette merveilleuse crème glacée ! C'est une nouvelle recette à l'eau de rose concoctée par Maman. Je l'ai goûtée ce matin, je vous assure qu'elle est délicieuse. Elle est imprégnée d'une certaine magie. Je ne le dirai jamais assez, Maman a des doigts de fée !

Ils prirent tous un certain plaisir à déguster la crème onctueuse et agréablement parfumée d'Aubeline. Elle était légère, fondante, douce et moelleuse. Une réussite absolue. L'eau de rose dosée avec subtilité convoquait des souvenirs comme un parfum d'antan. La magie opérait.

Orson, si bavard habituellement, resta bouche bée. Neven et Prunelle échangèrent des regards pétillants de joie, tout en écoutant le récit captivant de Rosamé.

La vieille dame était assaillie par des images du passé dans les allées d'une roseraie, alors qu'elle évoquait l'art de Gertrude Jekyll.

— Un jardin, dit-elle, c'est comme un tableau dans lequel

nous pouvons déambuler, sentir les odeurs délicieuses des fleurs, entendre le chant des oiseaux et le bourdonnement des insectes. C'est une œuvre aux mille couleurs, aussi éclatantes que celles de la palette d'un peintre. Une œuvre que Gertrude Jekyll savait parfaitement mettre en valeur ! Saviez-vous qu'elle avait fait des études pour devenir artiste peintre avant de choisir la voie des jardins ? Elle admirait Turner ! Aubeline saurait vous parler de lui mieux que moi. Oh ! Regardez ce magnifique ptérophore qui se pose sur la main d'Alcidie ! Ce papillon a des ailes particulièrement belles, divisées en cinq plumes. Un vrai petit ange ! Il a dû perdre la notion du temps. Habituellement, il vole au crépuscule ou de nuit, jamais en plein jour...

La voix de Rosamé se perdait peu à peu dans les profondeurs de la rêverie d'Alcidie. Elle dégustait sa crème glacée, plongée dans une brume cotonneuse qui la ravissait. Les yeux fermés, elle appréciait les caresses du vent sur la peau de ses joues. Puis soudain, le silence se fit. Un silence pesant, un silence inquiétant. Alcidie ouvrit difficilement les yeux. Une odeur poudreuse envahit l'espace, avant que tout ne se pare de la couleur des roses. Devant elle, droite et silencieuse, se tenait une femme insaisissable habillée de brume et de rosée, figée dans une posture à la fois gracieuse et majestueuse. Elle fixait Alcidie de son regard sibyllin incroyablement mélancolique. C'est alors qu'une voix murmura son prénom, comme on chuchote une comptine apaisante à l'oreille d'un enfant.

CINQ fois de suite.
Alcidie ! Alcidie ! Alcidie ! Alcidie ! Alcidie !

La voix semblait venir d'une contrée lointaine.

Qui pouvait bien l'appeler ainsi ?

Ce n'était pas cette femme énigmatique, car ses lèvres demeuraient closes. Alcidie voulut s'en approcher pour s'assurer de sa présence. Elle pensa alors à Eos, déesse de l'Aurore à l'origine des premières lueurs du jour et de la rosée du matin. Mais à peine esquissa-t-elle un mouvement pour la toucher, que l'apparition s'évapora et laissa place à une rose recouverte de gouttelettes. Elle s'approcha encore et effleura sa corolle de pétales. L'incroyable fleur réagit alors violemment. Elle enroula sa tige autour du poignet d'Alcidie afin d'y planter ses épines. La jeune fille ressentit une vive douleur et une sensation étrange. La rose affamée semblait vouloir se nourrir de son sang. Dans un élan de panique, Alcidie tenta alors de l'arracher. Elle tira et tira encore. Puis, comme un rêve soufflé par le vent, la surprenante fleur disparut. Aussitôt, l'environnement reprit son apparence initiale.

Sa crème glacée, qu'elle avait pratiquement terminée, lui avait échappé et gisait sur la pelouse. Rosamé s'était approchée pour ramasser la coupelle. Accroupie à ses pieds, une main posée sur le visage de sa petite nièce, elle la regardait d'un air inquiet.

— Tout va bien ma chérie ?

— Oui, Rosa, ne t'inquiète pas, j'étais simplement plongée dans ma rêverie, répondit Alcidie, en examinant son poignet intact. Je ne me suis pas rendu compte que je lâchais ma coupelle et ... oh !

— Ce ptérophore semble très attaché à toi, déclara Rosamé d'un ton plus serein.

Le petit ange de nuit, toujours posé sur la main d'Alcidie, prit alors son envol, exhalant dans son sillage des effluves délicats de prune, qui se mêlèrent agréablement aux légères ondes parfumées d'eau de rose.

Effluve

Eau de rose

Prune

Alors qu'elle se répétait silencieusement ces mots en regardant s'éloigner le petit papillon blanc, un soupçon d'inquiétante étrangeté vint mordre la conscience engourdie d'Alcidie.

La fée Effluve

Eos aux larmes de rosée

Petit ange de nuit au parfum de prune

III

Violine

> « *Il y a des chances pour qu'ici la fiction contienne plus de vérité que la simple réalité.* »
>
> *Une chambre à soi* - Virginia Woolf

— Maman, te voilà bien chargée ! Laisse-moi t'aider à porter tout ce matériel.

— Merci ma chérie ! Tu as passé un bon moment avec Neven et Prunelle ? demanda Aubeline en montant l'escalier.

— Un très bon moment ! Quel dommage qu'ils ne puissent pas rester plus longtemps.

— Peut-être qu'ils reviendront quelques jours après leurs examens ? Les as-tu invités pour ton anniversaire ?

— Oui, ils seront des nôtres. Par contre, il n'est pas certain qu'ils puissent revenir avant. Regarde, j'ai trouvé une nouvelle pierre dans la rivière, ajouta Alcidie après avoir déposé le matériel dans l'atelier.

— Elle est magnifique. Tu penses la mettre avec les autres dans ton *Jardin secret* ?

— Oui, au sein du plant de gazania.

— Est-ce que tu as pensé à offrir de la crème glacée à Neven et Prunelle avant qu'ils ne partent ?

— Bien sûr ! Ils l'ont adorée. C'est le dessert parfait pour mon anniversaire.

Alcidie n'évoqua toutefois pas les évènements étranges qui s'étaient déroulés dans la rivière et pendant la dégustation de sa délicieuse crème glacée. Son instinct lui intimait de ne rien en dire pour l'instant. Cette chose vivant dans les profondeurs de la rivière, l'apparition de cette femme étrange façonnée de brume rosâtre. Et cette fleur insolite ! Était-ce la réalité ou le signe d'un problème de santé sous-jacent ?

— As-tu trouvé un carnet rose ? demanda-t-elle.

— Non, il n'y en avait pas. C'est bien la première fois que je ne trouve pas mon bonheur chez Aristide ! Il m'a assuré qu'il en recevrait plusieurs exemplaires dans la semaine. Je t'y accompagnerai samedi prochain pour que tu puisses choisir.

— Ce sera l'occasion de revoir Aristide et sa fabuleuse boutique. Mais j'espère ne pas croiser Ailill à cette occasion. Son comportement me blesse. Il est de plus en plus virulent, de plus en plus fort aussi. Il en devient presque effrayant.

— Nous tâcherons de l'éviter si nous l'apercevons. Peut-être que sa mère finira par se rendre compte de son erreur. Elle aurait dû écouter les conseils du médecin ! C'est vraiment dommage, Ailill était tellement adorable quand il était petit.

— Oui, il était adorable, murmura Alcidie.

Comme Prunelle et Neven, Ailill était un de ses amis d'enfance. Mais un jour, il s'était éloigné d'elle, prétextant ne plus la comprendre. Alcidie regrettait de lui avoir révélé qu'elle percevait les *Ondes d'Iris*. Peut-être l'avait-elle effrayé en évoquant ses perceptions ? Quand elle était petite, elle croyait que tout le monde voyait ces brumes colorées. Bien sûr, il n'en était rien. Alcidie avait beaucoup d'imagination, elle aimait inventer des histoires dans lesquelles régnaient l'invraisemblance et le merveilleux, mais elle savait pertinemment que ses perceptions visuelles n'avaient rien de magique ou de surnaturel. À l'inverse, son jeune ami semblait soudain s'être persuadé du contraire. Plus récemment, il allait jusqu'à imaginer qu'elle complotait contre lui, qu'elle manigançait quelque chose d'horrible ! Que la *Sorcière Aubépine* voulait sa mort !

— C'est absurde. Je ne suis pas un monstre.

— Bien sûr que non, Alcidie. Tu n'es pas un monstre.

Aubeline s'approcha de sa fille et la serra dans ses bras pour la réconforter. Rien n'était plus agréable que de se lover dans les bras de sa mère ou de Rosamé. Elles avaient toutes deux ce pouvoir de la consoler sans un mot, avec des gestes simples et affectueux.

Malgré tout, le comportement d'Ailill et les évènements de la journée s'imposaient à son esprit. Elle ne savait pas comment aborder le sujet sans inquiéter sa mère.

Après tout, peut-être n'étaient-ce que des incidents mineurs et ponctuels ? Elle avait sûrement tout imaginé.

Son esprit fertile lui réservait certainement d'autres surprises qu'elle n'était pas en mesure de comprendre pour l'instant.

Ces expériences étranges peuvent-elles être provoquées par ma synesthésie ? S'agit-il d'un disfonctionnement de mon cerveau qui n'a pas encore été décelé ? L'Oncle Miroir souffrait d'hallucinations. Pourquoi pas moi ? De plus, Orson a une forte tendance à inventer des histoires. On ne devine jamais s'il les croit réelles ou non. Le terrain familial semble propice à l'apparition de troubles psychiques !

— Ma puce, je n'ai pas trouvé de carnet rose, mais j'ai une surprise pour toi. Je pense qu'elle te plaira.

Intriguée, Alcidie dévisagea sa mère, les yeux plissés. Aubeline était tellement enjouée que ses *Ondes d'Iris* virevoltaient en tous sens, laissant échapper des rubans de brume dorée qui poudroyaient sous les rais de lumière. Elle fouilla dans son sac et en sortit un paquet qu'elle tendit à Alcidie, non sans dissimuler l'excitation qui imprégnait ses gestes.

Alcidie dénoua le morceau de tissu vert qui enveloppait le présent. C'était un carnet. Un carnet spécial. Il était constitué de pages blanches dépourvues de lignes, Aubeline ne pouvait déroger à cette règle. Mais la couverture n'était pas unie, comme l'étaient toutes les autres. Le mot rêver, constitué de mèches de cheveux serpentines, y paradait, royal, sur fond de ciel étoilé. Et autour de lui, nimbé de clair-obscur, se déployait du lierre effleuré par les ailes délicates de cinq papillons noirs aux reflets métalliques.

— Il est magnifique ! Merci, Maman, dit-elle en la serrant dans ses bras. Je sais exactement ce que je vais en faire.

Alcidie allait y écrire un conte en l'honneur de son père. Un récit symbolique, peuplé d'étranges personnages et d'objets magiques, qui se déroulerait entre le jour et le rêve, dans un univers intermédiaire. Un monde invraisemblable en dehors du temps, accessible par la faille imperceptible qui s'étirait à l'horizon comme un sourire étrange, dont s'échappaient les ombres dansantes du crépuscule. Elle allait se glisser mentalement au travers de cette faille qui avait, selon elle, aspiré son père.

TENDRE FAILLE MAUDITE
ADIEU MA TENDRE FILLE

Après s'être assurées que tout était en ordre dans l'atelier, Aubeline et Alcidie rejoignirent Rosamé et Orson pour le dîner. Ce dernier était épuisé. Il souhaitait se coucher de bonne heure, car il avait rendez-vous, disait-il, avec une femme couronnée d'aconit qui l'attendait dans son jardin, dans les profondeurs de la *Forêt sans fin*.

— Vraiment ? demanda Rosamé amusée. Et cette femme te trouve-t-elle à son goût Orson ?

— J'entends que tu te moques, chère petite sœur ! Si tu savais ! Non seulement je lui plais, mais elle me plait aussi ! Et ce que j'aime par-dessus tout, c'est son parfum de violette. Le même que ces roses incroyables qui poussent dans ton jardin. Les blanches étincelantes comme la neige au soleil.

— L'Annapurna ? C'est le plus majestueux de mes rosiers. Cette somptueuse femme-fleur doit sentir très bon ! Tu as raison, ne traînons pas. Il ne faudrait pas la faire attendre.

— Comment s'appelle-t-elle ? s'enquit Alcidie, toujours friande de ce genre d'histoires qu'Orson adorait raconter.

— Ah ! Enfin quelqu'un qui me prend au sérieux ! rétorqua Orson, un sourire dessiné sur son visage radieux. Elle porte les noms de deux fleurs magnifiques : l'une est odorante et possède des feuilles en forme de cœur, l'autre est la plus toxique de toutes.

— Serait-ce Aconit Napel ? se hasarda Aubeline en aidant Orson à s'asseoir sur sa chaise.

— Presque ! répondit le vieil homme avec un enthousiasme enfantin.

— Violette Odorante ? s'amusa Rosamé, provoquant l'hilarité de la tablée.

— Je pense qu'elle s'appelle Violette Napel, renchérit Alcidie, en servant le repas.

— Perdu ! Vous avez épuisé vos chances, mesdames. Elle s'appelle Violette Aconit. Et elle m'a promis de me montrer, cette nuit, la plus belle des plantes à fleurs qu'elle possède. Alors mangeons, j'ai hâte de la retrouver. Rosamé, ajouta-t-il avant de saisir ses couverts, ton jardin est magnifique, mais j'ai le regret de te dire que celui de ma chère Violette l'est plus encore.

— Orson ! s'indigna Rosamé la main sur le cœur. Il faut absolument que tu me présentes cette jardinière hors du commun !

— Dans tes rêves, si tu arrives à nous y trouver, répondit Orson, en déposant un tendre baiser sur le front de sa complice de toujours.

Orson avait une personnalité très joviale et appréciait particulièrement ces instants en famille où il pouvait s'exprimer sans complexe. La maison des Bruman était un vrai sanctuaire, un lieu de vie presque magique, où il s'était toujours senti à son aise.

En fin de soirée, comme à son habitude, Alcidie sortit pour observer les sombres lueurs du crépuscule. Il faisait doux. L'air tiède s'enroulait autour de ses membres comme des rubans de soie fine. Orson avait rejoint les bras de Morphée qui le menait droit dans le jardin incroyable de sa belle Violette Aconit. Celle-ci y faisait peut-être pousser les fleurs de pavots soporifiques du dieu des songes ? C'est en tous cas ce qu'Alcidie se plaisait à imaginer en s'installant entre sa mère et Rosamé. Elles dégustaient des infusions saveur boutons de roses, les yeux rivés sur le paysage.

— Il y a quelques nuages effilochés ce soir, le spectacle n'en est que plus beau. Regarde, Maman, ces longs filaments dorés ressemblent à des cheveux d'ange, c'est merveilleux ! Les cirrus baignés de lumière crépusculaire m'évoquent toujours ta chevelure, quand les derniers rayons du soleil s'y déposent et dévoilent sa teinte enchanteresse.

— Ma chérie, tu as l'âme d'une poétesse. Pour ma part, je vois des lueurs qui se diluent dans le bleu nébuleux de la nuit. Elles m'évoquent les œuvres vaporeuses et mordorées de William Turner. Un grand poète à sa manière !

— Ce devait être une ombre du crépuscule ! s'extasia Alcidie. C'est le propre des rêveurs de vivre dans cet entre-deux fascinant.

— C'est vrai ! Il avait l'art de mêler subtilement la réalité et le rêve. Comme s'il vivait à la lisière des mondes. Dans un écrin obscur d'une beauté éthérée traversé, de temps à autre, par le monstre affamé de la folie, ajouta Aubeline.

— C'était un poète du champ infini des couleurs, comme Gertrude Jeckyll qui l'admirait tant ! s'emporta Rosamé. Elle devait, elle aussi, appartenir à ce monde dont tu parles si bien, Alcidie.

— Oui, certainement, répondit la jeune fille qui rêvassait. Il y a quelques semaines, j'ai découvert les textes de Rainer Maria Rilke. Un insaisissable poète qui contemplait le monde avec ses yeux gris-bleu d'une lucidité brumeuse. Un prince errant solitaire *Couronné de rêve*. Je crois que ce rêveur côtoyait les anges de son vivant. Les roses, dont il se disait l'ami, représentaient pour lui le lien entre la vie et la mort. On raconte qu'une piqûre de rose qui s'est envenimée a eu raison de lui. C'est un récit poétique parmi tant d'autres, mais je ne m'en lasse pas. Les histoires sont souvent bien plus belles que la dure réalité.

— C'est vrai, ajouta sa mère en la serrant contre elle. Les récits que l'on imagine sont parfois racontés pour apaiser des blessures. Les métaphores s'adressent à cette partie de nous qui refuse d'entendre des messages trop directs.

— Oui, elles apaisent en douceur les écorchures de l'esprit. En parlant de douleurs, hésita Alcidie. Crois-tu que Papa était, lui aussi, une ombre du crépuscule ? Il en avait l'étoffe...

— Oh, il était bien plus qu'une de ces ombres mystérieuses, répliqua Aubeline, les yeux plongés dans le bleu de la nuit. Il était la lumière éclatante qui donnait naissance aux ombres. Il était le clair-obscur de nos vies.

— Pourquoi nous a-t-il abandonnées ?

À ces mots, Aubeline la serra encore plus fort contre elle. Elle lui caressa tendrement la joue et déposa des baisers humides sur son front. Mais elle ne put prononcer un mot de plus. Alcidie sentit les petits soubresauts qui agitaient sa cage thoracique. Les larmes qui dévalaient les joues de sa mère venaient s'échouer sur ses joues à elle, comme pour lui faire partager son chagrin. La blessure restait vive.

La tristesse ambiante fit aussi émerger un souvenir ancien. Un de ces souvenirs doux-amers qui provoquent en nous des émotions contradictoires. Instantanément, la mélancolie envahit le regard d'Alcidie.

Dix ans plus tôt. Au même endroit.

Cachée dans un buisson, la petite Alcidie, âgée d'à peine cinq ans, avait observé sa mère qui l'appelait. Elle l'avait trouvée belle à cette heure du soir, quand les rayons du soleil s'étaient affaiblis et avaient parsemé sa chevelure de reflets mordorés.

— Alcidie, où es-tu ? Ton oncle aimerait te dire bonne nuit, il est très fatigué. Viens vite, ma chérie !

— Je suis là, Maman ! J'arrive !

La fillette était brusquement sortie de sa tanière et s'était ruée en riant sur Aubeline qui l'avait accueillie les bras grands ouverts. Des effluves agréables de miel avaient empli ses poumons au moment où elle avait enfoui son petit nez dans les cheveux lisses de sa douce maman. Relevant la tête, elle avait tendrement attrapé le visage de celle-ci entre ses deux petites mains potelées et avait arrimé son regard au sien.

— Maman, tu es la plus jolie des princesses et je t'aime de tout mon cœur.

— Moi aussi je t'aime, mon petit trésor. Viens, il ne faut pas faire attendre ton oncle.

Elles s'étaient dirigées vers la seule chambre du rez-de-chaussée, au bout du couloir, au nord. L'*Oncle Miroir* était étendu sur son lit, il avait attendu Alcidie avec impatience, comme chaque soir depuis déjà plusieurs semaines.

Les crises d'épilepsie, qui mettaient à rude épreuve ses nerfs et désorganisaient ses neurones, lui semblaient de plus en plus rapprochées. Il se sentait prisonnier, pris en étau entre le désir de pratiquer son art et l'impossibilité grandissante de se remettre de ces crises imprévisibles, qui pouvaient prendre des formes très diverses. Blessé de l'intérieur, il n'était plus que l'ombre de lui-même.

Chaque soir, Alcidie avait pris l'habitude de venir le serrer dans ses bras avant qu'il ne parte pour les contrées du rêve. Elle en profitait pour lui raconter sa journée.

L'homme, attendri, l'avait écoutée attentivement, le sourire aux lèvres. Le son de la voix d'Alcidie avait bercé son esprit. Ses histoires d'enfant l'avaient consolé de ne plus pouvoir en écrire lui-même. Et son rire cristallin avait apaisé ses souffrances.

Avant qu'elle n'aille dormir, l'*Oncle Miroir* avait offert à sa nièce une pierre lisse et douce, ponctuée de minuscules éclats dorés et parcourue d'arabesques dont les contours évoquaient le lierre. Puis il avait murmuré des paroles qui resteraient gravées dans sa mémoire. Aujourd'hui encore, elles demeuraient obscures.

— Cette pierre est la clé du mystère, garde-la toujours avec toi. Un jour viendra où tu seras capable de remettre les choses à leur place, pour apaiser les esprits. Mais il faudra toujours te méfier de l'homme qui a le cœur sur la main ! Je t'aime.

L'homme qui a le cœur sur la main ? De qui s'agissait-il ? Alcidie ne le savait pas encore, mais elle s'était, depuis lors, toujours méfiée des hommes un peu trop gentils avec elle.

Quelques heures après avoir serré l'*Oncle Miroir* dans ses bras, la petite fille s'était approchée de la fenêtre de sa chambre pour observer le ciel parsemé d'étoiles. Elle avait alors vu une silhouette féminine sortir du bois. Une inquiétante femme aux cheveux argentés, nimbée de brume violine, qui hanterait dorénavant ses nuits. Violine, c'était la couleur la plus ambiguë qu'elle connaissait. Ni chaude ni froide, fascinante et énigmatique, cette couleur correspondait parfaitement à l'image de cette femme venue d'un autre monde.

La frayeur et l'émerveillement s'étaient emparés d'elle. La femme était d'une beauté irréelle, étrange, insaisissable. Elle était terrifiante. Un vrai mystère. Hypnotisée par sa présence, Alcidie avait été incapable de bouger.

L'extraordinaire créature s'était avancée sur la pelouse, suivie par une nuée impressionnante de demoiselles et de papillons. Elle s'était mue comme une fée vaporeuse aux souliers immaculés, dont la cape paraissait faite d'un morceau de ciel étoilé. Sa chevelure, incroyablement longue, était restée suspendue dans un mouvement évoquant les ailes d'un ange. Elle s'était soudain arrêtée, s'adressant au père de la fillette qui semblait l'avoir attendue.

À ce moment précis, Théophane s'était effondré sur la pelouse, enserrant sa tête entre ses mains. À l'endroit même où s'étaient échouées ses larmes de douleur, un petit bouquet de myosotis avait poussé, comme par magie. Alors, la femme lui avait doucement caressé les cheveux, avant de se diriger vers la maison où elle était entrée sans qu'on l'y ait invitée.

Alcidie était censée se reposer depuis longtemps. Elle ne dormirait plus jamais sur ses deux oreilles.

Le lendemain matin, elle avait attendu dans sa chambre que Maman vienne la chercher pour prendre son petit déjeuner. Elle avait regardé par la fenêtre, son papa n'était plus agenouillé sur la pelouse. Mais le petit bouquet de myosotis était encore là.

Elle avait entendu des pleurs au loin. Puis des pas avaient résonné dans l'escalier. Effrayée, elle avait couru se cacher sous sa couette, pensant que les pas pouvaient être ceux de la femme aux longs cheveux argentés qui venait la chercher. Elle avait saisi le petit caillou lisse et doux de son oncle pour se réconforter, avant de chantonner sa comptine préférée : celle que son papa lui fredonnait dans le creux de l'oreille quand elle avait peur.

Puis la porte s'était ouverte. Doucement. Dévoilant Rosamé qui était entrée, le regard empli de tristesse. Elle avait pris Alcidie dans ses bras et tout en la cajolant, lui avait confié deux nouvelles aussi tragiques que révoltantes : l'*Oncle Miroir* avait rendu son dernier souffle durant la nuit et son père s'en était allé sans prévenir.

À cette annonce, Alcidie avait eu l'horrible sensation que mille épines s'étaient enfoncées au même instant dans son petit cœur tendre. Pour cette raison, elle baptiserait ce jour de peines, le *Jour des épines*.

ÉPINES
PEINES

Déversant son chagrin en larmes ruisselantes pour évacuer cette sensation douloureuse, elle avait couru vers la fenêtre pour regarder le petit bouquet de myosotis. Il gisait là, tout petit, comme un adieu. Portant le message de son père lui intimant de ne pas l'oublier. Elle ne l'oublierait jamais.

Carnet Bleu nuit,
9 ans 5 mois et 20 jours après le Jour des épines,
Encre bleue sur papier blanc.

Je me souviens de cette femme au port de reine, comme si ma rencontre avec elle avait eu lieu hier. Je me souviens aussi de cette odeur qui avait soudain envahi ma chambre ; un parfum de prune subtil et agréable.

Cette créature des heures grises est née de l'ombre, à la limite du Bois aux milles cheveux d'ange.

Ce nom donné au bois, il y a plusieurs centaines d'années, est-ce une allusion à sa chevelure incroyable ?

Depuis cette nuit étrange, elle m'inspire, m'insuffle des idées à la manière d'une muse. Mais qui est-elle vraiment ?

Elle reste insaisissable.

Est-elle une hallucination ?

Le fruit de mon imagination ? Un rêve ? Une fée ?

Une bienfaitrice ou une horrible meurtrière ? L'ange de la mort ?

Est-elle l'instigatrice du départ inopiné de mon père ?

L'a-t-elle tué après s'être débarrassée de mon oncle ?

L'a-t-elle emmené dans ce royaume oublié de tous ?

Jamais, depuis ce jour, je ne l'ai aperçue dans la réalité.

Seulement en rêve. Mais dans mes songes, elle ne me répond pas. Elle m'observe de son regard déstabilisant. Ce regard de Reine que l'on vénère, qui a le don de m'énerver.

EN RÊVE

VÉNÈRE

ÉNERVE

Alors je veille, je scrute la lisière du bois longtemps après la tombée de la nuit. Je ne suis plus une petite fille transie de peur. Si elle m'apparait de nouveau, en monstre repu de ma pure peur enfantine, j'exigerai d'elle des réponses.

REPU

PURE

PEUR

Crépuscule, c'est ainsi que je la nomme. Comme mon arbre.

Car elle a la même allure majestueuse, la même beauté fascinante. Et elle traine derrière elle les brumes énigmatiques du soir, balayant de sa cape ténébreuse, les dernières lueurs du jour déclinant.

Fluide carmin

« Un danseur danse parce que son sang danse dans ses veines »
Anna Pavlova.

Le soleil venait à peine de se lever et ses rayons délicats resplendissaient sur les murs nus de sa chambre. Alcidie observait attentivement la pierre qu'elle avait arrachée au lit de la rivière, trois jours auparavant. Elle ne ressemblait à aucune de celles qu'elle possédait. Elle avait dû être roulée plus longuement par les flots, car elle était plus lisse. Les circonvolutions à sa surface étaient plus nombreuses et plus fines que sur toutes ses autres pierres. Des couleurs éclatantes donnaient presque vie à cette chose inerte qui l'émerveillait.

Elle était veinée de rouge sanguin, carmin, grenat, vermillon, garance et des sinuosités blanchâtres se mêlaient à des arabesques brunes. En comparaison, ses autres cailloux lui parurent plus grossiers et elle s'en voulut de ne plus les apprécier autant qu'avant. Même celui de l'*Oncle Miroir* faisait pâle figure à côté de la nouvelle venue. L'après-midi même, elle irait déposer la nouvelle pierre dans son *Jardin secret*, là où les larmes de Théophane s'étaient muées en bouquet de myosotis. Elle s'accorderait parfaitement avec le plan de gazania aux couleurs flamboyantes qu'Angèle avait choisi.

Il était tôt et malgré cela, il faisait déjà chaud. Elle reposa la pierre pour aller prendre une douche.

Les effluves du savon à l'huile essentielle de bois de rose étaient très agréables. Elle ferma les yeux pour mieux les apprécier, tout en laissant glisser son esprit derrière le voile de la rêverie.

Cette nuit, j'ai encore songé que je n'étais pas moi, tout en étant moi-même. Je me trouvais loin des miens. Une ombre me suivait, alors que je déambulais dans les allées d'un cimetière étrange. Cette ombre cherchait désespérément le cœur du mystère. Quel était mon prénom déjà ? Je ne m'en souviens plus. Je foulais la terre d'une contrée brumeuse éclairée par les lueurs diffuses d'un crépuscule éternel, espérant y retrouver ma sœur, Alcidie. Je faisais naitre des fleurs qui s'épanouissaient dans le creux de ma main. Puis des lianes qui ondoyaient jusque sur le sol jonché de gisants virides. À un moment, je me suis penchée pour ramasser une rose particulièrement odorante. Elle a enroulé sa tige parcourue d'épines acérées autour de mon poignet qui s'est mis à saigner. Cette fleur aux arômes subtils me rappelait l'Annapurna de Rosamé. Elle fleurait bon la violette et s'abreuvait du fluide carmin qui parcourait mes veines. Était-elle semblable à celle qui m'est apparue dans le jardin ?

ROSAMÉ
ARÔMES

Un arc-en-ciel de vêtements paradait dans son armoire. Elle jeta son dévolu sur une robe aérienne en coton bleu lagon et sa paire de sandales noires. Puis, d'un pas léger, elle se dirigea vers l'atelier de sa mère qui était déjà absorbée par l'élaboration d'un nouveau projet. Elle s'approcha pour l'embrasser.

— Bonjour, Maman !

— Bonjour ma puce. Tu as bien dormi ?

—J'ai fait quelques rêves étranges mais je me sens reposée. Qu'est-ce que tu prépares ?

— Une nouvelle illustration qui servira pour la réalisation d'une affiche. Je vais devoir travailler toute la journée. Mais ce midi, je prendrai le temps de manger en ta compagnie. Orson devait voir le médecin pour son arthrose. Rosamé est partie avec lui. Ils vont déjeuner chez Angèle.

— Ne t'inquiète pas, Maman. La solitude ne m'effraie pas.

Je vais aller prendre mon petit déjeuner. Ensuite, j'ai très envie de relire certaines histoires qui attendent patiemment dans la bibliothèque.

— C'est une bonne idée. Je viendrai te chercher quand j'aurai besoin de faire une pause.

— Travaille bien, ma petite maman, conclut-elle en l'embrassant de nouveau. À tout à l'heure !

— À tout à l'heure, ma chérie.

En descendant l'escalier, Alcidie songea aux histoires enchanteresses de l'*Oncle Miroir*. Plus le temps passait, plus elle se disait qu'il devait avoir régulièrement foulé les chemins nébuleux qui menaient aux rêves, ceux éclairées par les lueurs diffuses d'un crépuscule éternel. Avait-il lui aussi le pouvoir de rêver double ?

Après son petit déjeuner, elle se dirigea vers la bibliothèque que l'*Oncle Miroir* avait occupée nuit et jour, pendant les quelques semaines qui avaient précédé son décès. L'épilepsie s'était révélée discrète les premières années. Pour finalement s'imposer comme un bourreau, qui avait anéanti tous ses projets d'écriture et gâché ses moindres instants de bonheur. La tristesse s'était installée durablement dans son cœur.

En longeant le couloir, Alcidie se souvint de la violence des crises que le pauvre homme subissait. Elles étaient effrayantes ! Ses absences et ses larmes avaient accompagné les hallucinations visuelles et auditives qui s'étaient multipliées au crépuscule de sa vie, comme des messages cruels qui avaient annoncé à tous que sa fin était proche.

Arrivée devant la porte de la bibliothèque, Alcidie prit une grande inspiration. Puis elle l'ouvrit doucement. Le grincement sinistre des charnières la fit frissonner. Les volets n'étaient pas encore ouverts. Elle alluma donc la lumière puis referma derrière elle. Chaque fois qu'elle pénétrait dans cette pièce, un sentiment étrange l'envahissait. Les odeurs, les couleurs, les textures et les sons feutrés que les murs renvoyaient à chacun de ses pas appelaient en elle des souvenirs à demi enfouis. Ils ressurgissaient à une allure si vertigineuse, qu'il lui fallait toujours une période d'adaptation à l'atmosphère particulière de la pièce, avant de pouvoir apprécier une quelconque lecture.

Le lit de l'*Oncle Miroir* avait été remplacé par une méridienne sur laquelle elle s'installa. Elle fit glisser son regard sur les étagères, sur les livres qu'elles contenaient, sur la tapisserie ouvragée, le plafond, puis sur le luminaire.

La magnifique suspension ornée de vitraux colorés aux motifs inspirés par la nature l'avait toujours fascinée. Elle se sentait comme ensorcelée lorsqu'elle posait son regard émerveillé sur cette œuvre d'art luminescente aux multiples reflets colorés. La lumière qui passait au travers des morceaux de verre taillé se parait de teintes incroyables.

Sa vue se brouilla alors légèrement quand un souvenir précis s'imposa à elle.

Un soir, quelques semaines avant le *Jour des épines*, elle s'était approchée de l'*Oncle Miroir* pour l'embrasser, avant d'aller dormir.

— Installe-toi quelques minutes près de moi, ma chérie, avait-il déclaré en lui faisant une place dans son lit. Car ce soir, je vais te raconter l'histoire du luminaire qui orne le plafond de cette pièce. Sais-tu qu'il a des origines magiques ?

— Vraiment ? s'était-elle écriée, impatiente d'entendre son récit.

— Il a été confectionné par les fées, dans le jardin le plus beau et le plus secret qui soit. Une terre qu'aucun être humain ne peut fouler sans y avoir été invité.

— Mais toi, tu es un humain ! Non ?

— Bien sûr !

— Comment y es-tu allé alors ? Tu as été invité ?

— À vrai dire, je n'ai pas eu besoin de m'y rendre. Les fées visitent parfois notre monde pour des raisons obscures et y laissent, de temps à autre, des preuves de leur existence. Voici comment j'ai découvert l'un de ces objets féériques. Je me baladais tranquillement sur les sentiers du *Bois aux mille cheveux d'ange*, quand soudain, j'ai trébuché. Il est toujours très imprudent de marcher les yeux tournés vers le ciel !

— Tu t'es fait mal ?

— Non, je ne me suis pas fait mal, ma puce. Je suis tombé sur un tapis de mousse si épais qu'il a amorti ma chute. Je m'apprêtais à me relever, quand j'ai aperçu un nuage de poussière scintillante qui jaillissait d'un assemblage de végétaux niché entre deux buissons touffus.

— Des végétaux magiques ?

— Pour être plus précis, il s'agissait d'un délicat ouvrage composé de lianes fleuries et feuillues, méticuleusement tressées par les fées.

— Oh ! Tu as vu une fée ? s'était écriée Alcidie, les yeux brillants de curiosité.

— J'aurais adoré ! Seulement, c'est impossible. Ces êtres sont aussi insaisissables que le vent. Mais comme je suis un expert en créatures merveilleuses, j'ai tout de suite reconnu l'ouvrage abandonné entre les buissons.

— C'était une lampe ?

— Non, ma chérie, c'était un berceau. Et ce berceau magique avait été tissé par les mains habiles d'une de ces fées évanescentes en vue de transporter un changelin. Elle l'avait laissé là. Dans notre monde. J'en ai conclu qu'il ne lui était plus d'aucune utilité, car les fées ne se débarrassent pas si facilement de ce qui leur appartient ! Je l'ai donc ramassé.

— Est-ce qu'il y avait un bébé changelin dedans ?

— Non, il était vide. Cependant, il avait sûrement servi à en transporter un. Je pensais pouvoir montrer le berceau à Aubeline avant que sa magie ne s'estompe. Malheureusement, au contact de mes mains de mortel, cette magie s'est envolée vers le jardin des fées. Le nuage de poussière scintillante a disparu tandis que les lianes pleines de vie qui grouillaient sous mes doigts se sont lentement pétrifiées. L'objet que j'avais sous les yeux n'en demeurait pas moins charmant ! Alors, j'ai décidé de le ramener chez nous. Que penses-tu de ces couleurs éclatantes qui illuminent la pièce ?

— Elles sont magiques !

— Absolument ! Maintenant, tu connais l'origine féérique de ces éclats de lumière enchanteresse.

— Tu es sûr qu'il ne reste pas un peu de magie dedans ?

— Oh ! Je n'en suis pas tout à fait certain. Peut-être demeure-t-il un soupçon de poussière de fée dans ces rais de lumière. Et peut-être même que ces résidus nous soufflent des rêves merveilleux. Allez, il est l'heure d'aller dormir, avait-il conclu en embrassant Alcidie. Fais de beaux rêves, ma puce.

Cette histoire avait empli d'émerveillement les grands yeux de la petite Alcidie. Dans son imaginaire, l'*Oncle Miroir* possédait le berceau miroitant d'une fée qui avait le pouvoir de lui insuffler des rêves fabuleux.

Quelques heures avant de mourir, ce dernier lui avait offert un exemplaire de son recueil de contes le plus récent. Alcidie ne l'avait jamais ouvert. Elle avait terriblement peur des émotions qu'elle ressentirait à sa lecture.

Mais aujourd'hui, elle avait envie de dépasser cette angoisse qui la tenaillait chaque fois qu'elle repensait au passé. Il était temps qu'elle agisse pour évacuer ses craintes enfouies au plus profond d'elle-même. Elle fit alors un effort pour vaincre son appréhension et saisit l'ouvrage qui l'attendait patiemment sur une étagère.

Avant de le feuilleter, elle éteignit la lumière et ouvrit les volets. Ainsi, à la lueur du soleil d'été, elle se sentirait moins mélancolique en parcourant les pages de son précieux livre. Elle fit ensuite glisser ses doigts sur la somptueuse couverture du recueil pour en éprouver les textures. Une toile bleu nuit un peu rêche accueillait des volutes teintées de noir et d'éclats dorés, lisses et douces au toucher, qui couraient jusque sur la quatrième de couverture, pour s'y épanouir en un motif magnifique aux arabesques sinueuses.

— *Nulle part & Partout*, murmura-t-elle. Un titre charmant mais aussi nébuleux que l'esprit de l'*Oncle Miroir* !

À l'intérieur, sur la page de garde, une dédicace manuscrite à son attention attendait d'être lue depuis déjà dix ans. Elle caressa délicatement le texte : les lettres rugueuses avaient probablement été tracées à la plume. L'*Oncle Miroir* appréciait particulièrement la calligraphie et s'y adonnait à ses heures perdues. Elle inspira, puis s'apprêta à lire les mots couchés sur le papier, quand une ombre les recouvrit lentement. Figée par l'effroi, elle n'osa plus respirer. Quelqu'un se tenait debout juste devant elle.

La porte et la fenêtre sont pourtant bien fermées ! s'inquiéta-t-elle.

Son rythme cardiaque s'intensifia quand l'ombre esquissa un mouvement très lent. La présence levait un bras dont les articulations craquaient de manière inquiétante.

Alcidie se raidit. Des gouttes de sueur froide perlèrent sur son visage blême, alors que ses mains devenues moites refermaient lentement le recueil de l'*Oncle Miroir*. Elle le posa sur la méridienne avant de lever son regard épouvanté. Devant elle, une pie-grièche se dressait fièrement sur le bras d'un être qui paraissait difforme. Était-ce un homme chétif ? Une femme filiforme ? Un enfant maigre plus grand que la moyenne ?

En raison du contre-jour, Alcidie ne discernait pas clairement les traits de son visage. Elle constata néanmoins qu'il ne renvoyait aucune *Ondes d'Iris*. Qui pouvait-il bien être ? Était-il vraiment là ? Il leva son bras biscornu pour effleurer les livres posés à sa hauteur, des craquements sinistres retentirent de plus bel. Finalement, l'épouvantable présence agrippa un des livres de son petit doigt crochu.

PAF !

Alcidie tressaillit quand l'ouvrage tomba avec fracas sur le sol. Puis, de son autre main, l'intrus lâcha une poignée de prunelles qui s'éparpillèrent sur le sol. Instantanément, des centaines de blattes s'échappèrent de chaque fruit. La pie-grièche se rua dessus pour les dévorer. C'est à ce moment précis que la terrifiante créature vociféra d'une voix lugubre : **NULLE PART ET PARTOUT !** Alcidie se recroquevilla quand il laissa échapper un râle angoissant.

PURE

PEUR

Les genoux serrés contre sa poitrine, elle ferma les yeux et boucha ses oreilles dans le même temps. Un réflexe enfantin engendré par la PURE PEUR qu'elle ne put réfréner. Comme si le fait de ne plus voir ni entendre l'avait rendue invisible et l'avait transportée loin de toute menace.

PURE

PEUR

Les cafards grouillants se dirigeaient vers elle à une allure vertigineuse. Elle redoutait, plus que tout, ces petits êtres qui proliféraient trop vite ! Elle se sentit défaillir à l'idée qu'ils puissent se glisser sous ses vêtements ou s'introduire dans les orifices de son corps.

PURE

PEUR

Des mains se posèrent sur elle.

PURE PEUR, PURE PEUR, PURE PEUR !

Hurlements atroces venus des tréfonds de sa PURE PEUR !
Violents coups dans le vide provoqués par sa PURE PEUR !

Larmes d'ANGOISSE vectrices d'AGNOSIES.

— Alcidie !
Elle ouvrit subitement les yeux. Aubeline avait reculé de quelques pas pour éviter les coups.

Alcidie resta prostrée, ses membres tremblaient de terreur. Sa mère s'assit alors à ses côtés et la serra contre elle pour essayer de l'apaiser. Ainsi lovée, l'adolescente se livra sans retenue. Elle évoqua l'intrus difforme à la voix angoissante qui s'était glissé dans la pièce et la poignée de prunelles emplie de blattes dégoutantes qu'il venait de lâcher. Elle fut soulagée d'avoir partagé ses inquiétudes. Mais sa mère semblait sceptique.

— Te souviens-tu t'être endormie, ma chérie ? Je pense que tu viens simplement de faire un horrible cauchemar, rien de plus. Il n'y a pas de cafards ni de monstre difforme dans cette pièce.

— Je n'ai pas pu m'endormir, répondit Alcidie, bouleversée. Je viens juste de me lever !

— Alcidie, il est déjà midi.

— Maman, c'est impossible ! Je n'ai pas pu passer trois heures dans cette pièce, je viens à peine d'en franchir le seuil !

— Regarde l'heure, répondit calmement Aubeline tout en ramassant le livre tombé au sol. Il y a forcément une explication logique à tout ceci.

Alcidie scruta son environnement, tout était redevenu normal. Elle tourna son regard vers l'horloge qui indiquait midi.

Elle regarda alors la montre de sa mère: MIDI.

Son téléphone portable : MIDI.

MIDI ! MIDI ! MIDI !

Elle dut se rendre à l'évidence, le temps n'avait pas pu accélérer sa course, elle s'était certainement endormie. Elle s'avachit dans le fond de la méridienne, les bras ballants et les yeux hagards.

— Tu as raison, souffla-t-elle, abasourdie. J'ai dû m'endormir sans m'en apercevoir. Mon esprit tortueux m'en fait voir de toutes les couleurs ces derniers temps. Mais ce livre, comment est-il arrivé là ?

— Ce n'est pas un livre, c'est un carnet. Un magnifique carnet.

Intriguée, Alcidie se redressa. Le regard scrutateur, elle fit glisser ses doigts sur le carnet qu'Aubeline avait posé entre elles, sur la méridienne.

— Il est sublime, murmura-t-elle. Il ne doit pas être rangé là depuis bien longtemps. Je l'aurais forcément remarqué. Il est à toi ?

— Non, il n'est pas à moi. Il appartient peut-être à Rosamé ? Ou à Orson ?

La couverture rigide du mystérieux carnet, parée d'un tissu noir profond, était sertie d'une multitude de petites pierres en cristal de roche de différentes tailles. Ses pages étaient vierges. Sur la deuxième de couverture figurait un symbole étrange : deux chiffres cinq calligraphiés en miroir l'un de l'autre, deux frères jumeaux parcourus d'arabesques végétales entre lesquels se lovait un flacon.

— On dirait l'emblème d'une communauté secrète, remarqua la jeune fille qui semblait retrouver son calme. Sais-tu ce qu'il représente ?

— Non, ce logotype manuscrit ne me rappelle rien.

— Un mystère qui rend cet objet plus fascinant encore.

— Et là, lui fit remarquer sa mère en pointant le dessin du doigt. Cette ligne courbe, on dirait une phrase. Mais c'est écrit si petit que c'est illisible à l'œil nu. Je vais chercher ma loupe.

Elles se rendirent à l'étage. Aubeline farfouilla quelques minutes dans les tiroirs de son bureau et finit par trouver l'objet recherché. Elle le tendit à Alcidie qui l'approcha du carnet pour déchiffrer l'inscription.

— *À cœur ouvert et à corps perdu…*

— En es-tu sûre ?

— Absolument certaine, regarde.

— C'est aussi le titre d'une des cinq histoires de *Nulle part & Partout*, affirma Aubeline. Ce carnet devait donc appartenir à notre écrivain prolifique.

— Pourquoi le découvrons-nous seulement aujourd'hui ?

— Peut-être que Rosamé l'a sorti d'un tiroir pour le mettre en évidence sur ces étagères ? Ou peut-être est-ce Orson qui l'a descendu du grenier ? Il y passe tellement de temps dernièrement.

Le **GRENIER**. C'était de loin la partie de la maison qu'Alcidie aimait le moins. Elle était effrayée par ce qui s'y trouvait. Dans « grenier », il y avait « nier » *et c'était* justement ce qu'Alcidie s'employait à faire de ce lieu : le nier. Elle niait le grenier comme elle rejetait l'idée de lire le passé. Pourquoi Orson y passait-il autant de temps ?

Le **GRENIER** *était le gardien* des temps anciens. Il était constitué de poussières de mémoire, de toiles d'araignée qui emprisonnaient les souvenirs, de lames de parquet qui hurlaient leurs complaintes et maudissaient les gens qui déposaient leurs pieds de vivants sur leur bois mort.

Le **GRENIER** empestait la mort et la putréfaction d'objets antiques. Ces vieux objets qui renfermaient l'âme des défunts dont les sanglots résonnaient dans la nuit noire. Le magnifique carnet trouvé dans la bibliothèque ne pouvait pas avoir été entreposé dans un endroit aussi sordide !

Le **GRENIER.**

Alcidie n'y remettrait **JAMAIS** les pieds !

L'après-midi même, après avoir déposé la pierre rougeoyante dans son *Jardin secret*, Alcidie s'installa dans un coin de l'atelier d'Aubeline pour lire, *Nulle part & Partout*. Elle n'avait pas envie de rester seule après ce qu'elle venait de vivre.

De plus, l'idée du **GRENIER** l'obsédait plus que jamais. Discrète et silencieuse, elle lut d'abord la dédicace manuscrite.

Alcidie, petit arc-en-ciel, ces récits tortueux feront bientôt écho à tes propres expériences. Ils sont une part de moi que je te laisse et je suis persuadé que tu sauras les comprendre mieux que quiconque.

L'adolescente releva la tête pour regarder sa mère qui semblait s'être laissée glisser dans un autre monde. Elle avait relevé ses cheveux de manière à avoir le visage bien dégagé. Ainsi coiffée, elle ressemblait à une fée scintillante enveloppée dans sa brume ponctuée de dorures. Alcidie la trouvait belle quand elle s'abandonnait à la création. Elle savait que sa mère côtoyait des créatures incroyables et qu'elle était même à l'origine de la naissance de certaines d'entre elles. Elle foulait le sol de contrées imaginaires sans *même* quitter son atelier.

Attendrie, elle posa ensuite son regard sur la seule toile suspendue dans la pièce : *u*n portrait de son père Théophane. Face à lui, sa mère avait suspendu un miroir, *à l*a surface duquel se reflétait le visage peint de Théophane, comme un souvenir *rêvé* de l'Oncle Miroir.

À cœur ouvert & à corps perdu
Le Clair-obscur
Carpe Diem
Les jardins intérieurs
Mystère au Cimetière endormie

CINQ *histoires.*

Alcidie lut les CINQ histoires écrites par son énigmatique *Oncle Miroir,* le clone dilué dans les larmes de son deuil. Et ces histoires la marquèrent profondément.

L'une d'entre elles, À cœur ouvert et à corps perdu, évoquait l'existence d'un manuscrit serti de pierres en cristal de roche capable d'exaucer un vœu. Son contenu, invisible en plein jour ne pouvait être déchiffré que sous les faibles lueurs du crépuscule, un soir sans nuages. Il ressemblait étrangement au carnet trouvé dans la bibliothèque. L'*Oncle Miroir* s'en était-il inspiré pour écrire ?

Poussée par la curiosité, Alcidie attendait avec impatience de pouvoir exposer aux couleurs du soir, le mystérieux carnet noir trouvé dans la bibliothèque. Elle aurait adoré le faire en présence de ses amis. Mais plusieurs jours passèrent sans que Prunelle et Neven ne puisse venir la voir. Ils étaient retournés à Paris pour passer leurs examens de fin d'année et participer aux répétitions pour le spectacle de l'école de danse. Leur planning était chargé. Ils communiquaient donc uniquement par téléphone ou par mail.

— Ne t'inquiète pas, l'avait rassuré Neven, nous serons présents pour ton anniversaire. En attendant, il faut absolument que tu regardes *Hexentanz*, de Mary Wigman. C'est complètement en accord avec ta manière de penser et de vivre la danse.

Hexentanz, La danse de la sorcière.
Fascinante et énigmatique Mary Wigman.

Cette extraordinaire danseuse était guidée par ses émotions. Son univers enchanteur et organique entretenait des liens étroits avec la nature. Elle utilisait l'espace et le rythme de manière remarquable. Par le langage du corps, elle exprimait son univers métaphorique, suggérant des mondes immatériels et évanescents. Neven avait vu juste. Cet univers parlait à Alcidie, qui s'était alors persuadée que Mary Wigman était une de ces ombres gracieuses du crépuscule. Tout comme Loïe Fuller, la danseuse papillon qui faisait disparaître son corps sous un voile aérien tournoyant, parcouru d'ondoiements de lumière et de couleurs.

Danse serpentine.
Ondoiements de lumière et de couleurs.
Échos d'Ondes d'Iris.

Toutes deux glissaient entre les mondes, entretenant un équilibre fragile entre le règne du sensible et celui du spirituel.

Entre la réalité et le rêve.

Paysage fluctuant, Danse pour le soleil, Monotonie, Chant Séraphique, Champ de tempête, Danse d'été...

Des titres aussi évocateurs que ceux des histoires qu'Alcidie aimait lire et inventer. Celles qui s'insinuaient langoureusement dans son esprit et sa chair, jusqu'à imprégner de leur délicieuse substance immatérielle, le fluide carmin qui circulait dans ses veines.

Le soir même, elle ne put réfréner le désir de danser en compagnie des ombres du crépuscule, sur les rayons mourants du soleil. Une danse lente et émouvante, mystérieuse et envoûtante, la danse de la *Sorcière Aubépine*.

Couleur fruit des bois.

> *« Je te rends ce trésor funeste,*
> *Ce froid témoin de mon affreux ennui.*
> *Ton souvenir brûlant, que je déteste,*
> *Sera bientôt froid comme lui. »*
> *Extrait de À l'amour*
> *Marceline Desbordes-Valmore*

Le vieux vélo de Rosamé chantait.

Clic clic clic ! ZZzzzzzz !

Habillée d'un ensemble bleu lagon, Alcidie se laissait porter par la vieille bicyclette qui dévalait la colline à toute vitesse. Aubeline la suivait de près, assise sur un vélo qu'elle possédait depuis son adolescence. Quelques kilomètres seulement les séparaient de leur destination : le magasin d'Aristide. Il se situait au cœur du village, dans une ruelle étroite qui menait à la place de l'église, au centre de laquelle se dressait fièrement l'édifice gothique. C'est ici qu'elles laissèrent leurs bicyclettes.

Ailill était dans la rue, à quelques mètres de la boutique des Beaux-arts. Il accompagnait sa mère qui faisait les courses. Alcidie et Aubeline patientèrent à l'angle de la ruelle, jusqu'à ce qu'il entre dans la petite supérette.

Le jeune homme ne supportait plus Alcidie. Personne ne comprenait pourquoi et il ne s'en expliquait pas. Depuis peu, chaque fois qu'il la voyait, il lui lançait des regards haineux et murmurait des insultes à son égard. Il arrivait même qu'il crache devant ses chaussures. Alcidie en était très affectée. Il était persuadé qu'elle complotait contre lui, que la *Sorcière Aubépine* voulait sa mort ! Hanté par cette idée délirante, il menaçait sans cesse de lui couper sa *tignasse de sorcière*.

Lucille, sa mère, se confondait en excuses à chaque fois qu'elle le pouvait. Elle était désespérée. La pauvre s'occupait seule de son fils depuis toujours. Elle se sentait responsable du moindre de ses agissements.

Aussi, quand le médecin du village lui avait suggéré d'emmener Ailill chez le psychiatre de la ville voisine, parce qu'il avait détecté chez lui des signes d'alerte lui faisant craindre une évolution schizophrénique, un sentiment de culpabilité, doublé d'une peur panique de se voir critiquer, avait envahi Lucille. Bien sûr, elle se fourvoyait en pensant qu'elle était responsable de la santé mentale défaillante d'Ailill. Mais elle se voilait la face. Il était hors de question d'aller voir ce spécialiste qui risquait de souligner son incompétence à élever correctement son fils !

Alors, comme on élide la dernière syllabe d'un mot en fin de vers, Lucille avait balayé cette éventualité. Ailill ne pouvait pas être en proie au délire, elle l'avait trop aimé pour cela !

DELIRE
ÉLIDER

Depuis, Ailill avait grandi. Il était de plus en plus fort et ses obsessions s'étaient amplifiées elles aussi. Les idées noires qui s'étaient un jour engouffrées dans son esprit menaçaient maintenant de le faire imploser, meurtrissant au passage quiconque se dresserait sur son chemin. Alcidie et Aubeline devaient à tout prix l'éviter.

La devanture en bois de la boutique d'Aristide était somptueuse. Elle adoptait une composition bipartite combinant plusieurs motifs végétaux. Des vitraux aux couleurs éclatantes surmontaient l'ensemble. Cette façade Art nouveau avoisinait des habitations à pans de bois et des bâtiments de style Renaissance.

Quand elle était enfant, Alcidie imaginait qu'Aristide était un enchanteur qui avait réussi à figer un jardin entier pour en faire son refuge.

La boutique était exiguë. Mais les présentoirs en bois et autres étagères ouvragées étaient assez bien disposés pour permettre aux clients de se sentir à leur aise.

Impatiente, Alcidie passa le pas de la porte en espérant retrouver cette ambiance magique qu'elle appréciait tant. Cela faisait déjà six mois qu'elle n'avait plus osé remettre les pieds au village, de peur de croiser Ailill. En cet instant, elle apprécia les parfums agréables des fournitures, les couleurs chatoyantes des différents papiers et des godets d'aquarelle alignés avec soin.

Aristide vint à sa rencontre. Ses Ondes d'Iris étaient multicolores. C'était assez rare pour qu'Alcidie le soupçonne d'être quelqu'un de très spécial. Cet homme âgé d'une gentillesse infinie connaissait Rosamé et Orson depuis sa toute petite enfance. Il était, en quelque sorte, le plus vieil ami de la famille Bruman. Alcidie se demandait même parfois s'il n'était pas amoureux de Rosamé. Pauvre Aristide ! Le cœur de Rosamé avait toujours battu pour Angèle !

— Bonjour Alcidie ! C'est un plaisir de te revoir.

— Plaisir partagé Aristide.

— Chère Aubeline, j'ai reçu les pinceaux que tu as commandés la dernière fois. J'ai aussi reçu les carnets roses, ils sont tous rangés sur cette étagère.

— À côté du rayon consacré aux jardins merveilleux ! remarqua Aubeline. Je vais peut-être en profiter pour acheter un de ces livres à Rosamé.

— Justement, ajouta Aristide en frottant ses mains l'une contre l'autre tout en avançant vers le présentoir, je viens d'en recevoir un ou deux qui devraient correspondre à ses attentes. Je vais te les montrer. Dans celui-ci, il y a plusieurs pages consacrées à Munstead Wood. Les reproductions des plans de parcs et jardins de Gertrude Jekyll y sont superbement mises en page.

— Il est vraiment magnifique ! s'extasia Aubeline en le feuilletant.

— Alcidie, les carnets sont juste là, indiqua Aristide en remuant son index comme s'il était sur le point de jeter un sort. Prends ton temps pour choisir, c'est un cadeau que je te fais. Pour tes quinze ans.

Alcidie les compara. Après quelques minutes de réflexion, elle en choisit un qui irait parfaitement avec la robe qu'elle comptait porter le jour de son anniversaire.

Un carnet rose brumeux pailleté ! Moi qui aime la discrétion et la subtilité... Pourquoi jeter mon dévolu sur ce carnet tape-à-l'œil ? Est-ce la magie du lieu qui m'influence ?

— Aristide, celui-ci est parfait !
— Ah ! Très bien ! Maintenant, il faut que tu sélectionnes le crayon que tu utiliseras avec. Regarde juste derrière toi, dit-il en lui adressant un petit clin d'œil.

Alcidie fit face au présentoir. Il y avait tellement de crayons qu'elle ne savait pas par où commencer. Jusqu'à ce qu'une collection d'élégants porte-plumes attire son attention. L'un d'entre eux était fait d'une essence de bois jaune pâle parcourue de nervures aux nuances rosées. Elle le saisit.

Du Bois de Rose ! Et ce parement en métal argenté finement ciselé est sublime ! Il me faut ce porte-plume !

Sur une étagère sculptée de motifs végétaux, elle dénicha ensuite un élégant flacon de verre gorgé d'encre, autour duquel serpentait une rose en métal argenté. Sur l'étiquette de style ancien, le nom du contenu était calligraphié avec soin.

« Larmes de Rose Vorace, Gouttes de rosée. »

Quelle étrange coïncidence ! Ça en devient presque effrayant ! Cette boutique est définitivement magique ! La femme cernée de brume que j'ai imaginée dans le jardin l'autre jour m'évoquait justement Eos, l'épouse d'Astraeos, le Vent du Crépuscule. Elle est à l'origine des gouttes de rosée du matin. Cultive-t-elle ces mystérieuses fleurs voraces dans son jardin ? Et ce rose brumeux ! C'est l'encre idéale !

— Aristide l'enchanteur, c'est comme ça que l'on devrait t'appeler, dit-elle en rejoignant le vieil homme. J'ai trouvé ce dont j'avais besoin. Je te remercie pour ce cadeau incroyable.

— Avec plaisir Alcidie. C'est le moins que je puisse faire pour ton anniversaire.

— Regarde, Maman ! Ce porte-plume est sublime !

— Oh ! Oui, il l'est ! Donne-moi ces petits trésors. Je continue à regarder ces livres avec Aristide et je te rejoins quand j'ai fait mon choix. Veux-tu en profiter pour acheter quelques chocolats pour Orson ?

— Oui, c'est une bonne idée.

Pour se rendre chez le chocolatier, elle n'avait qu'à traverser la rue. Mais avant de sortir de la boutique, elle entreprit de vérifier si Ailill était dans la ruelle. Il était hors de question qu'il vienne entacher cette journée magique avec son caractère exécrable. Mais à peine eut-elle ouvert la porte que le jeune homme surgit devant elle. Un vent glacial s'engouffra soudain dans son esprit illuminé de bonheur, pour violemment souffler sur la flamme de son allégresse. Ailill semblait l'avoir attendue.

— Te voilà Sorcière, susurra-t-il d'un ton machiavélique.

Sa voix tranchait dans la joie comme un couteau bien aiguisé dans du beurre. Un vrai massacre !

—Tu pensais vraiment pouvoir m'éviter ? ajouta-t-il.

Il avait mis en pièce la magie du moment en à peine quelques secondes. Alcidie voulut faire demi-tour, mais Ailill fut plus rapide et la saisit par le bras pour l'entraîner sur le trottoir, quelques mètres plus loin. La mère du jeune homme, qui sortait tout juste de l'épicerie, l'interpela, horrifiée.

— Ailill ! Qu'est-ce que tu fais ? Viens ici, s'il te plait ! Laisse donc Alcidie tranquille ! J'ai besoin de toi pour porter tous ces sacs.

Exaspéré, le jeune homme pesta tout en gardant ses yeux furieux rivés sur la pauvre Alcidie.

— Maman, laisse-moi tranquille ! J'ai enfin trouvé le moyen de l'empêcher de nous faire du mal et je vais régler ça maintenant !

— Ailill, je ne te veux aucun mal, répondit timidement Alcidie, en prenant soin de s'éloigner doucement de lui.

Il se rapprocha prestement, serrant les poings alors qu'un rictus de haine barrait son visage. Ses *Ondes* n'avaient plus rien à voir avec *Iris*, la déesse qui laissait un arc-en-ciel dans son sillage. Non, Ailill n'était plus enveloppé de couleurs. De pauvres filaments grisâtres, parsemés de petites étincelles, flottaient mollement autour de sa tête, en une couronne enténébrée de rage. Comme s'il avait vendu son âme et qu'elle avait laissé derrière elle les dernières fumées d'un brasier infernal, en souvenir de son départ.

Ailill, prince couronné de cendres.

Les yeux traversés par une lueur de folie, hanté par un souvenir perturbant, il sortit de sa poche une paire de ciseaux étrange qu'il brandit devant le visage d'Alcidie.

— Menteuse ! fulmina-t-il. Je vais couper ta tignasse de sorcière ! C'est elle qui renferme tes pouvoirs maléfiques ! Et cet outil singulier est justement fait pour les neutraliser !

Alcidie paniqua. Elle saisit sa chevelure entre ses deux mains avant d'appeler au secours. Au même moment, la mère d'Ailill se précipita vers son fils. Les bras chargés, elle semait ses courses sur le trottoir à chaque pas maladroit qu'elle faisait pour le rejoindre. Ses *Ondes d'Iris* aux reflets acidulés s'agitaient comme un essaim d'abeilles effrayées.

— Ailill ! Arrête tout de suite ! cria-t-elle, affolée.

Des habitants, alertés par le bruit, ouvrirent leurs fenêtres pour satisfaire leur curiosité. Certains d'entre eux se décidèrent à sortir pour intervenir.

Alors, Ailill attrapa Alcidie par la nuque. Il posa violemment son front contre celui de la jeune fille, riva son regard au sien et la menaça de son étrange paire de ciseaux. Des larmes silencieuses ruisselèrent sur leurs joues respectivement pâlies par l'angoisse et la colère. Un éclair de regret passa dans les yeux d'Ailill, un éclat d'amour pur et ancien qui ressuscitait, aussitôt frelaté par la rage qui dominait tout son être.

Alcidie retint son souffle quand il fit glisser sa tête brulante contre la sienne, pour lui susurrer quelques mots à l'oreille.

— Cette nuit-là dans le bois, quand nous étions petits, tu t'es bien moquée de moi, sale vipère ! On avait quoi ? Quatre ? Cinq ans peut-être ? Tu as fait en sorte que je m'égare plus que je ne l'étais déjà ! Je n'ai jamais pu quitter ce monde dans lequel tu m'as enfermé. Mais je n'ai plus peur de toi, sorcière !

— Mais de quoi parles-tu ? demanda timidement Alcidie, les sourcils froncés et les yeux braqués sur la paire de ciseaux vert-de-gris qu'il agitait devant son visage. Je ne t'ai jamais croisé dans le bois ! Je n'avais pas le droit d'y aller seule à cet âge.

— Arrête de mentir ! hurla-t-il en la repoussant. Ce soir-là, tu m'as fait danser sur la tourmentine et je me suis perdu sur le chemin du retour. J'ai erré pendant des heures dans le noir ! Et toi, tu riais à gorge déployée ! Tu tournoyais comme un petit diablotin tout droit sorti des enfers ! J'étais terrifié !

— C'est ridicule ! intervint Aubeline qui était sortie de la boutique pour s'interposer, pendant qu'un homme arrachait la paire de ciseaux des mains du jeune tortionnaire. Alcidie ne te veut aucun mal ! Laisse-la tranquille !

D'autres habitants la rejoignirent pour faire barrage, tandis qu'un autre homme essayait de maîtriser Ailill en douceur. Lucille, complètement tétanisée, assistait à la scène sans savoir quoi faire. Elle était à bout de force. Une immense peine enserrait son corps frêle, la faisant ressembler à une vieille femme avant l'âge.

— Ailill ! implora-t-elle, impuissante et désemparée.

— Lucille, il faut faire quelque chose, ajouta Aubeline. Ça ne peut plus durer. S'il te plait, emmène le voir un spécialiste.

— Un spécialiste ? s'insurgea Ailill. Vous me prenez pour un fou ? Fou de colère peut-être ! Mais c'est elle la plus folle ! tempêta-t-il en pointant Alcidie d'un doigt tremblant. C'est elle qui perçoit des choses que personne ne voit ! Des *Ondes d'Iris* ? Pff ! Elle raconte un tas d'histoires abracadabrantes. Vous me dégoutez tous ! Bande d'ignares méprisants !

Il s'éloigna à reculons avant de partir en courant, laissant sa mère bouleversée et les habitants du village consternés.

L'homme qui avait récupéré les ciseaux les remit à Aubeline. Elle le remercia pour son intervention.

L'outil était léger. Plus léger que tous ceux qu'elle avait eus en main jusque-là. Elle le soupesa, l'examina un bref instant, puis se concentra sur Alcidie qui sanglotait dans ses bras.

— Ma pauvre chérie. Ne t'inquiète pas, nous allons régler cette histoire. Lucille ! Il est vraiment temps de faire face à tes responsabilités ! déclara-t-elle. Ton fils vient d'agresser Alcidie, te rends-tu compte ?

La frêle silhouette qui s'éloignait lentement, silencieusement, honteusement, marqua un temps d'arrêt avant de répondre d'une voix cassée par les larmes du remords :

— Aubeline, je m'en rends compte maintenant. Pardonne-moi ! Pardonnez-moi toutes les deux ! Je l'ai emmené voir le docteur Pad le mois dernier, mais il s'est mis en colère dans son cabinet. Il m'a dit qu'il ne pouvait pas avoir confiance en cet homme qui n'avait pas su voir la vraie nature d'Alcidie. Je n'ai pas osé y retourner. Mais tu as raison, je vais faire le nécessaire. Je vais demander de l'aide.

Puis elle s'éloigna, le pas lourd, le cœur en miettes, les yeux cernés de lassitude.

Alcidie sécha ses larmes et regarda s'éloigner la pauvre Lucille, le cœur au bord des lèvres. Elle non plus n'avait pas eu confiance en ce Docteur Pad quand il avait voulu l'aider après la disparition de son père. Tout en pensant à ce que venait de dire Lucille, elle posa machinalement son regard triste sur les ciseaux que sa mère tenait fermement entre ses doigts crispés. L'étrange outil de métal oxydé semblait si ancien, qu'elle se demanda s'il était encore assez aiguisé pour couper ne serait-ce qu'un de ses cheveux.

Soudain, l'objet ciselé de motifs ouvragés s'ébroua, sous le regard médusé de la jeune fille. Stupéfaite, elle observa les ciseaux insolites prendre vie dans la main de sa mère qui ne s'aperçut de rien. Le temps semblait suspendu.

Les lames vert-de-gris s'ouvrirent légèrement, comme les deux partis du bec d'un oiseau biscornu. Le drôle d'animal fait d'entrelacs métalliques laissa alors échapper un chuintement, avant de murmurer d'une voix fluette et sifflante :

— *Nulle part & Partout ...*

CARNET VIOLET, 10 JOURS AVANT LE JOUR ROSE.
ENCRE VIOLETTE SUR PAPIER BLANC.

Ailill. Un doux prénom qui signifie fantôme.

Ailill est devenu le fantôme de lui-même, hanté par son propre esprit. Il me fait peur. Sa mère est dévastée. Elle me fend le cœur.

Il s'en est fallu de peu pour qu'il coupe mes cheveux avec cette singulière paire de ciseaux. Mais peut-être a-t-il raison ? Je suis certainement aussi dérangée que lui !

J'ai vu ces ciseaux prendre vie samedi dernier. Je les ai entendus prononcer ces mots. Maman ne s'est aperçue de rien. Pourtant, elle serrait ces ciseaux si fort que les jointures de ses doigts ont blanchi.

Peut-être qu'il faudrait, moi aussi, m'emmener voir un spécialiste. Peut-être que mon oncle m'a finalement légué ses maux. L'épilepsie, cette maladie qui peut engendrer des hallucinations. Il me semble avoir lu que les crises peuvent passer inaperçues, qu'elles ne laissent parfois aucun souvenir de leur existence aux malades. De plus, même les professionnels de santé peuvent passer à côté de son diagnostic.

En rentrant du village, pour faire disparaître la tension nerveuse qu'Ailill m'avait imposée, Maman m'a emmenée voir la petite maison qu'elle habitait avec Papa. Elle a évoqué des souvenirs heureux pour m'apaiser. J'y ai trouvé du réconfort malgré le triste état de la maisonnette.

La mérule pleureuse a eu raison d'elle depuis un certain nombre d'années déjà et la nature a fini par reprendre ses droits. Il ne reste de ce foyer, qu'un tas informe composé de roche et de poussière, sur lequel le lierre pousse allègrement. Ce lierre qui semble relier le réel à l'irréel.

LIERRE

IRRÉEL

RELIER

Juste devant ce qui était jadis l'entrée de la maison, j'ai encore trouvé une jolie pierre. Elle gisait là, sur un tapis de mousse, encerclée d'une couronne de myosotis, offerte comme un cadeau. C'est une pierre magnifique aux nuances d'un bleu indigo profond, semblable à l'azurite. Je n'ai pas pu résister, je l'ai emmenée pour la déposer dans mon Jardin secret, au centre de mon bouquet de myosotis.

Myosotis.
Forget me not.
Chagrin de Théophane.

En quelques jours, la nervosité et la mélancolie qui s'étaient engouffrées en moi se sont peu à peu dissipées. Le soleil est de retour, je compte bien en profiter.

Aujourd'hui nous sommes le cinq juillet.

Le cinq ! Est-ce bon signe ?

Il n'y a pas un nuage à l'horizon. Je suis impatiente ! Je vais enfin pouvoir exposer le carnet noir aux lueurs du crépuscule.

Peut-être les ombres danseront-elles encore avec moi ?

Pour l'occasion, je délaisse mes habitudes : mon carnet ne sera pas uni, l'encre sera noire et scintillante.

Du bout de ma plume, je tracerai les premiers mots d'une histoire sur les pages du carnet Rêve étoilé. Elle sera voilée de souvenirs, peuplée de créatures envoûtantes.

Carnet rêve étoilé.
Encre nuit scintillante sur papier blanc.

Il était un univers, nulle part ou peut-être partout à la fois.

À l'heure où le ciel balayait les lumières aveuglantes qui semblaient fuir les ténèbres qui les poursuivaient, je me suis installée sur la pelouse, le carnet noir sur les genoux. Quand les ombres dansantes ont fait leur apparition, amenant avec elles les lueurs crépusculaires que j'attendais tant, il a frémi. Imperceptiblement frémi.

Puis les pages blanches se sont couvertes de couleurs délicates, légèrement luminescentes, presque phosphorescentes.

Le sublime dessin tout en arabesques, composé de deux cinq représentés dos à dos, s'est métamorphosé. Les lignes se sont d'abord embossées sur le papier. Puis elles se sont matérialisées. Sous mes yeux ébahis, le dessin s'est extrait du papier ensorcelé.

J'ai doucement saisi l'objet posé comme un trésor sur la première page du carnet. Il scintillait légèrement, comme enduit de poussière de diamant. Une délicate fiole en cristal se lovait dans une armature de métal argenté finement ciselée, sur laquelle était gravé le nom de son contenu : Gouttes de nuit. Je devinais aisément qu'il s'agissait d'encre noire et qu'il me faudrait l'utiliser. Une unique phrase est alors apparue sur la première page du carnet noir.

« Fais un vœu, à cœur ouvert et à corps perdu. »

Alors j'ai fait le vœu, ne sachant trop si j'allais être exaucée. J'ai utilisé mon porte-plume en bois de rose que j'ai trempé dans les Gouttes de nuit, pour tracer ces mots sur la page redevenue vierge du carnet enchanté :

« À cœur ouvert, j'aimerais me rendre dans l'univers intermédiaire entre le jour et le rêve. J'aimerais m'y glisser à corps perdu par la faille imperceptible qui s'étire à l'horizon, comme un sourire étrange dont s'échappent les ombres dansantes du crépuscule. »

La fiole remplie d'encre noire s'est alors volatilisée, le carnet s'est refermé lentement et les ombres du crépuscule m'ont invitée à danser, m'entraînant chacune leur tour d'un bout à l'autre du jardin.

Grâce et délicatesse.
Plaisirs simples de poétesse.

Puis les ombres se sont éclipsées, comme un joli songe qui s'étiole.
Alors, j'ai saisi le carnet noir que j'ai serré tout contre mon cœur et je suis rentrée. L'obscurité régnait dans la maison. Ce n'était jamais arrivé : Maman, Orson et Rosamé dormaient déjà profondément. Ils n'avaient

pas attendu que je rentre pour rejoindre leurs lits. Je suis montée précipitamment dans ma chambre, j'ai posé le carnet noir sur ma table de nuit, puis je me suis changée. J'ignorais quelle heure il était. Gagnée par la fatigue, je me suis glissée sous mes draps de coton chargés d'un parfum poétique aux notes poudrées. Dehors, les étoiles brillaient plus que de coutume. Je les ai reliées, traçant des lignes du bout de l'index pour faire apparaître les constellations. Puis, sereine, j'ai fermé les yeux et j'ai sombré dans un abîme de rêves, enveloppée par les bras rassurants de Morphée.

Alcidie avait passé une soirée merveilleuse. Sa nuit, peuplée de créatures qui serpentaient entre les rêves, le fut tout autant. Le lendemain, elle passa le plus clair de son temps à préparer les festivités à venir, en se demandant toutefois si ces évènements avaient vraiment eu lieu. Plusieurs jours passèrent sans que rien d'extraordinaire n'advienne. Prunelle et Neven n'avaient toujours pas pu lui rendre visite, mais ils étaient certains de pouvoir venir pour son anniversaire.

Et le *Jour Rose* arriva.

Le soleil d'été dardait ses rayons au travers du vert feuillage de l'imposant chêne, sous lequel avait été installée une longue table pour recevoir les convives. Une légère brise caressait les peaux moites et faisait danser les rubans noués sur les branches de *Jour Radieux*.

Des roses avaient été disposées un peu partout sur la table, autour d'assiettes en porcelaine et de couverts en métal argenté. Les verres transparents scintillaient en alternance, sous les assauts dorés du soleil. La nappe, d'un blanc immaculé, faisait jaillir par endroits de magnifiques arcs-en-ciel que seule Alcidie pouvait distinguer.

Rosamé et Angèle étaient occupées à sélectionner quelques fleurs qu'elles disposeraient dans ses cheveux. Des roses brumeuses parsemées de perles de rosée. En attendant, elle s'était installée à l'ouest, sur le coin de pelouse à l'ombre de son hêtre. Son carnet rose pailleté sur les genoux, elle s'employait à écrire un poème avec son nouveau porte-plume, quand elle aperçut une pie-grièche voler autour de *Nuit Noire*.

L'oiseau piaillait et tournoyait inlassablement autour de l'arbre. Il avait pris en chasse un tout petit animal très agile qu'Alcidie eut soudain très envie d'observer de plus près. Elle s'avança donc très discrètement, en prenant soin de ne pas effrayer le rapace miniature qui voletait nerveusement autour de l'arbre. Le petit animal que la pie poursuivait était plus rapide qu'elle et semblait s'ingénier à la rendre folle. Il ressemblait à un tout petit campagnol au pelage sombre.

Soudain, la pie se posa. Le regard masqué de noir, elle regardait en direction de la pierre ténébreuse dont s'échappaient parfois des cauchemars : *Pernilla*. Le campagnol était posé dessus. Il se tenait immobile face à la pie statufiée, le temps semblait s'être arrêté. Entre les deux petits animaux se jouait un duel silencieux.

Alcidie tressaillit devant cette scène surréaliste. Elle se sentit subitement très mal à l'aise. La brise avait cessé de secouer les branches des feuillus. Les oiseaux ne chantaient plus. Les insectes ne grouillaient plus. Les bruissements de la nature s'étaient interrompus. Et sur les épines de la *Mère du bois*, qu'elle contemplait d'un œil éberlué, des dizaines d'insectes, d'araignées et de petits mammifères avaient été violemment empalés par la pie-grièche écorcheur.

Ce tableau sordide lui arracha un petit cri. La stupeur passée, elle se baissa pour observer le carnage de plus près.

Ainsi disposé, l'agglomérat d'animaux morts entrelacés de branches épineuses ressemblait à une couronne mortuaire que l'on aurait déposée sur une pierre tombale.

Sans prévenir, et alors qu'Alcidie se redressait, l'oiseau écorcheur se jeta sur le petit animal. Elle le saisit dans son bec pour l'embrocher sauvagement sur une des épines acérées du prunellier, avant de s'envoler de nouveau pour chasser d'autres petits animaux.

Une voix caverneuse se fit alors entendre. Un frisson de terreur parcourut l'échine d'Alcidie.

— Cette rancœur voulait certainement vous voler un de vos souvenirs.

— Qui est là ? cria la jeune fille effrayée.

— Vous qui êtes entre deux âges, plus tout à fait une enfant mais pas encore une adulte. Vous feriez une proie idéale pour le *Crève-Cœur*.

Alcidie tournait sur elle-même, haletante, les muscles tendus et le regard écarquillé ; elle cherchait d'où provenait cette voix étrange. Elle se crispa davantage et se colla tout contre *Nuit Noire* quand la *Mère du bois* se mit à trembler.

— Il apprécie particulièrement tout ce qui se trouve entre-deux, continua la voix. Entre deux âges, entre la vie et la mort, entre le sommeil et l'éveil, entre le rêve et la réalité. Mais vous avez de la chance, il ne peut pas vous atteindre. Sauf si vous avez déjà fait le vœu ?

— Je ne comprends rien à ce que vous me dites ! Qui êtes-vous ? Et ce *Crève-Cœur* dont vous parlez, qui est-ce ?

Aux aguets, Alcidie commençait à faire lentement le tour de *Nuit Noire*. Un craquement retentit. Elle comptait s'enfuir en courant vers la maison, mais son élan fut brusquement interrompu par une branche du prunellier qui s'étira pour l'agripper. Celle-ci se démultiplia avant de s'extraire tout à fait du buisson d'épines. Elle prit forme tout en retenant la jeune fille contre le prince des ombres solitaires. Alcidie ne pouvait se défaire de l'étreinte puissante de l'entité de bois qui finit sa métamorphose sous ses yeux implorants. Elle la reconnut alors.

La créature qui la maintenait fermement contre *Nuit Noire* était celle qui l'avait effrayée dans la bibliothèque. Elle la voyait maintenant très distinctement.

Son corps anthropomorphe souffrait d'une difformité monstrueuse. Dans ses immenses orbites vides se blottissaient les petits endormis d'une pie-grièche. Sa bouche diffusait des relents de prune étrangement agréables, tandis que des insectes transpercés par les épines acérées de ses membres tordus côtoyaient de délicates fleurs blanches à cinq pétales. Ce mélange hétéroclite de douceur infinie et de cruauté, ce curieux enchevêtrement de vie et de mort, installait la confusion dans l'esprit d'Alcidie.

— Je ne vous veux aucun mal, Alcidie. Écoutez-moi attentivement. Avez-vous déjà fait le vœu ?

Mais l'étrange créature ne put obtenir de réponse, car la voix de Rosamé retentit.

— Alcidie, nous avons trouvé les roses parfaites ! Viens que je les dispose dans ta coiffure avant que les invités arrivent.

L'intervention de la vieille dame fit totalement disparaître les entrelacs de branches doués de vie. La créature s'était subitement rétractée, pour de nouveau fusionner avec les ramures de la *Mère du bois*. Alcidie s'effondra au pied de l'if remarquable qu'elle sentit très légèrement tressaillir contre son dos.

— Alcidie ?! Ma chérie où es-tu ? réitéra Rosamé.

— Je suis là, j'arrive Rosa !

L'adolescente respirait bruyamment. Elle versait des larmes tout en essayant de retrouver son souffle. Elle essuya ses joues humides et s'apprêta à rejoindre Rosamé et Angèle. Mais, dans la précipitation, elle se prit le pied dans l'une des racines saillantes de *Nuit Noire* et s'effondra lourdement sur le sol, se cognant la tête au passage sur la dure et nuisible *Pernilla*.

Tout se mit alors à tanguer. Elle entendit Rosamé crier son prénom juste avant de sentir des dizaines de petites pattes parcourir son corps engourdi. Une armée de fourmis, certainement. Les voix de Neven et Prunelle se mêlèrent ensuite à celles de ses proches. Ils étaient là ! Ses amis étaient enfin là ! Ils lui avaient tellement manqué !

Mais sa bouche figée dans une expression de surprise refusait d'articuler le moindre mot. Incapable de faire un geste, elle fixait la cime des arbres qui semblaient l'observer. Peut-être même qu'ils communiquaient grâce au réseau racinaire et mycorhizien qui se répandait sous la surface de la terre. Peut-être ressentaient-ils l'irrépressible envie de la secourir ?

Aidez-moi, pensa Alcidie en laissant échapper une larme.

Cette larme glissa lentement pour achever sa course sur le sol aux senteurs d'humus. Elle se mêla au liquide couleur fruit des bois qui s'écoulait lentement de sa blessure à la tête. Tandis que la fatigue et le froid l'envahissaient peu à peu, une odeur de fruits frais lui procura du réconfort.

Myrtilles, grains de cassis, mûres, cerises noires et prunelles. Alcidie les voyait rouler sur les branches de *Nuit Noire,* avant qu'ils ne dégringolent par poignées entières pour s'écraser sur le sol maculé d'une substance sombre et poisseuse. Sous cette pluie fuligineuse, elle esquissa un sourire inquiet, puis l'obscurité l'enveloppa tout entière.

NUIT NOIRE

Le bleu des ecchymoses

> « Ô passé, miroir bleuâtre,
> Qu'il ne faut pas trop pencher ;
> Pauvre drame de théâtre
> Qu'on ne peut plus retoucher... »
> Extrait de Le passé
> Rosemonde Gérard Rostand

C'était le temps du bleu. Celui du ciel azur et celui iridescent des morphos. Le bleu des douloureuses ecchymoses et des veines au travers de la peau.

Le bleu sur son crâne amoché.

Bleu nuit.

Une journée s'était écoulée quand elle se réveilla, le corps ankylosé, la bouche pâteuse, les yeux à l'étroit dans ses orbites douloureuses.

Autour d'elle s'affairaient des fantômes en nuances de gris, des êtres sans parole, sans attention, sans couleurs.

Sans *Ondes d'Iris* !

ACHROME

AMOCHER

Bleu gris.

Puis l'un d'entre eux s'approcha pour lui caresser les cheveux et l'embrasser. C'était une femme et elle pleurait : « J'ai eu si peur ».

Bleu chagrin.

Cette personne resta un moment à ses côtés, sans pouvoir prononcer d'autres mots. Alcidie n'y comprenait rien. La vie s'était comme embrouillée, comme une aquarelle trop délayée.

Bleu atmosphérique.

Après quelques longues minutes, la femme sortit une pierre de son sac. Intriguée, Alcidie scruta son visage. Elle était belle et inquiétante. Ses yeux plongés dans les siens, elle eut soudain l'impression de bien la connaître, sans pouvoir l'identifier. Elle posa son regard interrogateur sur la pierre aux reflets bleus déposée devant elle, sur les draps blancs de ce lit qui n'était pas le sien.

Bleu azurite.

Myosotis.
Forget me not.
Chagrin de Théophane.

Maman ?

Larmes de terreur.
Bleu froid.

Nuit Noire.

Une crise d'angoisse impressionnante se déploya en elle, à l'idée que ce fantôme gris aux larmes bleues puisse être Aubeline. Il était inconcevable qu'elle ne reconnaisse pas sa propre mère. Les autres fantômes aux nuances de gris se montrèrent soudain très concernés. Ils firent en sorte qu'elle se rendorme pour atténuer son angoisse. Mais aucun médicament ne pouvait soulager les bleus de son âme. Le petit monstre, qui sommeillait naguère en elle et croquait parfois un minuscule morceau de son cœur, s'était métamorphosé en bête hargneuse. Et cette bête affamée, aucune substance chimique ne pourrait la calmer. Allait-elle lui manger le cœur tout entier ?

Plusieurs semaines passèrent.
Lentement. Trop lentement.

Bleu infini.

Pourquoi la nuit est-elle noire ?

Dorénavant, l'angoisse régissait ses jours. Elle avait l'impression de vivre avec des étrangers. Car depuis l'accident, elle ne reconnaissait plus aucun visage.

ANGOISSE

AGNOSIES

Pas même ceux de sa mère, de Rosamé et d'Orson. Ni ceux de ses amis. Ni même le sien. La fée aux cheveux mordorés s'était muée en pâle fantôme bleu-gris. Ses proches s'étaient comme évaporés dans la nuit.

Ombres vespérales
Ombres du crépuscule.

Les fantômes aux nuances de gris lui avaient dit qu'il faudrait du temps pour apprendre à reconnaître les personnes de son entourage. Qu'il fallait être patiente. Qu'elle trouverait par elle-même des stratégies compensatoires pour pallier aux déficits de sa prosopagnosie acquise. Mais Alcidie était si terrorisée par ce nouvel univers, par ce monde qu'elle ne reconnaissait plus, qu'elle n'avait pas encore eu la force de s'ouvrir aux autres. Ni l'envie de faire le moindre effort pour apprivoiser sa nouvelle condition. Il s'était écoulé vingt-cinq jours depuis l'accident. Vingt-cinq jours d'examens en tous genres, d'anxiété, de tristesse, d'idées noires et de colère. Elle se sentait morte à l'intérieur.

De retour chez elle, l'adolescente avait décidé de ne plus porter que du noir. Car pour parachever son malheur, elle ne distinguait plus les couleurs chatoyantes qui s'enroulaient jadis autour des personnes qu'elle aimait. Les *Ondes d'Iris* s'étaient volatilisées, balayées par la prosopagnosie. Alcidie avait abandonné les *Couleurs du temps*, car elle voyait la vie en nuances de gris depuis l'accident. Alors elle écrivait en noir sur les pages blanches d'un sombre carnet. Des phrases qui exprimaient son mal-être, en cet été enténébré.

CARNET NOIR SERTI DE PIERRES, 25 JOURS APRÈS LE JOUR ROSE.
ENCRE NOIRE SUR PAPIER BLANC.

Il était une époque où tout me semblait rose. Une époque bénie où mon cœur s'est enfui. Un temps de rire et d'allégresse, un temps de légèreté et de tendresse. Maman m'appelait alors mon petit soleil et les yeux de Rosamé étaient emplis d'une joie infinie.

C'était avant. Avant l'arrivée du brouillard et des éclairs dans ma tête. Avant que le temps ne s'arrête et que Pernilla ne me vole les visages et les couleurs. Pernilla l'imperturbable, l'implacable, la détestable, a fait de moi une ombre froide. Mon cerveau est définitivement meurtri. Je n'ai plus rien d'un soleil. La douleur est trop grande, mon mal-être m'altère.

MAL-ÊTRE
M'ALTÈRE
MARTELÉ

Il était une époque où Orson me disait que j'étais pétillante, souriante, une vraie boule d'énergie positive et chaleureuse. Un arc-en-ciel. Mais depuis, je le traîne derrière moi ce corps. Il est lourd de tristesse, abîmé par le temps, j'ai mal à ma solitude.

En ce jour bleu, mon corps hurle. Je me défais de mon armure trop lourde et je danse, la Danse de la Sorcière Aubépine. J'essaye d'exorciser mon *malheur en meurtrissant mes pieds nus sur les épines de la Mère du bois. Je sens ce contact douloureux avec la pierre si dure et si froide. La pierre sur laquelle mon destin s'est brisé, tout près du buisson d'épine noire. Dissimulée sous la végétation, derrière le prince des ombres solitaires, se languit la sombre et destructrice Pernilla. Le tombeau des visages. Je me laisse envelopper par les voix qui écument des paroles déchirantes dans le creux de mes oreilles et j'observe la responsable de mes malheurs. Je lui parle, je la sermonne, je la frappe, je lui demande de me rendre ce qu'elle m'a pris ce jour-là. Mais la vile Pernilla reste de marbre, froide comme la glace, muette comme une tombe.*

Mes yeux brûlent de colère et de désespoir.

Pourquoi m'avoir cassée de l'intérieur ?

Pourquoi m'avoir plongée dans la nuit noire ?

Pourquoi la nuit est-elle noire ?

Je suis certaine qu'il s'est opéré comme un transfert entre nous. Elle n'aura d'autre choix que de me rendre mon bien. Elle doit me rendre les couleurs et les visages. Et alors seulement, je lui rendrai son cœur de pierre.

Exténuée et en larmes, Alcidie s'était étendue sur la pelouse devant la maison. L'obscur champ chromatique de ses vêtements absorbait les rayons du soleil emplis de toutes les couleurs du monde. Des couleurs qui enserraient son petit corps meurtri et pénétraient sa chair pour essayer de réchauffer son cœur, d'emplir son vide intérieur. Elles la câlinaient ardemment pour essayer d'endormir sa souffrance.

Alcidie s'était muée en arc-en-ciel inversé. Elle faisait le deuil de son caractère lumineux, heureux et chaleureux. Il avait été enseveli avec les visages, enfermé sous la surface dure de *Pernilla*.

Tombeau des visages.
Prosopagnosie.

L'acidité me ronge l'esprit, mon corps est à l'agonie. Je déguste le bleu des ecchymoses, avale le rouge carmin des blessures récentes. Les couleurs du crépuscule m'enveloppent dans un drap froid comme la mort. Implacable, détestable mort qui nous visite sans nous prévenir. Je hais son caractère sournois.

La patience, c'est ce que tout le monde me propose.

Mais je suis bien trop en colère pour faire preuve de patience. Les pensées négatives me dominent. Elles me retiennent prisonnière d'un monde où personne ne peut me rejoindre. La communication est rompue. Une violente séparation à laquelle nous n'étions pas préparés. J'ai beaucoup de mal à l'accepter.

Maman. Ce mot si puissant, si doux, me retourne l'estomac. Ma maman douce et aimante, je ne la reconnais plus. Je suis partie me terrer au plus profond de moi-même, apeurée par cette nouvelle réalité qui m'effraie. J'ai abandonné mes proches. Je reste prostrée sous la ramure de Nuit Noire. Recroquevillée dans le noir, tout au fond de mon armure.

ARMURE
MURERA
RAMURE

Recroquevillée dans le noir. Un noir froid. Un noir humide et palpable, presque collant comme l'est la glace au contact d'une peau tiède. Un noir lourd et profond, qui ne me laisse plus relever la tête ou tendre l'oreille pour écouter les appels tourmentés de mes proches.

Mes proches sont loin. Ils me tendent leurs mains, mais je ne les vois plus. Je n'essaye même plus de combattre l'obscurité. Mes armes ont été grignotées par un monstre affamé, sirotées par un vampire assoiffé. Une créature friande d'âmes fragilisées rôde. Elle ne me lâchera plus.

Privée de mes armes, je rame, versant des larmes amères sur une étendue d'eau noire, essayant de trouver l'entrée du port de mon âme.

ARMES
AMERS
RAMES

Maman doit me serrer plus fort.

Aubeline essayait de partager des instants chaleureux avec sa fille. Elle tentait de lui faire découvrir de nouvelles manières de reconnaître les personnes qui l'entouraient. Mais c'était peine perdue. Alcidie s'était recroquevillée, fermée comme une huître. Elle avait bâti une armure autour de son corps, une forteresse autour de son esprit et mille et un petits soldats montaient la garde à l'entrée de son univers devenu inviolable. Le temps ferait son œuvre. Si Alcidie le lui permettait.

Sa mère était incontestablement la personne la plus patiente qu'elle connaissait. Elle lui avait laissé l'occasion de s'acclimater et avait répondu à la plupart de ses demandes incongrues.

La première avait été d'échanger tous ses vêtements colorés par des vêtements d'un noir profond.

La seconde avait été d'enlever ou de cacher tous les miroirs de la maison. Car à la vue de son propre reflet, qu'elle ne reconnaissait plus, son cœur manquait un battement et la frayeur s'emparait d'elle. Alcidie était devenue une étrangère pour elle-même.

La troisième volonté de la jeune fille avait été de ranger ses carnets et ses crayons colorés, ses pages blanches noircies de récits hauts en couleurs, dans une boite fermée par une clé. Cette clé avait été confiée à sa grand-tante, qui la portait constamment autour du cou. Rosamé était devenue la gardienne d'un trésor inestimable, détenteur de souvenirs trop difficiles à évoquer pour l'instant.

Ma douce Rosamé, arc-en-ciel de mes nuits, palette infinie d'émotions insoupçonnées, ne me laisse pas sombrer. Belle Rosamé, au teint rose poudré, aux longs cheveux blancs aux reflets nacrés. Tendre grand-tante aux yeux gris clair, je t'aime et je sais que tu m'aimes en retour. Rose parmi les roses, en ce jour si morose, donne-moi du courage, enveloppe-moi d'un cocon de tendresse et d'odeurs agréables. Ma vie d'avant ne m'appartient plus, Pernilla se l'est appropriée. Elle a fait pousser sur mon cœur, les épines acérées du malheur.

ÉPINES
PEINES

Neven et Prunelle venaient la voir assez régulièrement. Mais parce qu'elle n'arrivait pas à les reconnaître, Alcidie abrégeait systématiquement leurs retrouvailles lourdes d'incompréhensions. Elle avait essayé d'endormir ses craintes et de réfréner sa colère, mais il était trop perturbant de ne plus pouvoir identifier ses meilleurs amis.

Quelques semaines la séparaient d'un monde radicalement différent, d'une vie heureuse, d'une époque révolue qu'elle ne vivrait plus. Quelques semaines qui lui avaient paru une éternité.

C'était la cinquième fois que ses amis revenaient chez elle depuis l'accident. Gagnés par l'émotion, ils ne savaient plus comment l'aborder.

— Alcidie, murmura Prunelle, nous avons mis les mêmes vêtements que les fois dernières pour que tu puisses savoir qui nous sommes. Souhaites-tu venir te promener le long de l'*Effluviale* avec nous ?

— Non, désolée, c'est beaucoup trop tôt. Je suis totalement perdue. Je n'arrive plus à avoir confiance en qui que ce soit.

— Même pas en ta mère? répondit Neven, d'une voix triste à pleurer. Elle vient avec nous.

— Je ne reconnais plus ma mère! Est-ce que tu te rends compte ?

— Nous ne pouvons qu'imaginer ce que tu traverses, ajouta Prunelle d'une voix empreinte de douceur. Si tu le souhaites, nous partons. Et nous reviendrons te voir quand tu te sentiras prête à te confronter au monde extérieur. Je devine que c'est très difficile pour toi.

— Pour l'instant, j'ai du mal à supporter que vos visages me soient devenus étrangers. Les *Ondes d'Iris* ont disparu elles aussi ! Je suis désolée de vous faire tant souffrir. C'est une vraie torture, vous comprenez ? J'ai peur !

Elle réfrénait ses larmes, les fixant de ses grands yeux torturés.

— Je suis désolée, répéta-t-elle à voix basse.

La gorge nouée, elle finit par se lever et monta à l'étage pour s'isoler. Aubeline avait assisté à la scène. Elle raccompagna Neven et

Prunelle tout en les remerciant d'avoir fait le déplacement. Puis elle leur promit de donner des nouvelles régulièrement. Par la fenêtre de l'atelier de sa mère, Alcidie les regarda s'éloigner, main dans la main, accablés par le chagrin.

Tout ira bien, ils sont ensemble, pensa-t-elle pour se rassurer.

Mais elle avait un pressentiment étrange. Un parfum subtil flottait dans l'air. Un parfum qui lui était inconnu. Peut-être était-ce celui du danger ? En cet instant, Prunelle ressemblait à un ange et Neven semblait marcher au ralenti, envoûté par sa sylphide qui le guidait vers un ailleurs inquiétant. Ils passèrent l'entrée gardée par *Aube* et *Aurore* qui ployèrent imperceptiblement comme pour les saluer. Une fois de l'autre côté, les jeunes amants tournèrent la tête vers Alcidie. Ils n'avaient plus de visage ! Abasourdie, elle ferma les yeux quelques secondes. Quand elle les rouvrit, ses amis avaient disparu.

Arrête de t'imaginer ce genre de choses, Alcidie ! s'admonesta-elle, furieuse. *Tu ne les reconnais plus et ton cerveau est blessé. Voilà l'explication rationnelle : leurs visages étaient bien là, mais tu n'as pas pu te les figurer puisque tu les as oubliés. C'est pour cette raison qu'ils semblaient avoir disparu.*

RATIONNELLE
RELATIONNEL

Elle se dirigea d'un pas décidé vers la fenêtre de sa chambre et contempla son grand-père Orson, affairé à nettoyer son petit *Jardin secret*. Une preuve d'amour à l'attention de sa petite fille. Un message silencieux qui lui disait de tenir bon. Le pauvre homme souffrait dans son corps, mais il ne baissait jamais les bras. Alcidie devait prendre exemple sur lui et se défaire de ses craintes. Elle en était consciente, sa douleur affectait son entourage. Il fallait qu'elle cesse de leur faire du mal. Il fallait qu'elle abdique, qu'elle rende les armes, qu'elle laisse s'envoler ses angoisses et s'endormir sa colère.

Aussi, elle décida de tout faire pour apprendre à dompter la bête hargneuse en elle et retrouver le goût à la vie. La douleur et les blessures retrouveraient alors le champ des secrets et elles laisseraient s'écouler le bleu des ecchymoses.

Nuit blanche

« Tout semble paisible la nuit quand le reste du monde est endormi. »

Je m'appelle Mina - David Almond

Une douce mélodie caressait ses tympans. Un rayon de lune passait au travers du voilage et venait s'échouer sur les paupières closes d'Alcidie. Un étrange lépidoptère se posa sur le bord de sa lèvre inférieure, provoquant son réveil au beau milieu de la nuit.

Pâles effleurements.

Sa tête lui semblait lourde et son corps vidé de toute vitalité. Une boule d'angoisse enserrait sa gorge. Ses draps lui paraissaient trop rêches, sa peau trop sèche. Quelques cauchemars s'étaient faufilés dans la nuit.

Pierre de l'oubli.

Elle esquissa un mouvement pour faire s'envoler le délicat papillon blanc qui se mit à tournoyer à quelques centimètres de son visage. Il se posa sur son oreiller. Alcidie eut alors tout le loisir de l'observer.

Un ptérophore blanc ! Joli petit ange de nuit, porteur de rêves, comment es-tu entré dans ma chambre ? Rosamé m'a appris il y a quelques années que ton nom signifiait porte-plume. Es-tu venu me voir pour m'aider à renouer avec la poésie ? Es-tu mon ange gardien venu du Royaume de Crépuscule ?

Alcidie se redressa doucement, en prenant garde de ne pas écraser le fragile insecte qui s'envola dans un mouvement d'ailes frénétique.

Joli petit ange de nuit, j'ai encore rêvé de la pierre de l'oubli. Et de mes amis, Prunelle et Neven. C'était affreux, ils n'avaient plus de visages ! Pernilla les leur avait volés ! Et comme Albrecht, dans le ballet Giselle, Myrtha les avait condamnés à danser jusqu'à la mort. La dernière fois qu'ils sont venus, je les ai chassés. Cela fait maintenant deux semaines et je le regrette.

Le papillon blanc se mit brusquement à tournoyer devant son lit. De plus en plus vite, jusqu'à devenir brume ondoyante. Alcidie se frotta les yeux. Elle n'arrivait plus à distinguer les contours du ptérophore qui s'était progressivement mêlé aux rayons argentés de la lune. Il avait disparu pour laisser place à une masse informe, un petit nuage qui flottait et s'étiolait progressivement.

Alors Alcidie se figea. Son cœur s'emballa. Sa respiration se fit plus rapide quand elle huma les effluves qui s'échappaient du nuage de brume poudroyant.

Prune.

Elle se recroquevilla davantage contre sa tête de lit, se couvrant des draps qu'elle avait trouvé trop rêches quelques minutes auparavant. Puis elle la vit.

Là, juste devant son lit, auréolée de mystère, couronnée de rêve, nimbée de brume violine, fascinante et énigmatique.

Ambiguë.

Créature des heures grises, aux mille cheveux d'ange aussi blancs que cette nuit.

Fée vaporeuse aux souliers immaculés.
Cape ténébreuse, morceau de ciel étoilé.

Insaisissable Crépuscule.

Figés, l'espace et le temps.

Alcidie l'avait longuement attendue. Parce que ses questions restaient sans réponses. Parce qu'elle voulait savoir pourquoi et comment.

L'intimidante Crépuscule ne cillait pas. Son regard sibyllin semblait sonder ses pensées les plus intimes. Sa cape ténébreuse ondoyait lentement et répandait des trainées de brume violine, qui s'enroulaient langoureusement dans la chevelure noire d'Alcidie. Elle tressaillit.

Êtes-vous un rêve ? Une fée ?
Une bienfaitrice ou une horrible meurtrière ?

— Avez-vous tué mon père ? L'avez-vous emmené loin parmi les ombres du crépuscule, dans votre Royaume oublié de tous ?

Crépuscule ne répondit pas. Elle continuait à observer Alcidie qui sentit le malaise l'envahir. La jeune fille était subjuguée. Comme dix ans auparavant, quand cette femme aux cheveux scintillants s'était avancée sur la pelouse, un mélange de crainte et de ravissement s'emparait d'elle.

— Pourquoi, alors que je ne reconnais plus mes proches ni mon propre reflet dans un miroir, j'identifie votre visage ?

Pour toute réponse, l'étrange créature des heures grises tourna la tête vers la boîte qui contenait les précieux carnets. Toutes ces pages noircies de souvenirs reposaient, captives, dans leur écrin de silence, condamnées à l'oubli. Enfouis, étouffés, Alcidie pensait parfois entendre hurler ses secrets.

D'une démarche gracieuse, Crépuscule glissa doucement vers le coffret, suivie par une nuée de lépidoptères et de calopteryx emportés par les mouvements lents de sa cape. Sa chevelure flottait en de longs filaments blancs aux éclats miroitants. Au travers de la brume violine, le temps d'un battement d'aile, Alcidie crut distinguer les contours d'une forêt enchantée, illuminée par des lueurs vespérales.

Beauté fugace.

Réminiscences.

Du bout de ses doigts d'une blancheur opaline, Crépuscule effleura délicatement la boîte aux souvenirs. Puis elle porta son regard vers Alcidie et remua ses lèvres sans émettre aucun son.

— Lire le passé ? répéta la jeune fille qui savait lire sur les lèvres. Non, je n'ouvrirai pas cette boîte. Je ne veux pas remuer le passé, c'est trop douloureux. Je pense même que c'est dangereux.

Alcidie se leva. Elle fit quelques pas timides en direction de la créature énigmatique, quand elle sentit un souffle glacial s'engouffrer dans son dos. Son corps fut parcouru de violents frissons.

Intense était le froid.
Extrême fut la peur.

PURE
PEUR

Une présence rôdait derrière elle. Elle vit son ombre mouvante se refléter à la surface des yeux de Crépuscule, dont la soudaine colère défigurait le visage.

Alcidie se retourna et chancela à la vue du monstre sans visage qui s'approchait lentement de son lit. L'être anthropomorphe tendit un bras maigre vers sa table de nuit. Vers le carnet enveloppé d'obscurité. Vers ses pensées tourmentées. L'adolescente ne put réfréner un hurlement. Un de ces cris que nous nous croyons incapables de pousser, jusqu'à ce que la terreur nous submerge. Alors le monstre se tapit dans l'ombre, laissant en lieu et place le carnet noir serti de pierres.

Quelques secondes plus tard, Aubeline, Rosamé et Orson, alarmés, firent irruption dans la chambre.

— Alcidie ? Que se passe-t-il ? demanda Orson.

Crépuscule et l'horrible présence née d'un souffle glacial avaient disparu. Alcidie vérifia la présence de la clé autour du cou de sa grand-tante, puis se jeta dans ses bras.

Réconfort.

Tendresse.

Mais la fenêtre s'ouvrit brusquement, laissant s'engouffrer une rafale estivale mêlée d'un air glacial. L'horrible créature sans visage se tenait accroupie sur la bordure, s'apprêtant à sauter dans le vide. Elle tenait, serré contre elle, le carnet noir serti de pierres.

— Mon carnet, le monstre me vole mon carnet ! hurla Alcidie, horrifiée.

— Ma chérie, calme-toi, souffla Aubeline en lui caressant les bras. Il n'y a absolument personne avec nous dans cette pièce ! Tu rêves éveillée. Ce n'est qu'un courant d'air. Viens donc te recoucher, je vais rester un peu avec toi.

Oppressée, Alcidie se rua sur la fenêtre au moment où la créature sautait dans le vide. Crépuscule sur ses talons, le monstre se métamorphosa en petit rongeur couleur charbon. L'étrange être sans visage était encore plus rapide sous sa forme animale. Il fendit l'air à une allure vertigineuse en direction de *Nuit Noire*, comme s'il allait s'y écraser. Mais il le contourna et s'engouffra sans fracas au sein de la vile *Pernilla*.

Sidération.

L'étrange petit rodentien venait de traverser la pierre sous le regard perplexe d'Alcidie. Crépuscule se retourna alors vers la jeune fille et articula quelques mots avant de retrouver son apparence de ptérophore blanc. Le petit ange de nuit se dirigea à son tour vers la pierre de l'oubli, devant laquelle il disparut. Au même moment, un étrange oiseau passa devant la fenêtre. À tire-d'aile, il se dirigeait lui aussi vers la funeste pierre.

Stupeur et bruits métalliques.
Teint vert-de-gris.

L'oiseau famélique était une paire de ciseaux.
Il était *la* paire de ciseaux.
Et il fut lui aussi englouti, noyé dans l'obscurité.

Des centaines de petits êtres nocturnes grouillaient vers le tombeau des visages. Ils semblaient tous répondre à l'appel silencieux de l'horrible *Pernilla*. Était-ce un piège plus dangereux qu'Alcidie ne le pensait alors ?

Rosamé ferma la fenêtre, coupant le lien visuel entre Alcidie et le monde de la nuit. L'impénétrable nuit. Alors qu'Aubeline tentait de rassurer sa fille, Orson descendit dans la cuisine pour préparer des boissons chaudes.

Alcidie était sous le choc. Elle se remémorait les dernières paroles énigmatiques de Crépuscule.

Tu n'es nulle part, tu es partout.

Que voulait-elle lui dire ? Qu'elle était complètement perdue ? Qu'elle flottait entre les mondes sans en habiter aucun ? C'était certainement vrai, les limites s'étaient encore bien estompées depuis sa rencontre fracassante avec *Pernilla*. Le rêve, la réalité, les histoires, les souvenirs, tout se confondait dans son esprit embrumé. Elle avait le sentiment de se noyer, de s'enfoncer de plus en plus profondément dans la nuit.

Nuit blanche.
Nuit noire.
Nuit nuances de gris.

D'ailleurs, les ciseaux avaient-ils réellement disparu ? Il fallait qu'elle vérifie. Car si leur absence ne pouvait pas prouver l'existence de ce qu'elle voyait, leur présence confirmerait bel et bien qu'elle était victime de puissantes hallucinations.

— Maman ? As-tu gardé la paire de ciseaux étrange avec laquelle Ailill comptait me couper les cheveux ?

— Oui ma puce, elle est dans un des tiroirs de mon bureau.

— Je peux la voir ? S'il te plait ?

— Si cela peut t'aider à te rendormir... Allons la chercher.

Elle entra dans l'atelier de sa mère, la boule au ventre. Aubeline ouvrit un tiroir, les ciseaux ne s'y trouvaient pas.

— Il me semblait pourtant les avoir entreposés ici, mais à l'évidence, je me suis trompée de tiroir !

Elle farfouilla dans les autres, sans succès. Les ciseaux vert-de-gris restaient introuvables.

Orson arriva avec les infusions qu'il distribua tandis que Rosamé, prévenante, déposait un châle noir sur les épaules d'Alcidie.

— Orson, Rosamé, avez-vous utilisé la paire de ciseaux en forme d'oiseau ? leur demanda Aubeline.

Ils répondirent tous les deux par la négative.

— Je suis désolée, ma puce, je ne la retrouve pas. Je ne comprends vraiment pas pourquoi ! ajouta Aubeline en continuant ses recherches.

— Arrête de chercher, Maman. Ce n'est pas grave.

Alcidie ne savait plus que penser. Que devait-elle faire maintenant ? Elle se posait tout un tas de questions lorsque son regard s'arrêta dans l'angle de la pièce. Sur le fauteuil où demeurait le livre qu'elle avait lu quelques semaines auparavant.

Nulle part & Partout.

Le titre faisait évidemment écho aux dernières paroles de Crépuscule. Mais ce n'était pas tout.

Dans *Le Clair-obscur*, la deuxième des cinq histoires, il était question d'un univers intermédiaire qui ressemblait étrangement à celui qu'elle imaginait enfant. Ce lieu abstrait, où les rêves et les cauchemars prenaient vie, où le jour côtoyait la nuit, était accessible par la faille imperceptible qui s'étirait à l'horizon, comme un sourire étrange dont s'échappaient les ombres dansantes du crépuscule.

Était-ce là-bas qu'elle devait se rendre ? Est-ce que le carnet noir serti de pierres était le carnet maudit mentionné dans le livre de l'*Oncle Miroir* ? Et qui était donc ce *Prince Carpe Diem* ? Y avait-il un lien entre ce qu'elle vivait maintenant et le contenu du recueil ? Elle s'en empara et relut la dédicace manuscrite.

Alcidie, petit arc-en-ciel, ces récits tortueux feront bientôt écho à tes propres expériences. Ils sont une part de moi que je te laisse et je suis persuadé que tu sauras les comprendre mieux que quiconque.

Les mots couchés sur le papier prenaient une toute autre signification à la lueur des récents évènements. *L'Oncle Miroir* avait peut-être vécu des expériences similaires.

Pour éclaircir ces questions et ces suppositions, Alcidie décida qu'il était temps qu'elle confronte l'individu aux branches épineuses qui l'avait tant effrayée. Elle le considérait en partie comme responsable de toutes ses récentes déconvenues. C'était bel et bien lui qui l'avait déstabilisée par deux fois et l'avait amenée à relâcher son attention, provoquant de ce fait une chute malencontreuse.

Cette entité végétale semblait savoir certaines choses. Elle avait évoqué le vœu. Elle devait certainement connaître les secrets du carnet noir. Malgré la frayeur que cette créature aux membres hérissés d'épines noires lui procurait, elle décida de lui rendre visite plus tard dans la nuit, quand ses proches se seraient rendormis. Mais comment allait-elle se débrouiller pour la faire sortir du ventre épineux de sa mère ?

    Aubeline s'était endormie à ses côtés. Elle avait à cœur de veiller sur sa fille. Elle ressentait le besoin viscéral de souffrir à sa place. Si elle avait pu échanger leurs destinées, elle l'aurait fait sans hésiter un instant.

    Alcidie se leva doucement pour ne pas la réveiller. Elle attrapa une longue robe noire qu'elle enfila, puis posa le châle de Rosamé sur ses épaules. Avant de sortir, elle chaussa ses ballerines qui trainaient au pied de son lit et attrapa un petit sac en coton dans lequel elle enfouit le recueil de son oncle.

    Quand elle passa devant la porte close de la chambre d'Orson, les ronflements significatifs d'un sommeil profond parvinrent à ses oreilles. Rosamé, qui laissait toujours la porte de sa chambre grande ouverte, semblait, elle aussi, assoupie.

    Alcidie descendit l'escalier dans l'obscurité. Le silence n'avait jamais été si pesant. Il lui parut aussi oppressant et inquiétant que cette longue nuit blanche enveloppée de non-sens. Elle frissonna à la vue des ombres grises qui dansaient lentement dans l'obscurité du jardin. Des silhouettes brumeuses glissaient dans la nuit et lui jetaient des regards avides.

    Elle ouvrit doucement la porte vitrée de la cuisine et fit quelques pas sur la pelouse avant de se figer au cœur de la nuit. Le calme régnait. Le bruissement des feuilles à peine effleurées par la brise était presque inaudible. La nature s'était endormie pour de bon. Les ombres des heures grises tournoyaient autour d'elle sans même la frôler, se contentant de la dévorer de leurs regards désireux. En cet instant, Solitude et Silence, ce couple étrange qu'Alcidie n'aimait pas beaucoup fréquenter, régnaient sur le monde. Toutefois, malgré l'angoisse qui grandissait en elle à l'idée de côtoyer ces ombres inquiétantes, elle se sentit de nouveau vivante. La noirceur et le monstre de colère qui avaient élu domicile en son for intérieur lui parurent insignifiants au regard de l'immensité du ciel parsemé d'étoiles. L'infiniment grand et le vide intersidéral lui donnaient le vertige.

    Dans un souci d'apaisement, elle serra plus fort le châle de

Rosamé qu'elle avait négligemment jeté sur ses épaules nues. Les nuances de gris possédaient l'espace tout entier. Elles s'arrachaient les moindres recoins du monde, tandis que la lune s'appropriait la lumière du soleil. Les arbres, les roses, la maison, tout son univers semblait avoir basculé dans un ailleurs aussi angoissant qu'il était beau.

BEAU
AUBE

Elle se frotta les bras comme pour se donner du courage.

Il était temps d'éclaircir ce mystère qui l'entraînait chaque jour plus loin dans les méandres inhospitaliers d'un univers inconnu. Le moment était venu d'affronter les créatures de la nuit, les monstres affamés des heures grises.

Avant de se diriger vers la *Mère du bois*, elle se rendit dans son petit *Jardin secret* pour y puiser du réconfort et du courage. Elle n'y avait plus mis les pieds depuis des semaines. Orson avait tenu à entretenir ce petit paradis végétal qui servait d'écrin à ses inestimables pierres. Alcidie lui en était très reconnaissante. Elle s'en voulait terriblement d'avoir fait souffrir ses proches. Mais elle se dit que parfois, malgré toute la volonté dont puisse faire preuve un être humain pour s'extraire de sa torpeur, la mélancolie triomphait pour un temps et l'enveloppait dans l'un de ses doux et pernicieux cocons. En ce qui la concernait, cette période était maintenant révolue.

Ses yeux s'étaient peu à peu habitués à l'obscurité. À la faveur de la lune qui consentait à offrir à la nuit quelques rayons de lumière argentée, elle discernait nettement les cailloux entreposés au sein des jolis parterres végétaux. Elle se mit à genoux sur la pelouse et effleura la pierre bleu azurite qui reposait au cœur de son petit bouquet de myosotis.

Bleu sur son cœur.

Chagrin de Théophane.

Un frisson de stupeur parcourut alors son corps comme une décharge électrique. Sous ses doigts, elle venait de sentir la petite pierre palpiter. Était-ce une hallucination ? Ou la résonance de ses propres frissons ? À côté, gisait la pierre que *l'Oncle Miroir* lui avait confiée en lui demandant de la garder toujours avec elle. Elle regretta amèrement de ne pas l'avoir fait ! Cela lui avait-il porté malheur ?

Superstitions.

Elle s'en saisit. À son grand étonnement, cette pierre palpitait elle aussi. Alcidie sentait de légers battements tambouriner dans le creux de sa main.

Alors, frénétiquement, elle s'employa à effleurer les autres pierres du bout des doigts. La plupart d'entre elles étaient froides et totalement inertes.

INERTE

TERNIE

RÉTINE

Mais celle qu'elle avait arrachée au lit de l'*Effluviale* palpitait rageusement. Elle s'empara de l'impétueuse qui s'agitait comme un animal pris au piège. La roche était si chaude qu'elle ne put la tenir très longtemps dans sa main. Sa paume commençait à rougeoyer quand elle déposa la pierre passionnée sur la pelouse, à côté de ses tièdes congénères. Ses violents battements avaient quelque chose d'effrayant. Alcidie s'agenouilla, pensive, face aux trois cailloux doués de vie.

Qu'est-ce qui m'arrive ? Où est donc passé mon sens des réalités ? Crépuscule, l'ange de la nuit, si elle existe en dehors de ma pauvre tête abimée, a raison : je suis partout et nulle part à la fois. Ni totalement ici ni complètement ailleurs. Quelque-part dans un entre-deux. Je suis un être anémié, une proie idéale maniée et animée par... le Crève-cœur ?

ANÉMIÉ

ANIMÉE

MANIÉE

Des rayons de lune caressaient les cheveux de l'ange du crépuscule qui l'observait tandis qu'elle traversait lentement les limites indicibles, ce voile imperceptible et délicat qui s'étendait de part et d'autre de sa longue nuit blanche.

Reflets de nuit

> *« Je suis la fille de l'ombre et du silence,*
> *Les gens devinent à peine mon existence.*
> *Je rase les murs et je parle tout bas,*
> *Personne ne m'entend, personne ne me voit.*
> *Je suis la fille de l'ombre et du silence,*
> *Je suis prisonnière à l'intérieur de moi. »*
> *GIRL – Ghost in Real Life,*
> *Pascaline Nolot*

Alcidie s'était assise sur la pelouse. Recroquevillée, elle fixait les pierres de son regard inquisiteur. Son esprit embrumé était malmené par un flot de questions, d'inquiétudes et de doutes. Elle scrutait les moindres changements qui s'opéraient devant elle, sans savoir ni que faire ni que penser de ces choses qu'elle avait prises pour de simples cailloux. Les trois objets émettaient maintenant des lueurs diffuses et des sons lourds d'interprétations.

Battements de cœurs.
Cœurs de pierre.

Soudain, un craquement résonna dans la nuit. Puis un autre. Et encore un autre, suivi d'infimes mouvements de la pelouse.

Battements de cœurs.
Cœur de chair et de sang.

La terre tressaillait et se soulevait par endroits. Alcidie sortit de sa torpeur et se redressa. Au même moment, le sol se mit à trembler plus fort et les craquements redoublèrent d'intensité. Elle scruta les environs, aux aguets.

Puis elle le vit. Son hêtre, *Crépuscule*, le monarque du soleil couchant, semblait prendre vie. Sa couronne de feuilles se balançait dans le bleu de la nuit. Mais ce n'était pas dû aux assauts du vent. Non, le vent ne s'était pas levé.

Son arbre dansait ! Il dansait !

Il semblait même vouloir s'extraire de la terre !

Il s'était mué en un pinceau géant qui appliquait des nuances diluées sur la toile céleste, des glacis de bleu étoilé, des pigments de ciel ensommeillé.

Quelle splendeur !

Battements de cœurs.

Cœur de Sorcière.

Les mouvements du sol se firent alors plus amples. Un enchevêtrement spectaculaire de racines et de radicelles tortueuses en jaillit, sous le regard ébahi d'Alcidie. Elles s'élevèrent dans les airs, dans des mouvements incroyablement lents et gracieux, avant de s'abattre sur la jeune fille qu'elles enserrèrent délicatement. Elles s'enroulèrent autour de sa taille, tel un serpent autour de sa proie. Alcidie tressaillit de crainte et de délice. Elle rit à gorge déployée. Un mélange ambigu de sensations et d'émotions contradictoires l'étourdissait.

C'est alors qu'une anagramme s'imposa à elle, comme une incantation venue des tréfonds de l'esprit de la *Sorcière Aubépine*.

ALCIDIE
IDICLAE
DELICIA

La douceur des mouvements racinaires apaisa finalement ses inquiétudes. Son arbre l'entrainait dans une danse serpentine envoûtante. La stupéfaction passée, Alcidie se laissa bercer par *Crépuscule*. Elle avait toujours eu confiance en lui, son partenaire de vie. Une racine caressa son bras droit avant de le soulever pour agripper sa main. Puis l'arbre la fit doucement monter dans les airs pour la faire tournoyer comme une délicate ballerine. Sa longue robe noire se gonflait et glissait sur les courants d'air tiède. Ses longs cheveux plume de corbeau ondoyaient comme des morceaux de nuit d'été. Elle volait comme un songe au travers de la nuit, comme une ombre légère de retour à la vie. *Nuit noire*, l'arbre du nord, le prince des ombres solitaires, prit alors part à la danse.

Les deux arbres firent lentement virevolter Alcidie, qui souriait aux anges et embrassait la lune. Ils entrelacèrent tendrement leurs racines, firent danser leur ramure et crépiter leur écorce. Puis ils saisirent les pierres qui bouillonnaient dans l'herbe fraiche, pour les déposer au pied de la *Mère du bois*. Alors, comme appelé par un sortilège, la créature aux membres épineux apparut.

Délicatement, les arbres déposèrent Alcidie devant elle. Fascinée par son parfum de prune, elle demanda :

— Êtes-vous vous aussi un ange de la nuit ?

— Rien qu'un gardien des lisières indicibles, répondit la créature épineuse.

— Avez-vous un nom ?

— Prunus Spinosa.

— Êtes-vous un proche de la femme aux mille cheveux d'ange ? Elle a le même délicieux parfum que vous. Parfum SPINOSA, parfum PASSION. Prunus SPINOSA, PASSION de prune !

— Je suis proche d'elle, mais pas comme vous l'imaginez. Vous aimez les jeux de mots ?

— Surtout les anagrammes.

— Vous semblez bien éveillée, c'est une bonne chose.

— Éveillée ? J'ai plutôt l'impression de rêver.

— La méfiance et l'angoisse semblent s'être évaporées, vos cheveux s'imprègnent de magie, la danse de la *Sorcière Aubépine* a eu l'effet escompté ! Il ne manque plus grand-chose pour que vous soyez tout à fait vous-même.

— Tout à fait moi-même ? Vous avez raison, il me manque les couleurs et les visages !

— Il ne s'agit pas de cela, mais d'une part de vous-même qui vous est familière et qui fera de vous une *Sorcière Florifère*.

— Une part de moi-même ? Familière ? Un poème de Paul Verlaine me vient soudain à l'esprit. Puis-je vous le réciter ?

— À votre guise !

— Ce poème me fait penser à un rêve que je fais très souvent, un rêve récurrent.

— Un rêve familier ?

— Oui, exactement ! Le poème s'intitule ainsi, *Mon rêve familier*, et voici ce qu'il dit :

Je fais souvent ce rêve étrange et pénétrant
D'une femme inconnue, et que j'aime, et qui m'aime
Et qui n'est, chaque fois, ni tout à fait la même
Ni tout à fait une autre, et m'aime et me comprend.

Car elle me comprend, et mon cœur, transparent
Pour elle seule, hélas ! Cesse d'être un problème
Pour elle seule, et les moiteurs de mon front blême,
Elle seule les sait rafraîchir, en pleurant.

Est-elle brune, blonde ou rousse ? - Je l'ignore.
Son nom ? Je me souviens qu'il est doux et sonore
Comme ceux des aimés que la Vie exila.

Son regard est pareil au regard des statues,

Et, pour sa voix, lointaine, et calme, et grave, elle a
L'inflexion des voix chères qui se sont tues.[1]

—Et que raconte votre rêve familier ? Celui qui vous évoque ce poème ?

— Je rêve d'elle, la fille que je suis et que je ne suis pas. Et je l'aime. Mais elle-même, est-ce qu'elle m'aime ? Vous savez comme il est difficile de s'aimer.

— Vous hait-elle ?

— Est-ce qu'elle me hait ? Non, bien sûr que non ! Je pense qu'elle est moi avec émoi. Elle est moi. Elle et moi. Et je suis elle avec elle. Ensemble nous rêvons double. C'est ainsi.

— Alors il est temps d'aller la retrouver. Venez-vous ?

— Et mon livre ?

— Inutile.

— Et mon carnet noir, où est-il ?

— J'allais vous en parler...

— Et les pierres-cœurs ? Les cœurs de pierre ?

— Portez-les en vous.

— En moi ?

— Oui, si vous ne le faites pas, elles mourront une fois rendues là-bas. Débarrassez-vous de ce châle, s'il vous plait.

Alcidie le fit glisser le long de ses bras, intriguée, mais sereine. Spinosa souffla alors sur la peau fine qui recouvrait son sternum.

Caresse exquise, senteur de prune.

Démangeaisons et irritation.

Spinosa avait l'air satisfait de ce qui se produisait. Une étrange lueur brillait à la surface de son curieux visage. Alcidie baissa alors les yeux pour examiner sa peau qui rougissait. Elle ressentait le

---

1. *Mon rêve familier*, Paul Verlaine dans « Poèmes Saturniens » 1866

besoin viscéral de se gratter, mais Spinosa l'en empêcha : il entrava ses deux bras.

— Les picotements vont bientôt cesser. Ne frottez pas votre épiderme, vous ne feriez que retarder le processus.

Alcidie scruta un instant son thorax, envoûtée par le phénomène stupéfiant qui animait son enveloppe corporelle. Incrustées dans sa peau, en filigrane, des courbes graciles se développaient, imitant la croissance des végétaux. À l'image d'une plante, elles semblaient s'extraire de ce grain de beauté qu'Alcidie imaginait être une graine endormie. Le dessin prodigieux avait attendu l'appel silencieux du mystère pour germer et se développer. Après quelques minutes, un motif aux allures de cicatrice chéloïde rougeâtre se pavanait comme un superbe papillon tout juste sorti de sa chrysalide.

Ce motif ne lui était pas inconnu. Elle effleura les renflements de peau encore sensibles sous ses doigts, deux cinq en miroir l'un de l'autre, entrelacés d'arabesques végétales, formaient un cœur.

La fiole emplie de *Gouttes de nuit*.

Le vœu au carnet noir évanoui.

Abasourdie, elle leva ses yeux inquiets vers Spinosa.

— Tout ira bien, faites-moi confiance, susurra-t-il avant d'attraper une des pierres qu'il déposa délicatement au centre du motif chéloïde.

Elle disparut, aspirée au sein de la cage thoracique, puis prit place à côté du cœur d'Alcidie. Ce dernier battait à tout rompre. La jeune fille respira profondément, touchée par le nouveau cœur pétri de chagrin.

ASPIRER

RESPIRA

Spinosa réitéra avec les deux autres pierres. Alcidie en avait maintenant gros sur le cœur, des larmes lui montèrent aux yeux.

— Ces cœur sont lourds de tristesse, s'émut-elle, abattue par les émotions qu'ils lui livraient. Qu'a-t-il bien pu arriver à leurs propriétaires pour qu'ils portent autant de chagrin en eux ?

— Allons, Alcidie, séchez ces pleurs qui ne sont pas les vôtres. Il faut maintenant que je récupère les *Larmes de Rose Vorace* ! Elles vous seront utiles.

Aussitôt, il déploya un de ses bras noueux encombrés de cadavres d'insectes, d'épines noires et de fleurs blanches, jusqu'à atteindre la fenêtre de la chambre d'Alcidie.

— Ne réveillez pas Maman surtout, chuchota Alcidie, la gorge nouée par l'émotion.

— Aucun risque ! Aubeline attendra l'aube.

Il poussa la fenêtre qui s'ouvrit sans résister, puis parcourut la chambre de la pointe de sa branche qui trouva sans soucis le petit flacon de *Gouttes de rosée*.

— Portez-le autour de votre cou, il ne faut surtout pas le perdre. Ces larmes sont précieuses.

Spinosa arracha une fine liane qui longeait le tronc d'un arbre, puis l'enroula autour du col du flacon, pour le suspendre autour du cou d'Alcidie.

— Et Pernilla ! Va-t-elle me rendre les couleurs et les visages ?

— Pernilla ? Ce n'est qu'une vulgaire pierre-voie, un passage qui ne peut être traversé que par de tout petits êtres vivants. Elle n'est en rien capable de vous voler quoi que ce soit. Le seul responsable, c'est le *Crève-cœur*. Il y a fait passer ce maudit carnet que j'ai échoué à récupérer. J'en suis navré, j'étais trop affaibli, je ne peux pas m'éloigner de la *Mère du bois* sans en pâtir. Et vous avez fait le vœu, quel dommage. Il faudra détruire ce carnet maudit pour retrouver les visages et les couleurs.

— Qui est ce *Crève-cœur* ?

CRÈVE VŒU CŒUR

— Avant toute chose, il faut que vous traversiez, sinon les cœurs vont lâcher. Approchez !

Spinosa remonta le châle sur les frêles épaules d'Alcidie et enroula ses membres épineux autour de sa taille, puis il l'attira à lui. D'autres branches s'entortillèrent nonchalamment autour de ses hanches et remontèrent jusqu'à son buste qu'elles étreignirent fermement.

— Vous me faites mal ! s'écria Alcidie. Mes cœurs battent beaucoup trop fort ! Ma cage thoracique va exploser ! Dois-je traverser à cœur ouvert ?

— Franchir les limites est un acte douloureux. Que ce soit intentionnel ou non, cela procure beaucoup d'émotions et de sensations contradictoires. Ne craignez rien, ce sera rapide. Allons-y, à cœur ouvert et à corps perdu !

Les épines noires s'enfonçaient dans la chair tendre d'Alcidie, se nourrissant du fluide carmin qui parcourait ses veines. Elles aspiraient tout. Le sang, le corps, l'esprit.

Les rythmes cardiaques ralentirent quand Alcidie sombra dans un état second. Spinosa l'enserra plus fort encore, puis la dévora entièrement. Il aspira le sang, le corps et l'esprit, comme un vampire affamé. Ceci fait, il fut à son tour avalé par le ventre de la *Mère du bois*.

Il y faisait chaud. Très chaud.

L'esprit, le corps et le sang, expulsés sous forme de gouttelettes par les branchages du prunelier, se mirent tour à tour à flotter, comme des corps célestes dans l'immensité de l'univers, comme des bribes de rêve se frayant un chemin au travers de limites indicibles.

VENTRE
RÊVENT

Alcidie, devenue obscure nébuleuse, flottait au sein d'un ailleurs embrumé. Son corps n'était plus. Des centaines de gouttelettes rouges s'étaient substituées à lui. Elles ondoyaient dans la moiteur de cet étrange lieu. Des *Gouttes de sang*, petits papillons de nuit noirs mouchetés de tâches carmin, les absorbèrent une à une.

Puis ils se frayèrent un chemin vers la lumière crépusculaire qui filtrait à travers les branchages entrelacés. Une fois passé l'obstacle, battements d'ailes après battements d'ailes, d'un vol hésitant, ils se rapprochèrent jusqu'à se toucher. Le sang, le corps et l'esprit s'unifièrent. Alcidie retrouva alors forme humaine.

— Où suis-je ? demanda-t-elle à la fois inquiète et émerveillée.

— À la lisière de la folie, au bord du néant, à l'envers du décor, entre la vie et la mort...

— La mort ? demanda-t-elle, parcourue de frissons désagréables. Vous m'avez dévorée ? Je suis morte ? demanda-t-elle d'un ton plus agressif. Ou peut-être suis-je devenue une de ces ombres du crépuscule ?

— Vous êtes entre la réalité et le rêve, à la frontière des mondes ...

— Nulle part et partout à la fois ? conclut-elle d'une voix plus sereine.

— Vous avez franchi la faille imperceptible qui s'étire à l'horizon comme un sourire étrange, dont s'échappent les ombres dansantes du crépuscule. Ici, il ne fait jamais complètement jour ni complètement nuit. Un crépuscule éternel illumine un monde sans limites, en dehors de toutes notions temporelles.

— C'est étrange, j'ai le sentiment d'être chez moi tout en étant ailleurs, ajouta la jeune fille en scrutant son environnement.

— C'est tout à fait vrai ! Il y a de vous, ici ! Mais il y a aussi beaucoup d'autres choses, susurra Spinosa d'une voix énigmatique.

— Suis-je déjà venue ? J'ai la sensation d'avoir déjà foulé ce sol, effleuré ces arbres immenses et nagé dans ce sombre lac aux allures de trou noir, qui absorbe la moindre particule de matière. Ce néant, le trou béant de l'infini, le plein de vide. Une prunelle géante aux reflets de nuit. Un miroir vorace qui souhaite nous faire prisonnier de notre propre reflet. Ce lac est dangereux, ajouta-t-elle en s'approchant lentement de la rive, comme envoûtée par l'étendue d'eau calme.

— Oui, il l'est ! Vous devriez revenir près de moi, répondit

Spinosa en la retenant par le bras. Cette sombre étendue d'eau glacée aspire et dévore tout ce qui s'aventure trop près d'elle. Les *Perles de nuit* qui s'y déversent, les larmes noires du *Crève-cœur*, contaminent peu à peu les souvenirs heureux et les détruisent comme l'acide ronge la matière.

CRÈVE VŒU CŒUR

— Spinosa ? s'exclama une voix derrière eux.

Surpris, ils firent tous deux volte-face.

— Quelle bonne surprise ! Voici justement la fille de votre rêve familier, déclara Spinosa. Celle qui fera de vous une *Sorcière Florifère*.

Alcidie, les sourcils froncés, s'était lentement approchée de l'inconnue qu'elle était censée reconnaître. Elle semblait avoir le même âge qu'elle et la regardait avec insistance, sans pour autant chercher à la déstabiliser. Quelque chose en elle lui était effectivement très familier, mais la prosopagnosie embrumait sa tentative de reconnaissance.

Les deux jeunes filles se tournèrent autour, prudemment, sondant le fond de leurs yeux, inspectant leurs gestes, comme deux animaux qui cherchent à identifier un congénère en vue d'une éventuelle approche. Elles dansaient. Une danse lente et éprouvante, qui faisait d'Alcidie une proie ? Un prédateur ? Une partenaire ? Fallait-il se fier à cet instinct qui lui disait que tout allait bien ? Ou bien fuir ? Elles pivotèrent de concert vers Spinosa et répondirent en chœur :

— Je ne la reconnais pas et pourtant, cette fille m'est extrêmement familière.

Surprises d'avoir articulé la même phrase en même temps et sur le même ton, elles se dévisagèrent avant d'ajouter, ensemble :

— Comment s'appelles-tu ? Comment t'appelle-je ? Spinosa, qui suis-t-elle ? Qui est-je ?

— Alcidie, voici Idiclae, À travers ses yeux, vous avez vécu votre rêve familier. Idiclae, voici Alcidie, À travers ses yeux vous avez éprouvé la réalité, répondit-il d'un ton solennel.

Face à face, elles s'effleurèrent lentement du bout de leurs doigts, qu'elles firent doucement glisser sur leurs avant-bras. Elles se tenaient maintenant par la main et s'étaient encore rapprochées, comme si ce contact était devenu inévitable et qu'elles ne pouvaient plus imaginer rester loin l'une de l'autre. Elles s'enlacèrent. Puis s'étreignirent plus fort encore, ventre contre ventre, poitrine contre poitrine, elles percevaient les battements impétueux de leurs cœurs. Traversées par des émotions perturbantes, elles posèrent leurs fronts l'un contre l'autre. Des émotions puissantes et contradictoires se mêlaient à des sensations qu'elles n'avaient encore jamais ressenties.

— Je suis tu et tu es je. Je le vois dans ta prunelle de mes yeux, murmurèrent-elles. Miroir de tes yeux noirs, tu suis ma réalité et je es ton rêve familier. Alcidie plus Idiclae, je es Délicia ici !

Ces paroles incompréhensibles étaient, pour elles deux, lourdes de sens. Une anagramme-sortilège s'imposa soudain à leur esprit, comme une incantation perdue qui émergeait des tréfonds de la mémoire d'une *Sorcière Florifère*. Les yeux dans les yeux, elles le déclamèrent ensemble.

ALCIDIE

IDICLAE

DELICIA

Maintenant, elles le savaient. Et elles firent ce qu'elles devaient faire, car il était évident qu'il fallait qu'elles le fassent. Elles caressèrent leurs joues, enserrèrent délicatement leurs visages entre leurs mains, inclinèrent leurs têtes dans un sens puis dans l'autre pour poser leurs lèvres les unes contre les autres.

Un baiser, pour fusionner.

ALCIDIE plus IDICLAE.

Dans un tourbillon de sensations délicieuses, des lianes de lierre se déployèrent pour les envelopper et les rapprocher l'une de l'autre. Puis doucement, elles devinrent elle. Les souvenirs d'Alcidie et d'Idiclae s'entrechoquèrent avant de s'entremêler. De deux, elles ne firent plus qu'une : Délicia Aubépine, la sorcière aux cinq cœurs.

Une fois la fusion achevée, Délicia se sentit d'abord embrouillée par toutes ses idées enchevêtrées. Autour de sa tête vibrait une étrange couronne de lierre éthérée. Une couronne aussi vaporeuse que l'était son esprit. Sa tête était emplie d'images et de pensées tourbillonnantes qui lui donnaient la nausée. Elle s'assit près de la *Mère du bois*, ses mains tremblantes posées de part et d'autre de son visage, les yeux clos.

— Spinosa ? Pouvez-vous m'aider à mettre de l'ordre dans ma tête ? Tout me paraît trop confus.

— C'est évident, vous êtes déboussolée ! Mais je ne peux rien y faire. Un peu de patience et de calme suffiront à remettre vos idées en place. Restez assise un moment et mangez ces quelques prunelles, elles vous aideront à retrouver une certaine stabilité émotionnelle.

Les cheveux de Délicia Aubépine ondulaient délicatement dans l'air, comme ils l'auraient fait sous la surface de l'eau. Pensive, elle regardait les prunelles de la *Mère du bois* qui roulaient au creux de la paume de sa main gauche. Elles lui rappelaient les pupilles ombrageuses des yeux de son amie Prunelle. Mais le visage de cette dernière demeurait totalement flou, dilué par la prosopagnosie. Elle mangea les fruits offerts par Spinosa et se sentit presqu'aussitôt plus sereine. Elle entortilla alors une de ses mèches aile de corbeau autour de son index.

Noir profond, reflets bleu vert.

La magie résidait dans sa tignasse de sorcière.

Autour d'elle, une nuée de piérides vêtues de blanc et délicatement nervurées de noir déployaient leurs ailes plus ou moins transparentes et venaient, tour à tour, déposer des baisers aériens sur ses mains, ses avant-bras, son visage et sa chevelure.

Délicia Aubépine songeait, les yeux grands ouverts et l'esprit embrumé, quand un double souvenir s'imposa à son double esprit.

Ailill

Tignasse de sorcière Aubépine

Ciseaux vert-de-gris

Ailill

Petit fantôme dans la tourmente

Ciseaux vert-de-gris

Ailill

— Où est Ailill ? Je crois qu'il est encore perdu !

— Ailill ? Ce petit garçon a perdu son chemin dans les contrées du rêve, il y a bien longtemps. Pauvre petit fantôme hanté par son propre esprit ! Il est resté marqué par son passage ici. Je crois d'ailleurs qu'une part de sa petite enfance est encore recroquevillée dans le champ de tourmentine. Malheureusement, le spectre de Damélia veille sur lui.

DAMÉLIA

MALADIE

— Une part de moi, ma part Idiclae, a pourtant essayé de le prévenir et de le sauver. Je n'ai fait que l'effrayer ! Comme je m'y suis mal prise. Par ma faute, il s'est dirigé vers le champ d'herbe d'égarement. Je n'ai pas su le retenir. Mais pourquoi croit-il encore qu'Alcidie est coupable ? Spinosa, Idiclae a-t-elle la même apparence qu'Alcidie ? La même apparence que moi, Délicia ?

— Oui, vous êtes en tous points semblables, répondit-il. Mais la prosopagnosie vous aveugle, vous ne vous reconnaissez plus.

— Si Idiclae est semblable à Alcidie, je comprends pourquoi Ailill lui en veut autant. Est-il réellement devenu fou ?

— La folie ! Un vaste sujet dont on ne connaît pas vraiment les frontières ! Même en tant que gardien des limites indicibles ! Les fous, désaxés, déments, farfelus, excentriques se sont tous un jour égarés entre les rêves et les cauchemars. Ils sont condamnés à parcourir les chemins d'un univers halluciné. Ils gardent un pied dans la réalité, un autre nulle part et partout à la fois, dans une situation instable à la frontière des mondes. Hantés par leur propre esprit, ils marchent en équilibre sur le fil du rasoir, comme des funambules aveuglés et délirants, au-dessus d'un gouffre sans fond.

— Suis-je comme Ailill, hantée par mon esprit ?

— Non, Délicia, vous ne l'êtes pas ! Vous êtes une *Sorcière Florifère*, un être particulier dont une part appartient au monde réel et l'autre au *Clair-obscur*. Ces deux parts ont longtemps partagé un lien inconscient. Vous êtes vouée à remettre les choses à leur place pour apaiser les esprits tourmentés et surtout, vous êtes capable de voyager physiquement entre les mondes. Ce que les autres ne font que par l'esprit, en empruntant les chemins du rêve.

— Remettre les choses à leur place pour apaiser les esprits tourmentés… c'est ce que *l'Oncle Miroir* m'a dit avant de disparaître… J'aimerais tant pouvoir consoler l'esprit d'Ailill. Peut-être qu'une histoire aurait ce pouvoir ?

— Vous avez la possibilité de le soulager, mais jamais vous ne pourrez le guérir. En êtes-vous consciente ?

— Oui, je commence à y voir plus clair ! Les souvenirs combinés de ma part Alcidie et de ma part Idiclae sont pratiquement nets.

Il restait tout de même quelques mystères à éclaircir. À qui appartenaient ces cœurs de pierre qui tambourinaient chacun à leur rythme au fond de sa poitrine ? Et pourquoi étaient-ils si paisibles depuis qu'Alcidie et Idiclae avaient fusionné ? Spinosa ne put répondre qu'à l'une de ces deux questions.

— L'aubépine est une plante qui recèle des vertus médicinales tranquillisantes. Ce remède contre la nervosité qui calme les palpitations cardiaques circule dans vos veines de *Sorcière Florifère*.

— Dois-je remettre ces cœurs à leur place ?

— Absolument ! Sans quoi, ils arrêteront définitivement de battre.

— Comment le pourrais-je si je ne sais pas à qui ils appartiennent ?

— Ils vous guideront. Et n'ayez crainte, vous avez hérité du savoir d'Idiclae. Elle connaît les gestes qui vous seront utiles.

— Elle fait naître des fleurs dans le creux de ses mains… elle est florifère… souffla Délicia.

— Il faudra juste apprendre à prononcer convenablement les sortilèges nécessaires. À ce sujet, votre capacité à formuler des anagrammes est un avantage certain !

— Pourquoi vous occupez-vous de moi, Spinosa ?

— Parce qu'en vous atteignant, le *Crève-Cœur* a franchi les limites indicibles. En tant que gardien de ces limites, j'ai le devoir de rétablir l'équilibre entre les mondes. Prenez ces quelques prunelles, elles vous aideront à vous concentrer en cas de doutes.

Le regard de Délicia, jusqu'alors concentré sur Spinosa et la *Mère du bois*, s'égara alors dans les profondeurs de la forêt merveilleuse qui s'étalait à perte de vue. Cette même forêt qu'elle avait entraperçue au travers des volutes violines que répandait l'énigmatique Crépuscule.

Crépuscule ? Qui était-elle au juste ?

Cette femme énigmatique qui avait longtemps parcouru les rêves d'Alcidie était bien plus qu'une femme, bien plus qu'une fée ! Les souvenirs d'Idiclae le lui confirmaient : Crépuscule était le *Clair-obscur*. Délicia évoluait dans cet univers intermédiaire en tant qu'élément du tout, un petit rien du tout contenu dans cet entre-deux insaisissable, né du mystère insondable. Crépuscule était la mère des ombres dansantes, l'univers intersidéral, le petit quelque chose qui faisait battre les cœurs, le grand autre chose qui maintenait l'équilibre entre les mondes. Elle était l'infiniment grand et l'infiniment petit, le commencement et la fin de tout. Elle était le néant, le souffle du vent, la nuit des temps, les rires des enfants. Poussière d'étoile à l'horizon des événements. Elle était le passé révolu et l'avenir incertain.

Nulle part & Partout

Alcidie avait plongé à cœur ouvert et à corps perdu en plein cœur du mystère le plus mystérieux : au sein de cet univers infiniment grand dans lequel, infiniment petit, se lovait le fondement de son être, son moi du dedans, son moi des rêves et de l'inconscient : Idiclae.

Entre les arbres immenses de la *Forêt sans fin*, sinuaient des chemins d'une blancheur aveuglante, parsemés de pierres de lune dont l'adularescence paraissait irréelle. Les méandres serpentins scintillaient comme la neige sous un soleil d'hiver. Mais Délicia le savait, les arabesques sinueuses qui enlaçaient le pied des arbres n'étaient pas composées de délicats flocons, mais des milliers de cheveux couleur de lune de Crépuscule.

Ce fleuve immaculé laissait échapper des accroche-cœurs lactescents qui s'enroulaient autour d'une végétation foisonnante aux tonalités nocturnes. Les sentiers que Délicia Aubépine s'apprêtait à fouler sillonnaient une étendue infiniment plus vaste et plus inquiétante que le *Bois aux mille cheveux d'ange*. Cette sylve majestueuse n'avait aucunes limites. Ni de temps, ni d'espace.

Éclairée par un crépuscule éternel, la chevelure s'étalait jusqu'aux rives du lac en d'interminables tentacules opalins. Les pointes délicates dessinaient des motifs irréguliers faits de courbures qui mangeaient les bordures du lac comme l'iris cerne la pupille. Car cette étendue si noire, si profonde, si froide, si belle, constituait la pupille dilatée d'un des yeux immenses de la sépulcrale Crépuscule. Et dans ce vaste tombeau miroitant, dansaient des reflets de nuit, des fragments d'âmes écorchées, des fantômes du passé, des lambeaux de mémoire, des souvenirs dans lesquels se noyer.

IV

Lettres sanguines

« C'est frais dans le bois sombre,
Et puis c'est beau
De danser comme une ombre
Au bord de l'eau ! »
Extrait de L'enfant au miroir
Marceline Desbordes-Valmore

Lire le passé. Pourquoi Crépuscule avait-elle voulu qu'Alcidie lise le passé ?

Était-elle une proie que la singulière femme-univers entrainait vers un gouffre sans fond pour y obscurcir l'âme ?

Souhaitait-elle la noyer dans ses souvenirs les plus déplaisants ?

CLAIR-OBSCUR
L'OBSCURCIRA

Souhaitait-elle, au contraire, éclaircir de ses lueurs affables les mystères de sa vie ?

Idiclae elle-même n'avait jamais réussi à cerner l'étrange ange aux cheveux argentés.

ÉTRANGE
ARGENTÉ

Délicia Aubépine la voyait parfois comme un génie enchanteur à la chevelure de neige.

GÉNIE
NEIGE

Une énigme obscure, la parfaite incarnation du doute et des questionnements métaphysiques qui perturbaient son esprit géminé.

ÉNIGME
GÉMINÉ

Sous l'emprise de la puissance hypnotique de la gigantesque pupille, Délicia s'éloigna de Spinosa. Elle s'approcha lentement et dangereusement de l'étendue d'eau qui s'était mise à bouillonner. Rejetés par centaines par le lac écumant, des coléoptères se ruèrent soudain sur le gardien des limites indicibles. Cette fois, il ne put retenir Alcidie, car l'armée d'insectes s'employait à dévorer ses ramures et briser sa volonté. La pie-grièche avait beau s'évertuer à les empaler les uns après les autres, aidée par ses petits qui s'étaient extirpés de leurs nids, les *Capnodis tenebrionis* étaient bien trop nombreux pour qu'elle en vienne à bout. Spinosa, harassé, articula péniblement ces mots :

— Délicia ! Retrouvez le carnet noir et détruisez-le avec les ciseaux vert-de-gris !

Les capnodes grouillaient à une vitesse vertigineuse. Le souvenir des insectes qui avaient tant effrayé Alcidie fit un instant frissonner Délicia. Mais elle était si fascinée par la masse sombre au centre du lac qu'elle n'y prêta plus aucune attention. Spinosa, quant à lui, n'eut d'autre choix que de se réfugier au sein de la *Mère du bois*. Il ne pouvait pas risquer de se faire entièrement dévorer par ces coléoptères particulièrement agressifs. Dorénavant, Délicia Aubépine, jeune *Sorcière Florifère* inexpérimentée, devrait se débrouiller seule.

Au centre de l'immense étendue aile de corbeau, se dressait un surprenant palais constitué de pierres noires aux formes étranges. Surplombé par l'immensité de la voute céleste, il flottait sur les eaux dormantes, comme un radeau piégé dans une boucle sans fin, éternellement à la dérive.

Figés, l'espace et le temps.

Le lac s'était soudain solidifié et sur sa surface gelée s'agitait une silhouette lactescente. Arabesque après arabesque, glissant dans une attitude serpentine, elle s'approchait doucement. Nimbée de reflets miroitants, elle chantonnait un air ensorcelant qui s'immisçait dans l'esprit embrouillé de Délicia. Le doute régnait de nouveau. L'incertitude froissait les tentatives désespérées de sa part Alcidie de renouer avec la réalité. Mais quelle réalité ? Celle, arrogante, qui se disait objective et irréductible ? Celle qui ne se laissait pas abuser par les sens et les affects ? Celle qui dominait le monde au point de nous faire oublier les chemins du rêve ?

RÉALITÉ

ALTIÈRE

Cette réalité altière, Alcidie avait décidé d'essayer de la transcender, à cœur ouvert et à corps perdu. Le temps de se confronter aux vérités plus profondes, enfouies dans un ailleurs que la plupart des gens enfermait à double tour, au fond d'une geôle dont ils oubliaient parfois jusqu'à l'existence. Pourquoi ? Par crainte de la folie ? Oui, les rêveurs étaient parfois considérés comme des fous dans cette réalité despotique. Alors, pour avoir l'air normal, il était peut-être préférable de dissimuler ses penchants pour l'invraisemblable et le merveilleux. Quitte à laisser s'étioler sa joie de vivre en abandonnant une part de soi très intime.

Les gens pétris de normalité larmoient parfois au-dedans d'eux, se dit Délicia, en observant cette étrange sylphide qui s'approchait inexorablement.

NORMALITÉ

LARMOIENT

Délicia se demanda alors si le cerveau d'Alcidie était aussi givré que la surface du lac sur lequel dansait la silhouette fantomatique. Dans la réalité, ses pensées étaient-elles si différentes de celles des autres ? Pourquoi était-elle incapable d'arrêter d'imaginer des univers aussi délirants que ceux qu'elle décrivait dans ses carnets ? Était-il possible de dégivrer un cerveau aux pensées si divergentes ?

DIVERGER

DÉGIVRER

La silhouette ondoyante d'une grâce nuageuse s'était encore approchée. Elle dansait sans même toucher le sol de ses pieds frétillants comme les ailes d'un oiseau. Et dans son sillage sinueux, s'étalaient des fleurs des champs d'un blanc immaculé. L'irrésistible ballerine s'arrêta face à Délicia, plantant ses orbites concaves dans le regard sidéré de la *Sorcière Florifère*. Elles restèrent ainsi quelques minutes, figées dans l'espace et le temps, à quelques centimètres seulement l'une de l'autre. Le souffle glacé de la silhouette vaporeuse enveloppait le visage de Délicia et faisait naitre sur sa peau, un délicat voile de gelée blanche.

— Myrtha ? susurra-t-elle.

Myrtha, car c'était bien elle, allongea ses bras si blancs et si froids vers Délicia qui, légère et pudique, s'était éloignée de trois pas. La reine des Willis saisit alors ses mains tremblantes dans un mouvement douceâtre qui exhalait la perfidie et elle l'attira violemment vers elle.

DOUCEUREUSE MYRTHA
AH ! CŒUR DU MYSTÈRE

Point d'échappatoire pour la craintive Délicia ! Elle se plia bien vite aux exigences mystérieuses de la reine des Willis. Celle-ci l'entrainait déjà dans une danse endiablée sur la surface glissante du lac. Elles tournoyaient dans le cercle magique, le cercle tracé dans la pénombre par les enfants du mystère.

Faux pas, disharmonie.
Mouvements chaotiques de ses pieds fébriles.
Allure pathétique de sa pantomime.

Myrtha, puissante et majestueuse, imposait à sa partenaire un rythme effréné. La part Alcidie de Délicia s'était recroquevillée, partagée entre l'humiliation de si mal danser et la peur de finir noyée dans les eaux noires et glacées du lac.

Myrtha
Rythma

Délicia regarda ses pieds, honteuse, se demandant s'il s'agissait bien des siens. Quand soudain elle comprit. Myrtha, manipulatrice et vaniteuse, était incapable de s'en prendre à elle puisqu'elle n'était ni un homme ni une Willi. Alors, l'inquiétante souveraine usait de ses atours intimidants, superbe arrogance et imprévisible confusion, pour lui faire perdre ses moyens. Délicia eut un sursaut d'orgueil et laissa s'envoler ses craintes pour essayer de suivre la cadence imposée par la reine. Elle échangea sa roide attitude contre des mouvements légers et gracieux. Apaisée, elle finit par y arriver. Elle reprit possession de son corps.

— Tu es plus forte qu'il n'y paraît petite *Sorcière Florifère*, murmura Myrtha de sa voix de velours. Mais n'essaie pas de me surpasser, reste à ta place de gamine inconsciente ! Tu n'aurais jamais dû franchir les limites indicibles ! En jeune fille naïve, tu as cédé à l'appel du mystère et de la magie. Quelle épouvantable erreur !

— Où m'emmenez-vous pâle et froide Myrtha ?

— Au chevet d'Adénosine *Crève-cœur*, il a tellement hâte de te voir, petite phalène prise au piège. Dans les couloirs de son palais idéal, empli des larmes et des soupirs de toutes celles qui sont mortes pour et par la danse, peut-être croiseras-tu des êtres chers à ton cœur !

Elle rit, d'un rire étrange, un rire de démente qui ne lui allait pas. Délicia fronça ses sourcils et durcit son regard. Dans sa tête, un tourbillon de rage s'était formé au moment où le nom du *Crève-cœur* avait été prononcé. La détermination avait complètement écrasé son angoisse. Elle savait qu'elle approchait de son but : récupérer le carnet noir pour le détruire et ainsi récupérer les couleurs et les visages. Mais elle savait aussi qu'elle était vouée à remettre les choses à leur place pour apaiser les esprits. Elle se demanda alors si l'un des cœurs qu'elle portait en elle devrait être remis à sa place dans le palais du *Crève-cœur*. Remettre un cœur au *Crève-cœur* lui paraissait paradoxal. Encore une absurdité qui générait un monceau de questions et de doutes qu'elle était résolue à ne pas laisser grandir. Le doute l'affaiblirait. Il fallait avancer.

Pirouette après pirouette, la tête finit par lui tourner, mais sa galante étoile tortionnaire la fit encore un peu tournoyer. L'environnement, dilué par les déboulés, fouettés, glissades et petites menées, tanguait comme son corps épuisé par le rythme imposé par Myrtha. Enfin, la valse interminable prit fin sur les bords escarpés de l'ilot rocheux, sur lequel sommeillait le palais aux contours organiques.

Myrtha prit son envol, empoignant Délicia par la taille. Puis elle la déposa sur le seuil de la fascinante demeure. Ses murs de pierre noire constellés de morceaux de cristal de roche présentaient des cavités et des alvéoles suintantes aux formes extravagantes. Délicia y devinait des visages. Et de leurs orbites vides coulaient des *Perles de nuit*, pleines de tristesse et d'ennui, qui dévalaient des joues creusées par la mélancolie. Les visages larmoyants, pétris de lourds cauchemars, se voyaient caressés par des reflets sinueux et miroitants, générés par les éclats de cristal. Ces derniers possédaient la clarté de l'eau la plus pure. Et leurs douces lueurs vespérales, les nuances d'un arc-en-ciel nocturne. Sertis au cœur de certains d'entre eux, des éclats de tourmaline noire et des paillettes d'amphibole scintillaient.

Sinistre spectacle illuminé de splendeurs !

Autour de ces lugubres visages s'alanguissaient des sculptures féériques. Ici, un sylphe emporté par le vent tenait la main menue d'un angelot gracieux, enveloppé par les griffes acérées d'un dragon menaçant. Et là, dissimulé sous la ramure d'un arbre majestueux, un frêle animal aux aguets épiait un hyménoptère posé sur une fleur délicate. De-ci, de-là, se déployaient les ailes d'insectes merveilleux qui paradaient, vaniteux, entre les courbures de végétaux agressifs sculptés dans des pierres dissemblables. Et partout, dans les recoins alambiqués de la façade, des monstres hideux souriaient aux ombres. Le beau, le laid s'étreignaient pour l'éternité.

ÉTERNITÉ
ÉTREINTE

Délicia était subjuguée par l'immense bâtisse endormie qui semblait sur le point de s'animer. La vision de cet étrange palais lui procurait des frissons involontaires. Elle le voyait comme un monstre amorphe entre la vie et la mort, un concentré d'émotions à fleur de peau, un corps engourdi qui exsudait un brouillamini de non-dits et de souvenirs enfouis loin, très loin, en plein cœur du chaos. Entre ombre et lumière, des formes rampantes et suintantes se débattaient comme des organismes troublés qui somatisent pour se protéger de souffrances psychologiques.

Harmonie paradoxale.
Obscurité lumineuse.

Malgré son apparence effroyable, le lugubre palais d'Adénosine lui rappelait le *Tombeau du silence et du repos sans fin* construit par Ferdinand Cheval, un homme fasciné par les pierres aux formes saugrenues qui réveillaient en lui des rêves. Car c'était bien cela que figurait le palais d'Adénosine de sa présence ensommeillée : un mystérieux tombeau empli de larmes et de silence.

— Délicia, intervint Myrtha, mettant brutalement fin à sa contemplation. Viens donc écouter les soupirs mortifères de mes danseuses défuntes.

Ce disant, elle s'engouffra dans les entrailles enténébrées de l'antre mystérieux. Délicia hésita un instant avant de la suivre, puis elle entra, pétrifiée par l'angoisse. Les lourdes portes du palais se fermèrent brutalement derrière elle.

Le silence et l'obscurité régnaient, mais le halo spectral de son royal ravisseur inondait suffisamment l'espace pour qu'elle devine les reliefs alentours. Et quel terrible spectacle l'attendait à l'intérieur ! Pas l'ombre d'une danseuse. Ni le moindre écho de soupirs mortifères. Des formes luisantes et organiques s'étiraient sur les parois rocheuses, évoquant les tréfonds intimes d'un corps humain. Des arabesques visqueuses effrayantes ondulaient sur des statues aux expressions hagardes. D'épouvantables insectes s'échappaient de leurs bouches ouvertes, se frayant un chemin dans l'obscurité poisseuse. Et que dire de ces odeurs pestilentielles qui l'agressèrent aussitôt les portes closes !

Délicia fut submergée par un sentiment de dégoût qui fut vite suivi d'un haut-le-cœur. Elle s'agenouilla et ferma les yeux quelques minutes pour essayer d'endiguer son malaise. Mais l'odeur était trop entêtante. Et sur ses mains qu'elle avait posées sur le sol poisseux, des bestioles grouillaient et luisaient dans le noir. Écœurée, elle se redressa précipitamment et frotta ses paumes collantes sur sa robe.

— Au cœur du corps repose l'âme, lui dit alors Myrtha. Ne reste pas prostrée comme une gamine terrorisée ! Suis-moi !

Incommodée par les émanations répugnantes, Délicia plaqua un pan du châle de Rosamé sur son nez, inspira profondément et se mit en route. Les effluves agréables du parfum de sa grand-tante atténuèrent légèrement sa gêne.

Myrtha et Délicia longèrent un moment des couloirs sinueux nimbés d'odeurs atroces. Une combinaison épouvantable qui évoquait le parfum de cheveux brûlés, de chairs calcinées, de tissus nécrosés, accompagné des senteurs métalliques du sang et d'odeurs fétides que Délicia n'arrivait pas à identifier. Une puanteur abominable émanait de choses pourries et mortes qui semblaient vouloir s'accrocher à ses jambes. Des bruits de succions immondes se mêlaient à des sons visqueux qui évoquaient, dans l'esprit de Délicia, des images insupportables. Les quelques centaines de mètres qu'elle parcourut alors dans cet environnement effroyable, furent extrêmement laborieux.

— Où sommes-nous et qu'allez-vous réellement faire de moi ? se risqua-t-elle. Cet endroit est répugnant.

— Adénosine *Crève-cœur* est un homme brisé, pétri de rancœurs, qui pense pouvoir soigner ses blessures en ayant recours à la vengeance. En ce qui me concerne, je pense que la vengeance ne fait que le meurtrir davantage. Néanmoins, il a fait parvenir ce carnet noir jusqu'à Alcidie, pour l'attirer à lui et la tuer.

Délicia s'arrêta net, les yeux écarquillés, le teint soudain devenu blême. Myrtha fut prise d'un fou rire particulièrement sinistre et narquois.

— Fragile *Sorcière Florifère*, tu aurais dû réfléchir avant de signer ce pacte de sang ! Tu es encore bien trop jeune, bien trop naïve pour comprendre ce qui t'arrive vraiment.

— De quel pacte parlez-vous ? réussit-elle à balbutier.

— Le vœu, Délicia, le vœu que tu as tracé de la main d'Alcidie. Tu as trempé sa plume dans les *Gouttes de nuit*, sans savoir ce qu'elles étaient réellement. Et tu as fait le vœu, celui qui te lie au *Crève-cœur*, celui qui lui a permis de vous voler, à toi, Alcidie et Idiclae, le souvenir des visages et les couleurs qui y sont associées. Celui qui te rend incapable de te détourner de cette voie qui te mène à Lui. Quelle tragédie ! Même Spinosa n'a rien pu faire pour empêcher cela. Les *Capnodis tenebrionis* envoyés par Adénosine ont fini par le terrasser ! Crois-tu que le liquide contenu dans cette fiole était réellement de l'encre, Délicia ?

— Alcidie n'était pas consentante ! Ni même consciente de signer un pacte ! Il ne peut donc pas être viable ! hurla-t-elle s'accrochant à ce vain espoir qu'un semblant de justice existait en ces lieux.

— Les *Gouttes de nuit* sont des gouttes de sang d'Adénosine, petite inconsciente ! Nul besoin d'être consentante lorsque l'on trace des *Lettres Sanguines* !

Délicia voulut se retourner pour fuir, mais son corps ne lui obéissait plus depuis déjà un bon moment. Depuis qu'elle s'était approchée des rives du lac maudit, depuis qu'elle s'était laissée aller à la contemplation de ce fichu palais. Les tentatives de Spinosa pour la protéger avaient été vaines, elle se sentait responsable de ce désastre. Elle avait trop tardé à écouter ce qu'il avait à lui dire. Depuis leur étrange rencontre, il essayait de la mettre en garde. Mais en gamine apeurée, elle l'avait sciemment repoussé.

— Le pire dans cette histoire déjà si pathétique, c'est que sans ce vœu au carnet noir, tu étais intouchable ! Le savais-tu petite ignorante ? Une *Sorcière Florifère* est intouchable dans le *Clair-obscur*. Mais ce pacte aux *Lettres Sanguines* a capté le lien indicible qui unit les deux parties de toi : celle née dans le réel et celle née ici, dans le *Clair-obscur*. Adénosine est devenu un composant de votre sororité. Branché en parallèle, il capte progressivement ce qui circule en toi, Délicia Aubépine. Et ce terrible enchantement t'attire inexorablement à lui.

PACTE

CAPTÉ

Arc-en-ciel nocturne

> *« Avec ses vêtements ondoyants et nacrés, même quand elle marche on croirait qu'elle danse.*
> *Comme ces longs serpents que les jongleurs sacrés*
> *Au bout de leurs bâtons agitent en cadence. »*
> *Extrait de* Avec ses vêtements ondoyants et nacrés
> *Charles Baudelaire*

Myrtha lui avait révélé certaines choses. Des choses atroces qui l'avaient terrassée. Pourtant, alors que ses deux cœurs battaient à tout rompre, les trois cœurs étrangers que Délicia portait en elle étaient restés impassibles, comme endormis. Leur rythme cardiaque était lent, incroyablement lent, comme s'ils étaient sur le point de s'arrêter, en plein voyage dans ces artères minérales qu'elle parcourait péniblement. Au moins, les relents nauséabonds qui l'assaillaient au départ se faisaient plus rares.

ARTÈRE

ARRÊTE

RARETÉ

Les parois rocheuses se paraient progressivement d'éclats brillants et de lianes dont Délicia n'arrivait pas à définir la nature. Des lueurs vespérales s'insinuaient timidement jusqu'à elle. L'humidité poisseuse qui écrasait son corps, depuis son entrée dans les entrailles du palais, avait laissé place à une atmosphère plus respirable. Des senteurs de pluie d'été et de fruits rouges titillaient ses récepteurs olfactifs. Ses jambes lui paraissaient plus légères. Le silence pesant qui l'avait accompagnée jusque-là laissa sourdre des sonorités aériennes, presque inaudibles, vestiges d'une mélodie ancienne venue des tréfonds d'une époque révolue.

Ces sons qu'elle crut avoir imaginés se firent plus prégnants à mesure qu'elle avançait. Des soupirs indolents. Voici ce qu'elle percevait. Des soupirs mortifères qui étreignaient ses sens au point de les engourdir. Comme le soleil après la tempête, le chant mélancolique des sirènes ou la voix enchanteresse d'Orphée, les soupirs des danseuses funèbres envoûtaient l'esprit de Délicia.

Mais ces sonorités affables furent bientôt accompagnées de cris. Des cris étouffés qui trahissaient une profonde détresse, des hurlements atroces encombrés de sanglots amères.

Délicia, touchée de plein fouet par ces manifestations de désespoir, ne put retenir une larme compatissante.

L'amère larme perla.

C'est à ce moment qu'elle se souvint des précieuses *Larmes de Rose Vorace*. Caché dans les plis de sa robe, le flacon s'agitait au rythme de ses pas. Sa part Idiclae connaissait le *Clair-obscur* et ses secrets enfouis entre les rêves et dans les plis des cauchemars. Elle savait que les *Larmes de Rose Vorace* avaient le pouvoir de réveiller les esprits endormis. En quoi ces larmes allaient-elles lui être utiles ici ? Un espoir sourdait en son for intérieur ; elle ne savait pas encore comment, mais ces *Gouttes de rosée* seraient salvatrices.

Malgré les dires de Myrtha, Délicia en était maintenant convaincue : elle ne mourrait pas à 15 ans comme Alice, la fille de Ferdinand Cheval, ou Juliette, l'amoureuse de Roméo, ou encore Giselle, la danseuse devenue Willi.

— Entends-tu ces charmants cris de douleur, Délicia ? Reconnais-tu le son de cette voix écorchée par le chagrin ? Quelle complainte agréable ! Quelle puissante mélopée !

Myrtha se tenait devant Délicia. En terrible dominatrice, elle lui dissimulait un spectacle qu'elle n'osait même pas imaginer. Car les sons atroces que Délicia percevait avaient le pouvoir de lui suggérer des images encore plus insupportables que celles qui se jouaient réellement.

— Je ne suis pas de votre avis, vous le savez pertinemment ! tempêta Délicia. Pourquoi me martyriser de la sorte ? Qu'ai-je fait pour que vous vouliez à ce point me voir mourir ?

— Oh ! Mais l'explication est si simple, petite *Sorcière Florifère* ! Tu es la descendante de l'homme qui a eu l'audace de briser le cœur de mon tendre ami, voilà tout. Et les hommes qui brisent des cœurs m'ont toujours agacée !

— Votre tendre ami ?

— Adénosine *Crève-cœur*, celui que l'on appelait *Prince Carpe Diem*, avant que sa vie ne soit complètement bouleversée par les agissements irréfléchis de ton égocentrique ancêtre. Mon ami a été trahi, je ne peux que compatir ! Je vais lui laisser la primeur de te conter sa terrible histoire. Toutefois, avant de le rejoindre, j'ai une surprise pour toi. Regarde, dit-elle en s'écartant de son champ de vision. Profite bien du spectacle que nous t'offrons, chère *Sorcière Florifère* : un ballet des plus charmants joué pour satisfaire ton amour de la danse !

Un parfum faible embaumait l'espace brusquement inondé de lueurs spectrales et de chants séraphiques. Un terrible ballet clair-obscur, enveloppé de soupirs et de belles de nuit, se jouait sous les yeux troublés de Délicia Aubépine.

Les Willis, légères et gracieuses, splendides dans leurs tenues de noces, couronnées de fleurs et voilées de vapeur, voltigeaient comme des feux follets. Et leurs bras glacés par la mort, blanc comme le clair de lune, soumettaient les corps de deux amants blessés à des sévices que Délicia n'aurait jamais pu imaginer.

La danse.

L'art de jouer des mouvements du corps qu'Alcidie chérissait et pratiquait depuis tant d'années. Ce langage corporel poétique qui conduisait à ressentir et partager des émotions vives. Cet art, dont les mouvements les plus subtils suffisaient parfois à vous bouleverser, avait été perverti sous ses yeux pour provoquer la souffrance.

Morceaux de beauté envenimés.

Otage des bras froids des Willis, débordants d'une vigueur insoupçonnée, une jeune fille luttait comme une furie vêtue de rage. Elle s'évertuait à leur faire lâcher prise pour secourir son bien-aimé. Le jeune homme, à bout de force, passait de bras en bras, entrainé par les Willis dans une valse frénétique. À bout de souffle, il dépérissait, se fanait comme une fleur en fin de vie. Les Willis le pressaient contre leurs cœurs morts, le lâchaient, puis le comprimaient de nouveau contre leurs corps glacés.

Inlassablement enlacé, oppressé, embrassé, relâché, le jeune danseur passait de mains en mains, éprouvant ces contacts sépulcraux, dans un cycle infernal qu'il endurait depuis des heures.

Des larmes maculaient la peau dorée de son visage. Une sueur froide collait ses cheveux noirs à ses joues, son front, ses tempes. Un voile passa sur le ciel de ses yeux avant qu'il ne fléchisse les genoux. Sa fin était proche.

Des filets de sang s'écoulaient de ses pieds meurtris par les frottements répétés qu'engendrait l'enchainement de figures complexes. Pirouette après pirouette, des motifs ensanglantés se dessinaient sur le sol. Bientôt, les Willis se lasseraient de lui et de ses allures de pantin apathique. Elles le mèneraient au bord du lac pour l'y noyer.

C'est alors que Myrtha s'avança, royale, impressionnante, elle prendrait part à la danse pour porter le coup fatal.

Ses sujettes s'écartèrent, s'inclinant en de gracieuses révérences, laissant choir leur victime au cœur d'une ronde démoniaque. Myrtha agrippa le corps agonisant sous le regard implorant de la jeune fille qui sanglotait. Les Willis encerclaient leur reine, elles se cambraient en avant, en arrière, en avant, en arrière, maintenant fermement leur prise sur les bras et le cou de la jeune amante qu'elles entrainaient dans leur ronde.

Du bout de ses doigts glacials, Myrtha parcourut le visage du jeune homme. Elle sonda son regard voilé par l'épuisement. Il perdit connaissance. Elle caressa alors ses boucles brunes. Puis elle se pencha lentement sur lui comme un prédateur patient, le dévorant de son regard de défunte vorace, humant son dernier souffle, embrassant sa gorge moite. En tortionnaire cruelle, elle souleva le corps pour le caler contre elle, comme un enfant endormi qu'elle cajolait. Enfin, elle s'approcha de la jeune fille qui la fustigeait de son regard empli de haine.

— Regarde-le, ce petit oiseau fragile au bord du gouffre creusé pour accueillir son âme. Regarde-le souffrir, ma belle de nuit, belle inchangée aux yeux charbonneux. Tu n'aurais jamais dû t'amouracher de lui. Son cœur est au bord de l'implosion, je vais lui offrir sa dernière danse !

Alors, émettant un rire particulièrement narquois, la reine des Willis virevolta comme une enfant gâtée. La jeune fille le savait, Myrtha ne relâcherait plus son emprise, son amant était condamné. Vicieuse, perverse, Myrtha ne boudait pas son plaisir et entreprit de bercer le jeune homme inconscient. Elle le pressa contre son sein. Puis elle adressa un sourire cruel à sa dulcinée en colère. Les yeux ancrés aux siens, lentement, elle caressa les boucles noires de sa victime. Enfin, elle déposa un baiser sur ses lèvres entrouvertes et violacées, avant de l'entrainer dans une danse infernale, celle qui lui serait fatale.

La jeune amante s'époumonait. Elle crachait sa rage. Elle vociférait contre les fantômes dont les mains glacées, pourvues d'ongles acérés, écorchaient ses bras, sa gorge, griffaient son corps frêle. Les Willis agrippaient ses cheveux qu'elles arrachaient par poignées. Mais la jeune femme continuait de lutter, par amour, par désespoir.

Aimer à en mourir.

Mourir par amour.

Une boule d'angoisse grandissait dans la gorge de Délicia. Elle assistait au carnage depuis quelques minutes sans savoir ce qu'elle devait faire. La voix empreinte de douleur, elle interpela alors Myrtha.

— Lâchez-les ! Je vous en prie ! Laissez ces pauvres jeunes gens partir !

Alertée par son intervention, l'amante captive tourna brusquement son regard vers elle. Et ce regard changea. Son expression passa de la terreur enragée à la stupéfaction. Un battement de cils plus tard, elle criait :

— Alcidie ! Aide-moi ! Aide-nous ! Elles vont le tuer ! Elles vont tuer Neven !

Le sang de Délicia ne fit qu'un tour. Hagarde, elle faillit s'étrangler avec sa propre salive. Elle n'avait pas reconnu Neven et Prunelle. La prosopagnosie l'en avait empêchée ! Comment se pouvait-il qu'ils soient ici ? Dans cet endroit sordide, en dehors du temps et de l'espace réels ?

NEVEN

Le prénom le plus beau au monde, de l'avis d'Alcidie, tourbillonnait dans sa tête. Le prénom palindrome aux ailes d'ange, qui signifiait ciel. Le ciel des yeux de Neven, dans lequel sa Prunelle se noyait quand elle dansait avec lui.

Neven, un prénom palindrome presque aussi beau que le plus beau des mots : RÊVER. Le mot porte-plume qui lui soufflait des histoires. Rêver, un mot sortilège, un mot à deux têtes couronnées, le roi des mots. Ce mot paré d'ailes blanches, légères et gracieuses. Des ailes d'ange de nuit délicatement nervurées de noir.

Neven rêvait, il ne pouvait pas en être autrement. Il était impossible qu'il soit physiquement là. Aucun être humain ne pouvait franchir les limites indicibles en dehors des *Sorcières Florifères*. Neven était-il... ? Non, Myrtha le lui avait rappelé plus tôt, les *Sorcières Florifères* étaient intouchables dans le *Clair-obscur*, les Willis ne pouvaient rien contre elles.

Elles ne peuvent rien contre moi ! songea alors Délicia. Je ne suis soumise qu'au pouvoir du vœu, enchaînée par ce pacte de sang qui m'attire vers le Crève-cœur. Mais je peux certainement intervenir ici sans que l'une de ces funestes danseuses ne s'en prenne à moi.

Prunelle l'implorait du regard. Son amie, son étoile cosmique aux iris ombrageux, son changelin inchangé trop joli pour les fées perdait espoir.

Délicia fit alors un pas vers Myrtha qui eut un sursaut de stupeur. L'inquiétude avait furtivement traversé son regard, ébranlant une fraction de seconde son attitude supérieure. Cette réaction, aussi discrète fut-elle, dévoila une faille. Délicia en était maintenant persuadée ; elle avait le pouvoir d'intervenir et cette confiance en elle renouvelée déstabilisait la souveraine. Voyant son ascendant psychologique sur la jeune *Sorcière Florifère* perdre en efficacité, Myrtha accrut le rythme de sa danse mortifère. Mais Délicia était décidée à tout tenter pour sauver ses amis. Elle avait une idée : les *Larmes de Rose Vorace* allaient réveiller un esprit endormi et le rendre à la vie. Neven devait se réveiller pour survivre.

Les sujettes de Myrtha n'avaient pas la capacité d'intervenir de leur propre chef, elles n'étaient pas en mesure d'empêcher Délicia d'agir. Les défuntes danseuses n'étaient que des pantins sous le joug d'une reine en colère. Une reine incapable de leur souffler mot tant qu'elle tiendrait Neven dans ses bras. C'était l'occasion idéale pour Délicia, personne n'entraverait sa progression. Alors elle fondit sur le duo sans hésiter, se saisit discrètement du flacon de *Larmes de Rose Vorace* et enduit le bout de ses doigts de l'élixir providentiel.

Arrivée à leur hauteur, il lui fallut quelques minutes pour s'adapter à la cadence effrénée de la furieuse Myrtha. La cruelle reine ne lâcherait pas si facilement sa proie, il en allait de son honneur.

Plus déterminée que jamais, Délicia riva son regard à celui de sa royale adversaire qui la maudissait de ses yeux glacials. Puis elle s'approcha lentement de Neven, emportée par le rythme qu'elle essayait de ne pas perdre. Sa respiration était régulière, elle parvint à maitriser son appréhension et au bout de quelques minutes qui lui parurent interminables, elle réussit à se serrer contre le dos de son ami.

Les mouvements lui parurent soudain moins difficiles. Mais Myrtha bouillonnait de fureur. La souveraine l'entraina alors dans un tourbillon déchaîné, tournoyant de plus en plus vite dans l'espoir de lui faire lâcher prise. Mais Délicia luttait. Elle s'agrippait au corps de son ami, essayant de ne faire qu'une avec lui.

— Tu ne réussiras jamais à me l'arracher, petite idiote ! Ce jeune homme périra dans mes bras ! tempêta Myrtha, qui n'avait pas conscience de ce que Délicia avait l'intention de faire.

La vie de Neven ne tenait plus qu'à un fil. Un fil ténu encore fragilisé par les épreuves qu'il endurait. Délicia fit lentement glisser ses mains enduites de *Larmes de Rose Vorace* sur son torse, ses épaules, son cou. Au passage, elle sentit ses muscles se tendre, son cœur battre la chamade, il était plus que temps de lui offrir une échappatoire.

La tête de Délicia commençait à lui tourner. Elle ferma les yeux et inspira profondément avant de continuer à parcourir le visage du jeune homme du bout des doigts. Elle arpenta enfin ses joues brulantes de fièvre et finit par atteindre ses yeux clos. Soulagée, elle y fit délicatement glisser ses doigts.

Les *Larmes de Rose Vorace* inondèrent les paupières de Neven qui commença à s'évanouir dans la lumière crépusculaire. Myrtha n'étreindrait bientôt plus qu'un filet d'air encore moins tangible qu'elle. Délicia exultait ; elle avait réussi à apaiser l'esprit de Neven. Il rejoignait sa réalité, tranquillisé, laissant dans le sillage de son corps blessé, un arc-en-ciel nocturne éphémère, l'écho iridescent de son retour à la vie.

— Qu'as-tu fait ? s'indigna Myrtha qui s'était brusquement arrêtée de tournoyer.

La brutalité de ses gestes envoya valser Délicia, qui s'effondra dans un bruit sourd contre le sol ensanglanté. Elle se redressa, confiante et soulagée, pour faire face à l'éminente souveraine ulcérée et lui retourner sa question.

— Et vous, qu'avez-vous fait ? dit-elle en lui montrant ses mains couvertes du sang de Neven.

— Tu veux jouer l'indocile ? Très bien, nous allons voir si tu es en mesure de résister au puissant pouvoir du pacte !

Délicia le savait, elle paierait l'offense faite à Myrtha, mais elle était prête à supporter les épreuves qui l'attendaient, pourvu que ses proches soient épargnés. Elle chercha parmi les Willis, la silhouette de son amie Prunelle. Les fantômes la tenaient toujours fermement, mais elle avait l'air détendue, rassérénée par l'exploit de Délicia qu'elle imaginait être Alcidie. Délicia fit un pas dans sa direction dans l'espoir de la libérer de ses chaînes. Elle voulait la serrer dans ses bras. Mais il était trop tard, les Willis l'entrainaient déjà en plein cœur de la *Forêt sans fin*, sous les ordres de leur souveraine offensée.

— Tu ne reverras jamais ton amie, mes fidèles sujettes l'emmènent droit chez les sauvages et imprévisibles fées qui l'ont autrefois abandonnée. Quel accueil penses-tu qu'elles réserveront à leur trop joli changelin inchangé ?

Avant de répondre, Délicia jeta un œil en arrière. En lieu et place du corps de son ami Neven, flottait toujours le petit arc-en-ciel nocturne, un arc d'Iris qui transcendait la nuit poisseuse pour la soutenir. Et malgré l'inquiétude qui la tenaillait, elle se résolut à imaginer un dénouement heureux pour son amie Prunelle qu'elle savait obstinée.

— Allons voir votre tendre prince, répliqua-t-elle d'un ton empreint de provocation.

Quelque chose grandissait en elle : un embryon d'esprit

audacieux qui n'attendait qu'un signal pour s'épanouir totalement. Elle posa ses deux mains ensanglantées sur son visage et les fit lentement glisser, le regard arrimé à sa tortionnaire spectrale.

— Ne prends pas cet air arrogant, petite insolente ! Il ne te sied pas du tout !

Ce disant Myrtha se mit en route, suivie par Délicia, plus déterminée que jamais. Grimée comme une guerrière, elle était résolue à ne plus douter. Qu'allait-il advenir d'elle ? Comment allait-elle se libérer des griffes tranchantes de ce pacte insensé ? Ces lettres sanguines tracées de l'une de ses mains allaient-elles vraiment causer sa perte ?

La malveillance de Myrtha s'exprimait insidieusement. Elle progressait lentement, très lentement, s'enfonçant dans les entrailles de plus en plus profondes du palais organique, un sourire effroyable dessiné sur ses lèvres de défunte. Elle voulait voir Délicia souffrir, se vêtir d'angoisses qui pétriraient ses viscères jusqu'à ce qu'elle se torde de douleur. Cette gamine l'insupportait. Alors, elle usa de son aura glaciale pour la déstabiliser.

Un froid polaire glissait sur les parois rocheuses pour y déposer une fine couche de givre. Le long de ces murs parés de frimas couraient de singulières lianes dont Délicia ne devinait pas encore la nature. Les cristaux de givre piégés dans ces entrelacs fibreux scintillaient dans l'obscurité, comme des petits yeux aux paupières tremblotantes qui surveillaient leur progression.

Sous ses vêtements légers, Délicia grelottait. Des flocons de neige, habituellement si délicats, vinrent cingler ses joues déjà endolories par le froid. Ses doigts se raidirent au contact de l'air. Elle se vit mourir dans les ténèbres, dévorée par la mâchoire impitoyable du vent. Une gigantesque mâchoire pourvue de dents effilées qui la mâchonnerait lentement, aussi lentement que Myrtha avançait. Elle frotta son corps engourdi et écouta les pensées de sa part Idiclae.

Les mystérieuses Gouttes de nuit, *sont imprégnées d'un pouvoir susceptible d'endormir la volonté, d'influencer un esprit, de le conditionner. Elles semblent être l'antithèse des* Larmes de Rose Vorace. *Alors que les* Gouttes de nuit *embrument l'esprit, lui imposent des faux souvenirs, des pensées irréelles, des rêves ignobles ou des cauchemars angoissants ; les* Gouttes de Rosée, *quant à elles, réveillent un esprit endormi pour lui montrer la réalité et l'apaiser. Peut-être que le froid ambiant que je ressens en cet instant n'est qu'une illusion. Peut-être suis-je en mesure de l'ignorer totalement.*

Idiclae connaissait la nature et les effets de ces gouttes pernicieuses. Qu'elles soient ingérées, inhalées, manipulées pour écrire ou simplement effleurées du bout des doigts, elles avaient un pouvoir sur celui qui les utilisait.

Existait-il un antidote ? Idiclae l'ignorait.

Le temps.

Une notion devenue étrangère à Délicia. Elle avançait péniblement derrière Myrtha. Depuis dix minutes ? Une demi-journée ? Trois jours ?

L'espace.

Où étaient donc passées ses sensations ? S'étaient-elles envolées avec le temps ?

Son corps était engourdi par le froid, son esprit parti à la dérive et son sang circulait plus difficilement. Les cinq cœurs battaient à l'unisson, serrés les uns contre les autres dans sa petite cage thoracique, ils s'étaient alliés pour pulser. Le liquide carmin devait continuer à sillonner ses veines, ou la mort triompherait.

Soudain, une douce lueur attira son attention. La faible lumière se détachait dans l'obscurité, comme des rayons de lune au fond d'un puits profond.

Lueur d'espoir.

Reflets d'argent sur les parois gelées.

Lueurs du soir.
Photométéores dans l'atmosphère glacée.

Sous les yeux émerveillés de Délicia, une multitude de petits arcs-en-ciel nocturnes ondoyaient à fleur de glace, comme les reflets de l'eau sur les parois d'un gouffre miroitant.

AUBE

… I …

Cœur cornaline

> « *L'amour est la fumée qu'exhalent nos soupirs.*
> *Purifié, c'est un feu dans les yeux des amants,*
> *Contrarié, une mer que grossissent leurs larmes.* »
> *Extrait de* Roméo et Juliette
> *William Shakespeare*
> *Traduit par Yves Bonnefoy*

Une porte toute petite.

Myrtha l'abandonna là, devant la faible lueur, mère de toutes les couleurs. Sans un mot. Sans un regard. Juste un rire narquois. Puis elle s'envola, emportant avec elle son manteau de givre et son cœur gelé.

Blanc neige.

Fini le froid.
Adieu Myrtha.

La glace fondit.

Une porte minuscule. Pas plus haute que Délicia.
Une toute petite petite petite porte. **Sombre.**

Une porte recouverte de ces lianes étranges, qui se frottaient nonchalamment contre la roche humide. Des serpents ensommeillés qui dévoraient goulument l'espace.

Ssssssss !

Une porte minuscule, **sombre** et tiède, sous laquelle sourdait une lueur diffuse de la couleur de l'aube.

Un parfum subtil et aérien émanait de cet endroit presque reposant. Était-ce ce lieu ou le fait de ne plus subir la froidure et la rudesse de Myrtha qui était apaisant ?

Ces effluves agréables, des caresses. Les effleurements d'une fleur enterrée loin sous la roche noire d'un palais vorace sur le point de la digérer. Debout sur le seuil de la toute petite petite petite porte, Délicia savourait ce répit qui ne serait certainement pas éternel.

Blanc infini.

La minuscule porte s'ouvrit d'elle-même. Lentement.

Elle griiiiiiiiiinça ! Et dévoila une pièce baignée de clair-obscur et de lianes entrelacées. Filandreuses et serpentines, elles s'agitaient, s'enlaçaient et s'enroulaient contre les parois rocheuses. Elles dévoilaient des sculptures toujours plus effrayantes qui soupiraient sous leurs caresses langoureuses. Un parfum incroyable flottait dans l'air, des arômes délicats, le souffle d'un doux rêve.

Délicia sentit le sol se dérober sous ses pieds. Les entrelacs gracieux la soulevèrent à quelques centimètres de la surface rocheuse. Elles s'infiltrèrent sous ses vêtements, se faufilèrent à la vitesse du vent pour sonder tous les replis de tissus. Dessus, dessous, dedans, elles cherchaient quelque chose, c'était évident.

Les Larmes de Rose Vorace ! Non, non, non !

Délicia se débattit, les lianes resserrèrent leur étreinte.

— Ne bouuuuugggge paaas ! souffla une voix faible et chuintante qui semblait s'échapper de l'obscurité caverneuse.

Là-bas, derrière la masse couleuvrine et grouillante, des éclats vibrants scintillaient dans le noir. Un filet d'angoisse ruissela sur la nuque de Délicia.

Décharge électrique.
Zzzztack !
Rupture.

Délicia paniqua. Quelque chose de terrible venait de se produire en elle. Alors qu'elle était à la merci de choses dont elle ne connaissait pas la nature et qu'elle était sur le point de perdre ses précieuses *Gouttes de rosée*, sa part Alcidie s'était brusquement éteinte. Comme si quelqu'un avait actionné un interrupteur.

Qui suis-je ? Pourquoi la nuit est-elle noire ?

Délicia, ne comprenait pas. Son esprit était morcelé. Sa part Idiclae angoissait. Où était passée Alcidie ? Son cœur était toujours là, elle le sentait battre plus fort. Alcidie devait être soumise à un stress intense. Mais son esprit s'était comme évaporé. Son cerveau divergeant avait-il fini par disjoncter ? Le pouvoir apaisant de la *Sorcière Aubépine* n'avait plus d'effet, tous les cœurs commençaient à s'affoler.

Sans l'esprit d'Alcidie, Délicia n'était plus Délicia. Elle n'était plus qu'un demi-esprit, un demi-corps incapable du moindre mouvement. Elle était pétrifiée, à l'image des statues étranges et languides qui enduraient d'innombrables effleurements sans ciller.

À fleur de peau.

À corps perdu.

À cœur ouvert.

À perdre haleine.

Délicia luttait.

Puis lentement, le brouillard s'étiola et Alcidie reparut, affaiblie, aux portes de l'oubli, s'agrippant péniblement au lien abstrait qui l'unissait à Idiclae. Délicia était de nouveau elle-même. Les cœurs se calmèrent.

Respire.

Les lianes avaient trouvé ce qu'elles cherchaient. Elles avaient subtilisé les *Gouttes de Rosée.* Puis, elles avaient délicatement posé Délicia sur le sol humide de ce qui semblait être un gouffre à ciel ouvert, un gigantesque trou aux parois rocheuses parcourues de végétation. Des lueurs diffuses paraient son teint d'albâtre de reflets luminescents et mettaient en lumière son maquillage sanguinolent.

Masque aux couleurs du soleil couchant.

Visage cornaline.

— Approoochhhhe !

Délicia tressaillit. Cette voie sifflante s'insinuait jusqu'aux tréfonds de son âme. Elle blessait ses tympans et écorchait son cœur tendre, comme les griffes de l'angoisse, les épines acérées du malheur.

Les lianes, qui s'étaient éloignées d'elle, se rapprochèrent à vive allure. Et c'est à ce moment qu'elle sut et qu'elle vit !

Ils s'entrelacèrent, glissèrent, s'enroulèrent et s'emmêlèrent langoureusement à sa chevelure. Caressant son corps, soulevant ses bras, effleurant ses joues, son cou, ses chevilles.

LES CHEVEUX.

De longs rubans sombres et filandreux.
Lisses, doucereux, pernicieux.

LES CHEVEUX !

Obscurs mèches aux allures de lianes.
Vivants, vibrants, effrayants.

LES CHEVEUX !

Ils la ligotaient, l'enserraient, la ficelaient, la liaient à lui. La rapprochaient de LUI !

LUI !

Celui qui luisait dans la nuit du gouffre, à l'ombre des ombres. Celui dont les yeux, deux éclats brillants, transperçaient l'obscurité la plus profonde.

LES CHEVEUX.
LES YEUX.

LES CHEVYEUX DU CRÈVE-CŒUR !

— Approooochhhe encooooore !

Elle n'avait pas le choix, elle approchait, étranglée par les cheveux interminables d'Adénosine. Et plus elle s'en approchait plus elle distinguait ses traits tirés, son regard ardent, sa peau sèche et craquelée et son corps décharné. Une chose, contre son dos, le maintenait fermement assis sur un trône de pierre froide. Il ressemblait à une coulure d'encre nuit noire. Une coulure asséchée incapable de se mouvoir, habillée de cheveux ondoyants plus vivants que Lui.

LES CHEVEUX VIVAIENT.

Délicia était maintenant assez proche du *Crève-cœur* pour sentir son souffle tiède envelopper son visage.

Haleine fétide.
Soupirs rancuniers.

Son regard noir semblait vouloir l'engloutir. Il était terriblement déstabilisant. Et cette voix bruissante râpait la surface de ses tympans.

— Les *Laaaarmes de Rose Vorace* ! Un trésoooor si préciiiiiieux ! Merci petite *Ssssorcière Florifffère* !

— Que comptez-vous faire de moi ?

Adénosine sourit tristement. Puis, de ses mains grêles, il écarta lentement les pans de son long vêtement comme on ouvre les rideaux d'une scène de théâtre. L'étoffe délicate recouvrait son corps inerte, pour dissimuler sa part monstrueuse. Un renflement étrange palpitait sur sa main gauche. Et sous ses draperies couleur de nuit, dans les coulisses de son corps engourdi, se jouait un spectacle épouvantable.

Délicia ferma les yeux et laissa poindre des larmes de dégout qui coulèrent sur son masque ensanglanté. Les gouttelettes rougies roulèrent le long de son cou et s'abîmèrent dans les cheveux qui la maintenaient prisonnière. Les mèches voraces les absorbèrent comme un vampire sirote sa victime.

LES CHEVEUX SE NOURRISSAIENT.

— Petite *Ssssorcière Florifffère*, s'attendrit le *Crève-cœur*, pourquoi tant de laaaaarmes amères ? Le spectaaaaacle n'est paaas à ton goût ? Aimerais-tuuuu le voir de plus prèèèèès ? Goûter mon sssang ? Mes laaarmes de douleur ? Mes douccces rancœurs ?

— Laissez-moi partir ! supplia-t-elle. Je ne suis pas responsable de vos malheurs.

— Certes ! Mais la vengeanccce est voraaaacccce, elle n'est jamais rassasiiiiée !

— Pourquoi continuer à la nourrir dans ce cas ? Laissez-la mourir de faim !

Le *Crève-cœur* rit. D'un rire méprisant.

— Troop taaard !

Et sur ces mots il resserra son étreinte.

Les cheveux glissaient, ondulaient contre le corps de Délicia, de plus en plus nombreux, de plus en plus hargneux. Ils cherchaient à étouffer leur proie.

LES CHEVEUX TUAIENT.

Délicia se débattit. Sans succès. Les liens comprimaient son corps. Sous ses yeux écarquillés, Adénosine se tenait droit. Et dans son ventre, sous ses côtes, des dizaines de petites bêtes noires et duveteuses dévoraient sa chair, aspiraient son sang et se blottissaient à la place de son cœur. SON CŒUR ?

— Vous n'avez pas de cœur ? réussit-elle à articuler, en imaginant qu'un de ceux qu'elle portait en elle pouvait être celui d'Adénosine.

— Ssssssi bien ssssûr ! Mais il est ssssi petiiiiiit ! Les rancœurs que je nourris, ces petites voleuses de sssouvenirs l'ont attrophiiiié à forccccce de le ssssuccccer. Et pour ne pas mouriiiir complètement, il s'est réfugié ssssur ma main. Regaaaaarde !

Main gauche.
Battements.
Cœur sur la main.

TORPEUR.

Adénosine est l'homme qui a le cœur sur la main !
Et les rancœurs qui le grignotent sont semblables à ce petit campagnol au pelage noir que la pie-grièche a violemment empalé sur une épine de la Mère du bois ! Spinosa m'a mise en garde contre elles. Ces bestioles voleuses de souvenirs détiennent-elles les couleurs et les visages ?

Délicia était paralysée par l'effroi. Elle se sentait complètement désarmée, incapable et abandonnée. Elle ne croyait plus en rien. Ni en la réalité, ni en toutes ces choses que Spinosa lui avaient révélées, ni en ce *Clair-obscur* qui semblait vouloir la dévorer, ni en son supposé pouvoir d'apaisement.

Rien.
Vide.
Désespoir.

192

Mais soudain le regard d'Adénosine, si dur, si déterminé, si cruel, s'adoucit. Il desserra son étreinte. Fit tomber les pans de son vêtement sur son corps dont il parut soudain avoir honte.

À ses pieds, un petit animal approchait timidement de Délicia. Il la renifla, il se frotta aux pans de sa robe, puis se blottit contre elle. Adénosine se décomposa. Il lâcha complètement la jeune fille qui s'effondra sur le sol.

Soulagement.
Respire.

Le *Crève-cœur* semblait obnubilé par la petite bête roulée en boule devant Délicia. Son sourire s'était affaissé, ses yeux s'étaient emplis de larmes, ses sourcils s'étaient vêtus de douce mélancolie. Il souffrait.

Délicia se risqua à caresser la petite boule de poils roux qui lui avait sauvé la vie bien malgré elle. Un parfum délicieux émanait de son doux pelage. Un parfum d'amour, une fragrance subtile et apaisante. Les effluves d'un rêve enchanteur.

— Petite fleurrrr, ma douccccce... Ma pauvre petiiite fleur avvvide de sensssations nouvelles ! Sais-tu, Déliccccia ? Sais-tu que cette petite bête était son plus ffffidèle ami ? Un renardeau sssi petit, sssi fragile. Elle l'a abandonné, tout comme moi !

Délicia ne comprenait pas ce soudain revirement de situation. Comment un si petit animal, si inoffensif, avait-il pu changer le cours des choses ?

— Cet animal était l'ami de ma douccccce Effluvvvve, ma douccce épouse, ma trop curieuse épouse. Et il te vvvveut comme amie.

Délicia écarquilla ses grands yeux. Adénosine soupira.

Haleine fétide.

Soupirs chagrins.

— Tu as l'airrr surpriiiise ! Connais-tu cette hisssstoire ? Celle d'Effluvvvve, la miennne, celle de ton cher aïeul Esssthète ?

— Je sais seulement que mon aïeul est mort sur les rives de l'*Effluviale*, murmura-t-elle. Et qu'il était peintre, comme ma mère.

— Approoooche ! ordonna Adénosine, en l'enlaçant encore de ses cheveux interminables. Regaaarde derrière moi, fait le tourrr de mon trône maudit.

Délicia fit quelques pas pour contourner le *Crève-cœur*. Puis elle marqua un temps d'arrêt.

Respire.

Elle allait découvrir ce qu'était cette chose qui maintenait fermement Adénosine sur son trône de pierre froide. Cette entité qui faisait de lui son prisonnier depuis une centaine d'années. Une forme se profilait dans le dos du prince déchu. Une forme qui s'agrippait comme une sangsue, un immense parasite suceur de sang dont la chevelure immensément longue, se mêlait à celle de sa proie moribonde.

— Avancccce encore, n'aie crainte ! Regarde la réalité en fffaccce !

Délicia avançait lentement. Elle fixait la présence immobile cramponnée à l'homme qui a le cœur sur la main. À la faveur d'un reflet qui illumina furtivement la partie supérieure de la sombre masse inerte, elle devina les contours d'un visage de profil, la bouche ouverte. La chose monstrueuse semblait être une personne. Une personne éteinte, le visage figé dans une expression effroyable.

— Regarde-la ! Ma fffffleur, ma pauvre petite fffleur dont la curiosité a causé la perte. Elle a creusé sson tombeau. Cccce tombeau d'immobilité et de ssssilenccce que sson cœur délicat n'a pu sse résoudre à rejoindre !

Délicia se trouvait maintenant face à la tendre fleur enterrée loin sous la roche noire d'un palais vorace sur le point de la digérer.

Effluve.

La fée qui s'était un jour allongée au pied d'un Aulne, pour pleurer la perte de son amour Adénosine Carpe Diem. De ses larmes était née l'*Effluviale*. Alcidie aimait imaginer qu'elle se baignait dans les larmes d'Effluve, les effluves fluviales d'une fée tourmentée. Effluve s'était-elle noyée dans son fleuve chagrin ?

— Sssson cœur, continua Adénosine. Ssson pauvre cœur orphelin ! Où peut-il bien être ? Esssthète le lui a arraché avant qu'elle ne me revvvienne complètement pétrifffiée. Sssi vide, sssi trisssste et froide comme le sssouffle de la mort ! Pauvre petite fleur ffffânée ! Je regrrrrette de ne pas être allé la chercher, je n'en ai pas eu la forccce. C'était sssa décision, J'ai toujours ressspecté ses choix, comme elle ressspectait les miens... nous étions tellement heureux... avvvant.

Et il pleura. Encore.

Rougissant un peu plus le contour de ses yeux dilués par un chagrin immense. Les larmes noires qui creusaient ses joues, les *Perles de nuit* imprégnées d'un désir viscéral de vengeance, roulaient jusque sur le sol glissant, parcouru de milliers de sillons qu'elles abreuvaient. Et ces milliers de micro rivières se jetaient dans le lac qui encerclait le palais. Palais que Délicia voyait comme un concentré d'émotions à fleur de peau, un corps engourdi qui exsudait un brouillamini de non-dits et de souvenirs enfouis loin, très loin, en plein cœur du chaos.

Les *Perles de nuit* s'écoulaient par les yeux des visages tourmentés creusés à même les murs de la bâtisse. Elles ruisselaient le long des parois minérales et se déversaient dans ce lac si noir, si profond, si froid, si beau ; la pupille dilatée d'un des yeux immenses de Crépuscule. Elles tombaient dans ce vaste tombeau miroitant, où dansaient des reflets de nuit, des fragments d'âmes écorchées, des fantômes du passé, des lambeaux de mémoire, des souvenirs dans lesquels se noyer. Des souvenirs volés par le *Crève-cœur* et les rancœurs qu'il nourrissait, des souvenirs contaminés et détruits par ses *Perles de nuit,* comme l'acide rongeait la matière.

Délicia effleura le visage de la fée du bout de ses doigts tremblants. Elle caressa timidement son expression figée, ses yeux ouverts chargés de chagrin, sa bouche pétrifiée. Harponnée à son prince comme une étoile de mer à un rocher, Effluve se tenait cambrée vers l'arrière, les yeux rivés à la paroi rocheuse du gouffre. Ses bras raidis adhéraient au trône. Ses ongles acérés s'enfonçaient dans les cuisses amaigries de son prince maudit. Et sa chevelure anthracite, statufiée à la racine, s'étalait, ondoyante, caressante et vivante, entre les mèches noires d'Adénosine.

LES CHEVEUX S'ENLAÇAIENT.

— Son cœur ? demanda Délicia, pensive.

— Vois-tu ccce trou béant ? Là, dans sssa poitrine pétriffffiée ?

— Oui je le vois !

— Introduis-y ta main, petite *Ssssorcière*. Il n'y a plus riiien dans ccccette poitrine pétriffffiée.

— Son cœur, répéta-t-elle. Je crois que je sais pourquoi votre petit renardeau me veut comme amie. Je pense que le cœur de votre petite fleur fanée bat en moi et qu'il l'a reconnu. Ce cœur doit être remis à sa place, pour apaiser l'esprit d'Effluve et peut-être le vôtre dans le même temps.

— Que dis-tu ?

Adénosine n'arrivait pas à croire ce qu'il entendait. Cette petite *Sorcière Florifère* qu'il était sur le point d'étrangler quelques minutes avant, la descendante de son ennemi, portait donc le cœur d'Effluve en elle ?

— Ssssi ccce que tu affirmes est vrai petite *Ssssorcière Florifffère*, alors remets ssson cœur à sssa placcce.... Maintenant ! Crois-moi ou non, sssi tu ne le ffffais pas, je te dévvvooore.

L'excitation et la terreur coloraient le ton acerbe qu'il avait soudain employé. Une lueur d'espoir brillait dans le fond de son cœur, mais il redoutait par-dessus tout d'être dupé par la descendance d'Esthète.

— Me rendrez-vous les visages et les couleurs si je vous obéis ?

Pour toute réponse Adénosine soupira. Puis il fit un signe en direction de la zone d'ombre, par-delà le cercle de lumière diffuse. Un être humanoïde, pourvu de longs membres grêles sortit craintivement de l'obscurité. Sa chevelure lisse et blonde coupée au carré, dissimulait son visage. Il serrait quelque chose contre son corps ramassé. Un objet sombre. Il avança frileusement jusqu'au centre du cercle de lumière, comme un animal apprivoisé et conditionné avancerait au centre d'une piste de cirque. Ses gestes simiesques et hésitants lui proféraient des allures de bête craintive. Soudain, il leva la tête. Sa chevelure s'écarta pour dévoiler son non-visage. Délicia laissa échapper un petit cri de surprise. Les lueurs crépusculaires soulignaient les traits étranges de cette face plate et livide, ce néant blanchâtre qui s'imposait comme une évidence : cet être, Alcidie l'avait déjà croisé ! C'était celui qui lui avait dérobé son carnet.

Face blanche.
Carnet noir.

Prosopagnosie.
Carnet maudit.

— Voicccci ma monnaie d'échange petite *Ssssorcière Florifffère*. Ssssi tu remets le cœur de ma petite fffleur fffanée à sa place, je te donne la possibilité de récupérer les visages et les couleurs.

Délicia hésita.

Même si sa part Idiclae avaient les connaissances requises, elle ne savait absolument pas comment elle devait opérer. Il lui manquait la pratique.

Deux choix s'offraient à elle. Soit elle refusait la proposition d'Adénosine et elle perdait à la fois les couleurs, les visages et la vie ; soit elle acceptait cette proposition et devrait improviser, ne sachant ce qui allait advenir d'elle si elle échouait.

Elle avança donc sa main tremblante et l'introduisit dans le trou béant. Le cœur qu'elle portait en elle, celui d'Effluve, celui qu'Alcidie avait arraché à l'*Effluviale*, se mit alors à battre un peu plus fort. Dans le creux de la poitrine pétrifiée d'Effluve, quelque chose bougea légèrement et lui chatouilla la paume. Surprise, Délicia recula sa main. Des petits filaments noirâtres émergèrent timidement de la trouée. Ils remuaient comme des petits vers et s'étendaient lentement vers elle. Des feuilles minuscules se déployèrent de part et d'autre de ces petites pousses serpentines. Elles ondoyèrent vers la main que Délicia tendait craintivement. La jeune *Sorcière Aubépine* fronça les sourcils et effleura les filaments. Ils s'enroulèrent progressivement autour de ses doigts, puis agrippèrent délicatement sa main qu'ils tirèrent vers le trou.

Du lierre ?

Idiclae savait que le lierre avait une importance capitale pour les Sorcières du *Clair-obscur*. Il était vecteur de pouvoir et de mémoire.

Que voulait dire Spinosa lorsqu'il m'a affirmé que ma capacité à formuler des anagrammes était un avantage ? se demanda-t-elle en avalant une de ses prunelles stimulantes. Ma part Idiclae semble savoir que chaque Sorcière Florifère *prononce ses propres sortilèges. Faut-il que j'invente les miens ?*

Tout en réfléchissant elle grignota une seconde prunelle qui acheva de lui remettre les idées en place. Le lierre resserra alors son étreinte et fit vibrer en elle les bribes de mémoire de sa part Idiclae.

Bien sûr ! Puisque le temps est inexistant ici, mon savoir de Sorcière Florifère *doit pouvoir me revenir sous forme de souvenirs.*

Elle ferma les yeux avant d'avaler une dernière prunelle. C'est alors qu'une anagramme-sortilège s'imposa à son esprit, comme une incantation perdue qui émergeait des tréfonds de sa mémoire de *Sorcière Florifère*. Elle la prononça d'une voix claire et assurée :

— Le LIERRE est un lien qui doit me RELIER à l'IRRÉEL !

Alors, l'environnement changea subitement.

Délicia se trouva plongée dans les souvenirs d'Effluve. Sa part Alcidie avait beau se débattre, s'insurger contre le danger d'une telle entreprise, c'était trop tard.

Adénosine était assis sur la rive de l'étendue miroitante d'un lac. C'était avant qu'il ne soit dévoré par ses rancœurs. Heureux et bienveillant, il buvait l'eau limpide, pour imprégner son esprit du savoir passé. Il se nourrissait des fruits du moment présent et respirait le parfum des *Fleuravenirs* qui lui contaient d'innombrables versions possibles du futur. Il regardait amoureusement son épouse espiègle au parfum envoûtant, déambuler nonchalamment aux côtés de son fidèle petit renardeau. Effluve, l'énigmatique fée végétale, née dans un jardin merveilleux au sein d'un buisson de datura, trempait ses pieds nus dans l'eau des souvenirs et tressait sa longue chevelure parsemée de fleurs blanches. Elle fut soudain piquée par la curiosité.

— Adénosine, j'aimerais éprouver cette réalité que les *Fleuravenirs* nous décrivent. Ici, le temps ne passe pas, rien ne change jamais. Je suis lassée de ce crépuscule éternel.

— Ma fleur ! Tu n'y songes pas ? répondit Adénosine, inquiet. Un voyage en réalité te tuerait aussi sûrement que le poison de ta peau tuerait les habitants du réel.

— Adénosine, j'aimerais éprouver le temps et l'espace, et sentir le soleil réchauffer mon corps ! Pourquoi es-tu si effrayé par ma curiosité ?

— Ma fleur, j'ai trop peur de te perdre, la réalité te tuerait, promets-moi de ne pas m'abandonner ! S'il te plait !

Adénosine l'avait suppliée, les yeux humides et la voix

incertaine, car il le savait. Il savait que la curiosité emporterait sa fleur loin de lui. La curiosité avait toujours chuchoté à l'oreille de sa bien-aimée. Effluve n'écoutait que ses désirs, jamais elle ne se souciait des conséquences de ses actes.

Elle disparut la nuit suivante, aussi discrètement qu'un murmure. Laissant derrière elle son parfum, son renardeau et son époux bouleversé.

Dans la réalité, elle vécut une expérience au-delà de ses espérances. Le temps, l'espace, les êtres qui peuplaient ce monde la fascinaient. Mais les fleurs qui ornaient sa chevelure interminable fanèrent une à une et ne repoussèrent jamais.

Elle les oublia.

Sa curiosité se délectait des nouvelles sensations offertes par la réalité. Elle savourait ces instants présents qui se succédaient pour s'étioler dans le passé et laisser naître l'avenir. Jour après jour, Effluve goûtait la chaleur du soleil, éprouvait les caresses du vent et les changements incessants du climat. Elle aimait danser sous la pluie ou regarder le soleil se coucher, puis se lever le jour suivant. Ses rayons faisaient briller ses cheveux plus ardemment que jamais. Mais elle se sentait dépérir. Sa chevelure raccourcissait de jour en jour.

Adénosine avait-il eut raison de la mettre en garde ?

Un soir de pluie, elle suivit un chemin sinueux au cœur d'une forêt qui s'étalait jusqu'au sommet d'une colline. Elle respira les mousses détrempées, caressa l'écorce humide des arbres, grappilla quelques fruits des bois quand brusquement, le chemin déboucha sur une clairière verdoyante, au centre de laquelle se dressait une maison.

Ma maison ! pensa Alcidie, recroquevillée dans les profondeurs de l'esprit de Délicia, qui voguait dans le souvenir lointain de la fée vénéneuse.

Un homme de haute stature sortit de la maison des Bruman, une toile de peintre inachevée entre les mains.

Esthète !

Ses longs cheveux, aussi noirs que ceux d'Alcidie, s'étalaient sur une chemise tachée de touches de couleurs.

COULURES

COULEURS

Ses yeux, noircis par la colère, étaient rivés à la toile qu'il tenait à bout de bras. Il paraissait empreint d'une fureur incontrôlable. Dans un excès de rage, il brisa la toile contre le mur de la maison avant de la piétiner. Maculé de boue, il fit quelques enjambées en direction de la forêt, la tête baissée, les poings serrés. Puis il leva le regard et brusquement, il se figea. L'eau ruisselait sur son visage et détrempait ses vêtements. Mais il ne s'en soucia pas. La tension dans son corps s'évapora subitement. Effluve, la douce fleur d'Adénosine, venait de subjuguer l'artiste en manque d'inspiration.

Elle revêtait les traits délicats et harmonieux d'une muse.

De *sa* muse.

Celle qu'il pensait avoir perdue.

Il était fasciné par cette femme aux yeux d'or et aux cheveux de feu. Sa peau opalescente aux reflets irisés captait la lumière comme nulle autre avant elle.

La stupéfaction passée, il l'invita à entrer pour se sécher. C'est à ce moment précis que le parfum-sortilège incroyable qu'Effluve exhalait, soulevée par un vent chargé de pluie, acheva de l'envoûter.

Il l'implora alors : « Restez quelques jours, votre présence m'inspire ! » Intriguée, Effluve accepta l'invitation d'Esthète à cette condition qu'il ne devrait jamais la toucher.

Il promit.

Des mois passèrent, sans que le peintre n'effleure sa muse

indomptable.

Mais le temps avait fait naitre en lui un sentiment plus intense. Un feu ardent qui le consumait peu à peu. La flamme qui jaillissait de ses yeux enamourés avait fini par embraser Effluve.

Au fil du temps, elle oublia les *Fleuravenirs*, elle oublia le renardeau, elle oublia même Adénosine. Ses souvenirs d'un autre monde s'estompèrent progressivement, dilués par la force de la réalité.

Adénosine avait eu raison de la mettre en garde !

Le temps et l'espace auraient raison de sa mémoire !

Plus le temps passait, plus sa chevelure raccourcissait et se ternissait, mais Effluve ne s'en apercevait pas. Sa peau perdait son opalescence, mais Esthète ne s'en apercevait pas. Elle et lui étaient liés par un lien invisible qui les rapprochait l'un de l'autre, inexorablement. Un lien délétère ?

En définitive, ils oublièrent que la peau d'Effluve exsudait un poison mortel. Ils oublièrent qu'Esthète était vulnérable au toucher de cette peau.

Ce jour-là, le jour où le voile de l'oubli les enveloppa totalement, ils s'étaient installés sous les ramures d'un aulne, au pied de la colline. Esthète peignait sa muse endormie, sa belle du pays des merveilles caressée par le soleil. Touche de couleur après touche de couleur, il soulignait les courbes de son corps nonchalant, les traits de son visage somnolent, les boucles de ses cheveux de feu éparpillés entre les brins d'herbe folle.

Une fois la toile achevée, Esthète s'approcha lentement de sa muse assoupie. Envouté par son irrésistible parfum-sortilège, il caressa son corps du bout de ses yeux chargés de tendresse et de désir. Il s'allongea à ses côtés, se laissant porter par ses émotions et aveugler par l'envie, puis il fit ce qu'il n'aurait jamais dû faire : à cœur ouvert et à corps perdu, il déposa un baiser papillon sur les lèvres pétales de sa muse ensommeillée.

Poison mortel.

Baiser vénéneux.

Longue fut son agonie.

À peine eut-il déposé ses lèvres tièdes sur celles, roses et charnues de sa belle, qu'elle entrouvrit ses paupières et plongea son regard intense dans le sien. Instantanément, ils recouvrirent la mémoire. Mais il était trop tard.

Les cheveux de la fée, ternis par le temps, se remirent brutalement à pousser et, sans qu'Effluve ne le veuille vraiment, ils enlacèrent Esthète, le plaquant contre son corps fiévreux. La fée, devenue plante vivace, s'enracina dans le sol. Des daturas s'épanouirent de nouveau dans sa longue chevelure rubigineuse. Sa peau, fanée par le réel, recouvrit son opalescence. Effluve transpirait des gouttes de poison qui s'infiltrèrent, malgré elle, dans les veines du peintre.

Terreur et douleur des amants maudits.

— Ma douce Effluve, ne t'en veux pas ! Je préfère mourir de t'avoir embrassée, plutôt que de vivre sans pouvoir t'effleurer.

Quelques heures plus tard, sous le majestueux aulne mortuaire aux larmes de sang, Esthète Bruman perdit la vie, bercé par Effluve, inconsolable.

Il reposait là, sur un lit de datura. Les yeux grands ouverts, les pupilles dilatées, le visage rougi et la peau sèche. Les *trompettes des anges* avaient sonné l'hallali alors qu'Esthète venait de mordre le fruit défendu. Il avait embrassé la belle endormie, goûté la dangereuse *pomme épineuse*.

La suite, Délicia la connaissait en partie. Effluve, honteuse et dévastée, pleura longuement. Allongée dans l'herbe fraiche, les yeux rivés à la voûte céleste, elle pleura la mort d'Esthète. Mais ce qui la rendit encore plus malheureuse, c'était d'avoir oublié Adénosine, son époux, son âme sœur.

Il avait eu raison de la mettre en garde !
Le monde réel avait dévoré sa vie !

Elle sanglota plusieurs jours et plusieurs nuits, jusqu'à ce que naisse le courant du fleuve chagrin qui la ramènerait auprès des siens.

En revanche, ce que Délicia ne savait pas, c'est qu'à sa mort, l'âme d'Esthète avait décidé de prendre possession de l'aulne. Esthète ne pouvait se résoudre à partir, à laisser sa muse mourir de tristesse juste là, sous ses yeux de défunt. Alors il l'observa des jours durant, absorbant son chagrin par le biais des racines de l'aulne, sans pouvoir la consoler. Il aurait tant aimé la serrer dans ses bras. Mais c'était impossible. Et cet arbre inerte qui lui servait de corps versait des larmes vermeilles qui s'écoulaient le long de sa rugueuse écorce. Des larmes de désespoir, les larmes de son âme prisonnière.

Aulne hanté par une âme amoureuse.
Âme emmurée aux larmes ensanglantées.

Quelques jours après la mort du peintre, Effluve se laissa emporter par le courant opalin de ses larmes. Esthète, qui s'était condamné à hanter l'aulne par amour pour elle, fut dévasté à l'idée que sa muse l'abandonne. Dans un accès de rage, il réussit à déployer une de ses puissantes racines, pour violemment arracher le cœur de la fugitive. Ce fut le premier et le dernier des gestes dont il fut capable. Un geste terriblement égoïste.

À peine ôté de sa cage protectrice, le cœur se pétrifia au contact de l'espace réel. Changé en CAILLOU couleur cornaline, IL COULA, englouti par les flots de larmes des merveilles. Puis, la racine possessive de l'arbre aux larmes vermeilles l'ancra pour toujours au lit de la rivière.

> Au pied de l'arbre aux larmes VERMEILLES,
> COULEUR cornaline,
> Coulent les larmes du pays des MERVEILLES,
> COULURE opaline.

II

Vert tourmentine

> « Cette nuit, des oiseaux ont chanté dans mon cœur…
> C'était la bonne fin de l'ancienne rancœur…
> J'écoutais ces oiseaux qui chantaient dans mon cœur. »
> Extrait de *Oiseaux dans la nuit*
> Renée Vivien

Les liens de lierre desserrèrent leur étreinte. Délicia en avait assez vu.

Sa part Alcidie connaissait maintenant la nature de ce qui avait manqué de la noyer dans l'*Effluviale*. La racine possessive avait refusé de lui céder le cœur d'Effluve, sur lequel elle veillait jalousement depuis cent ans. L'âme prisonnière d'Esthète avait-elle finalement décidé de lâcher Alcidie, parce qu'elle s'était aperçue qu'il s'agissait d'une des descendantes de son frère ? Les réponses entraînaient toujours plus de questions. Fallait-il encore s'évertuer à les obtenir ? Délicia commençait à en douter.

Ce voyage dans les souvenirs d'Effluve lui avait donné la nausée. Passé, présent, avenir, qu'en était-il du cours du temps ? Quel sens revêtait le mot réalité ?

Où se situait la vérité ? Le mensonge ? Alcidie se sentait prisonnière d'un univers où régnaient l'invraisemblance et le merveilleux. Un univers de conte qui lui rappelait les histoires que son père lui lisait. Retrouverait-elle le fil de son existence une fois le carnet noir détruit ? Et qu'adviendrait-il d'Idiclae ? Elle qui avait longtemps erré dans cet univers à la recherche de sa sœur.

Alcidie exécrait remuer le passé. Elle était persuadée que chaque souvenir était transformé par le temps et qu'il était trop dangereux de s'y fier. Les souvenirs étaient, pour elle, des bonbons constitués d'un tout petit noyau de vérité, enrobé de couches d'interprétations subjectives acidulées, sucrées ou amères, que l'on ajoutait au fil du temps.

Idiclae redoutait maintenant l'avenir. Car elle savait qu'un jour, Alcidie devrait renouer avec la réalité et la quitter. Elle se sentirait alors seule et abandonnée.

Délicia, quant à elle, vivait le moment présent, tout en craignant de ne pas être à la hauteur des évènements.

Au fil du temps, au fil de l'eau.

Le long fil du PASSÉ
Enroulé sur des ASPES,

Glissait comme un SERPENT
Brodé par le PRÉSENT,

Sur la voile d'un NAVIRE
En route vers l'AVENIR.

Alors que Délicia était en proie à des questionnements existentiels nappés de doutes et d'inquiétude, la paume de sa main gauche se mit à rougeoyer. Elle ressentit l'envie pressante de la frotter, mais se souvint de l'avertissement de Spinosa.

Ne frottez pas votre épiderme, vous ne feriez que retarder le processus.

Les démangeaisons s'intensifièrent tandis que sur son thorax, la cicatrice chéloïde s'agitait de nouveau. Les deux cinq s'étaient rapprochés l'un de l'autre, entremêlant leurs arabesques comme deux serpents ondoyants trop longtemps privés d'une étreinte.

Caresses langoureuses.
Démangeaisons râpeuses.

Soudain, Délicia eut un pincement au cœur. Quelque chose remua dans son for intérieur. Puis, sous l'impulsion de sa part Idiclae, une minuscule excroissance écarlate qui palpitait frénétiquement naquit au centre de sa paume irritée. Contenait-elle toute la colère du monde pour se parer d'une teinte aussi flamboyante ?

Alors qu'elle exécutait des gestes qu'elle connaissait par cœur, une anagramme-sortilège s'imposa à son esprit, comme une incantation perdue qui émergeait des tréfonds de la mémoire de la *Sorcière Aubépine*. Délicia psalmodia :

— Laisse ÉCLORE ta COLÈRE petit cœur furibond ! Car ta chair ÉCARLATE bientôt ÉCLATERA !

C'est alors qu'un bourgeon verdoyant perça la petite excroissance et de la chair écarlate naquit une fleur timide. Une tige délicate au feuillage soyeux se déploya, élégante et fragile, portant à bout de sépales, un bouton rouge carmin. Le bourgeon floral déploya gracieusement sa couronne de pétales et de cet écrin de douceur parfumé émergea le cœur enflammé d'Effluve.

Délicia Aubépine avait un drôle de pouvoir : la mémoire du futur lui revenait au passé. Passé, présent, avenir, le cours du temps n'avait plus rien de linéaire, il n'existait tout simplement pas dans le *Clair-obscur*. Tout son supposé savoir futur de *Sorcière Florifère*, celui qu'elle aurait dû engranger au fil du temps et avec l'expérience, lui était délivré sous forme de souvenirs de l'avenir. Comme si au moment présent, elle vivait à la fois son futur et son passé. Quel univers étrange que ce monde clair-obscur !

Grâce à l'alliance de ses souvenirs de l'avenir avec les connaissances d'Idiclae et la capacité d'Alcidie à formuler des anagrammes, elle savait maintenant ce qu'elle devait faire. Et elle savait aussi qu'elle réussirait.

Adénosine commençait à s'impatienter. Ses cheveux glissaient sur le sol en direction des chevilles de Délicia. Ils s'y attachèrent, s'enroulèrent autour de ses jambes, glissèrent le long de ses mollets pour de nouveau se répandre sur le sol en une vaste toile enténébrée. Les mèches noires se rassemblèrent encore et cheminèrent vers le corps de la fée pétrifiée qu'ils étreignirent langoureusement. Ils glissèrent le long de ses jambes, enserrèrent sa taille, sa poitrine, son cou. Puis ils se faufilèrent dans le creux de son thorax.

— Elle est encore sssi viiide ! Qu'attends-tu petite *Sssorcière Florifffère* ?

— Restez tranquille, Adénosine ! J'y suis presque. Je dois d'abord soigner ce cœur furibond, calmer ses palpitations cardiaques et ensuite, j'aurai besoin des *Larmes de Rose Vorace*.

— *Les Larmes de Rose Vorace* ? hésita Adénosine.

Impatient de revoir son épouse, il céda à contrecœur à la demande de Délicia qui récupéra son précieux flacon.

Sur la poitrine d'Effluve, les liens de lierre dansaient, ils s'approchaient doucement de ce cœur resté trop longtemps absent. Au creux de sa main libre, la sorcière Aubépine fit naitre des filaments blanchâtres parés d'épines et de fleurs délicates, dont elle ceignit le cœur en colère. Elle murmura :

— Je suis Délicia Aubépine, fille de l'aube aux fleurs guérisseuses, prompte à prodiguer des gestes apaisants. En un ÉCLAIR cette COURONNE d'ÉPINES, voilera les PEINES du CŒUR CORNALINE !

Ainsi ceinturé de branches d'épine blanche, le cœur s'apaisa. Délicatement, les liens de lierre s'en emparèrent et le déposèrent au sein de la fée pétrifiée. Sur la main gauche de Délicia, la fleur disparut, comme emportée par un courant d'air. Couché dans son écrin de chair, cerclé et de lierre et d'aubépine, le cœur cornaline palpitait calmement. Cette image, Délicia la trouvait belle. Mais sa contemplation fut vite interrompue par Adénosine qui tempêta.

— Est-ce bientôt ffffiniii ?

Les cheveux noirs, dressés comme des cobras sur le point de la mordre, encerclaient Délicia.

— Le cœur est à sa place, dit-elle en fronçant les sourcils. La peau d'Effluve se reconstitue, se suture, bientôt le trou ne sera plus. Je vais maintenant déposer des *Gouttes de rosée* sur ses paupières.

Elle déboucha doucement le flacon et macula les paupières d'Effluve des précieuses *Larmes de Rose Vorace*, celles qui éveillaient les esprits et faisaient voir la réalité. Adénosine fulminait, ce silence lui était devenu insupportable.

— Qu'y a-t-il ? Dites-moi ... Oh ! Je vois ! Ma fleur ! Oh ! Ma doucccce fleur !

L'émotion s'était emparée du *Crève-cœur*, au moment où il avait senti s'extraire de ses cuisses endolories, les ongles acérés de son épouse qui reprenait vie. Elle s'éveillait.

Délicia recula jusqu'à se plaquer contre la paroi humide du gouffre. La peau d'Effluve retrouvait son pâle éclat. Ses cheveux, jusqu'alors parés d'un gris charbonneux, se coloraient progressivement. De la racine jusqu'aux pointes, ils prenaient une teinte rousse flamboyante parsemée de milliers d'éclats dorés. Ses yeux aux iris mordorés, papillonnèrent alors qu'elle se redressait, les mains posées sur sa gorge laiteuse. Elle prit une grande inspiration, regarda dans toutes les directions, puis ses pieds nus foulèrent le sol. Elle fit le tour du trône de pierre froide sans un mot, sans un regard pour la petite *Sorcière Florifère* cachée dans la pénombre.

— Ma fffffleur ! se lamenta Adénosine quand il la vit s'agenouiller devant lui.

Effluve posa ses mains sur sa bouche afin de réfréner un cri de douleur. Adénosine ne pouvait toujours pas se lever pour l'étreindre, les rancœurs continuaient à le grignoter et ses membres grêles étaient vides de toute force vitale. Ses larmes acides continuaient de perler, diluant encore un peu plus les expressions de son visage ravagé. Ses cheveux ne bougeaient plus. Inertes, allongés sur le sol, vidés de la magie d'Effluve, ils ne lui étaient plus d'aucune utilité. Il les perdit tous. Et de cette chevelure lisse et ondoyante, il ne resta qu'un amas velu de poils rêches et emmêlés, un tapis de poussière, les vestiges d'un passé amer.

LES CHEVEUX ÉTAIENT MORTS.

CHEVELURE
VELU RÊCHE

— Ma fffleur ! Mon épouse ! pleura-t-il longuement.
— Qu'ai-je fait ? articula-t-elle enfin.

Sa voix résonna dans le cœur de son époux, comme le chant guilleret d'un oiseau.

— Adénosine ! Pardonne-moi ! ajouta-t-elle éperdue. Pourquoi a-t-il fallu que je cède à cette envie furieuse et égoïste de découvrir cet autre monde ?

— Tu étais libre de le faire, je ne t'en veux pas, murmura Adénosine, submergé par l'émotion.

— Que puis-je faire pour te sauver de tes rancœurs ? Oh ! Mon Adénosine !

Elle se jeta sur lui, insensible à la puanteur qu'il exhalait, indifférente aux morsures des rancœurs qui s'étaient rageusement précipitées sur sa chair blanche et délicieuse. Les petites bêtes se régalèrent quelques secondes et firent couler son sang. Mais bientôt, elles s'écroulèrent, les unes après les autres, inertes. La peau vénéneuse d'Effluve les avait empoisonnées. Alors la fée enserra le visage pâle de son prince, plongea ses prunelles dorées dans son regard de puits sans fond et elle embrassa sa bouche de charogne, elle caressa son crane mis à nu, elle étreignit ses membres décharnés. Elle l'aima comme jamais elle ne l'avait aimé.

Délicia détourna le regard, à la fois gênée par l'impudeur d'Effluve et gagnée par le dégoût. Elle se laissa glisser contre la paroi rocheuse et suintante du gouffre, avant de boucher ses oreilles pour ne pas entendre les sons écœurants générés par ces retrouvailles indécentes.

Quelques longues minutes s'écoulèrent. Elle s'était recroquevillée et regardait le bout de ses pieds en essayant d'y trouver du réconfort. Mais tout était trop lourd ici. L'ambiance était pesante, l'air était vicié, l'atmosphère était moite et le temps inexistant. Elle avait la désagréable sensation de faire du sur place et de s'enliser dans l'étendue boueuse d'un marais. Remettre ce cœur à sa place l'avait épuisée.

Soudain, une pensée s'engouffra dans son esprit embrumé.

Face blanche.

Carnet noir.

Prosopagnosie.

Carnet maudit.

Où était donc passé l'être sans visage ? L'avait-elle vraiment vu ? Était-ce encore une hallucination imposée par le *Crève-cœur* ? Lui qui pouvait modifier les souvenirs à volonté et en fabriquer de nouveaux ! Le pacte n'était pas encore rompu. Le serait-il un jour ?

Décharge électrique.

Zzzztack !

Rupture.

Encore une fois Délicia perdit le contact avec sa part Alcidie. Que s'était-il passé ?

Qui suis-je ? Pourquoi la nuit est-elle noire ?

Délicia ne comprenait toujours pas. Son esprit s'était de nouveau morcelé. Sa part Idiclae recommençait à angoisser. Où était passée Alcidie ? Son cœur était toujours là, elle le sentait battre plus fort. Elle devait être soumise à un stress intense. Mais son esprit s'était comme évaporé. Le pouvoir apaisant de la *Sorcière Aubépine* n'avait plus d'effet, les cœurs s'affolèrent.

Sans l'esprit d'Alcidie, Délicia n'était plus Délicia. Elle n'était plus qu'un demi-esprit, un demi-corps incapable du moindre mouvement. Elle était pétrifiée, à l'image des statues étranges et languides qui avaient enduré d'innombrables effleurements sans ciller.

À fleur de peau.
À corps perdu.
À cœur ouvert.
À perdre haleine.

Délicia luttait.
Puis lentement, le brouillard s'étiola et Alcidie reparut, affaiblie, aux portes de l'oubli, s'agrippant péniblement au lien abstrait qui l'unissait à Idiclae. Délicia était de nouveau elle-même. Les cœurs se calmèrent.

Respire.

— Délicia ? Petite *Sorcière Florifère* ? Que t'arrive-t-il ?

Un individu se tenait agenouillé devant elle et lui parlait doucement. Il la tenait par les épaules pour éviter qu'elle ne s'effondre sur le sol parsemé de brins d'herbe fraiche.

Des brins d'herbe fraiche ?

L'homme aux cheveux ras la regardait droit dans les yeux. Il avait un regard franc et bienveillant. Un regard bleu azur aussi beau que celui de Neven. Un ciel paré de nuages effilochés comme de longs cheveux blancs agités par les ailes d'un ange. Ce regard, le regard profond d'un homme apaisé, se dessinait sur le visage d'Adénosine Carpe Diem. Que s'était-il passé pendant cette courte absence d'Alcidie ? Le semblant d'homme qui avait failli la tuer avait disparu, effacé par la présence princière qui l'aidait maintenant à se lever, pour quitter le coin d'obscurité qui l'avait accueillie. Les traits du visage d'Adénosine étaient aussi doux que le timbre apaisant de sa voix grave. D'ailleurs, cette voix lui était étrangement familière. Malgré cela, à cause de sa prosopagnosie, la physionomie de l'homme lui demeurait étrangère. Une sensation désagréable dans le bas ventre lui révéla toutefois qu'Alcidie ne l'appréciait pas. Par conséquent, bien que son hôte lui parût plus avenant délivré de ses rancœurs, elle se maintint sur ses gardes.

Le cœur qui palpitait sur la main gauche d'Adénosine avait retrouvé le confort de sa cage thoracique et laissait derrière lui un stigmate, un témoin des douleurs passées, une empreinte aux contours boursouflés qui évoquaient la forme d'un cœur. Une image fugace glissa dans l'esprit de Délicia. Elle avait déjà vu cette marque sur la main d'un autre homme.

Autour d'eux, tout avait changé. La lumière était plus chaleureuse. Les flammes de bougeoirs suspendus aux parois du gouffre dansaient sous les caresses d'un souffle tiède, embaumé de parfums subtils. Le sol terreux était recouvert d'herbe fraiche et de plantes luxuriantes qui s'abandonnaient, lascives, au pied des sculptures alanguies, délivrées de l'emprise délétère des cheveux.

Des oiseaux colorés voletaient et piaillaient, emportés par le bonheur qui flottait dans l'air. Et sur le trône de pierre froide, recouvert de coussins et de couvertures, se prélassait Effluve, drapée d'un léger voile de soie blanche parsemé de *Fleuravenirs*. Elle écoutait leurs récits, les doigts perdus dans la toison du renardeau roulé en boule contre son ventre. À ses côtés, l'être sans visage grignotait des mûres qu'il introduisait une à une dans l'entaille effilée de sa gorge. Et de cette bouche affreuse, pourvue de dents tranchantes et d'une large langue bleuâtre avec laquelle il léchait goulûment ses doigts, s'échappait le jus des fruits des bois qui ruisselait jusque sur les pages du carnet maudit.

— Petite *Sorcière Florifère*, susurra Adénosine en essuyant son visage avec un linge humide, ce masque aux couleurs du soleil couchant te donne des allures de guerrière. Mais tu n'es pas une guerrière, n'est-ce pas ?

Elle ne sut que répondre et le laissa effacer le sang séché qui maculait son front, le contour de ses yeux et ses joues.

— Non bien sûr, tu n'es pas une guerrière. Tu es une jeune guérisseuse qui prône la douceur et l'empathie et je sais que je t'ai fait souffrir. Je m'en excuse. Je sais aussi que rien ne pourra effacer de ton souvenir les sévices que tu as dû endurer par ma faute. Grâce à toi, des oiseaux chantent dans mon cœur et la douceur de vivre embaume de nouveau les pièces de mon palais. Mon Effluve est de retour, plus belle que jamais ! Sache que pour cette raison, je suis prêt à t'offrir ce que tu désires : le carnet noir est à toi ! Mais tu dois le détruire pour conjurer le sort. Si tu ne le fais pas, nous serons liés à jamais. Tu seras alors l'une des nôtres pour toujours.

— Pour toujours ? s'inquiéta Délicia.

— Pour toujours.

L'être sans visage s'approcha d'elle en sautillant et lui tendit le carnet du bout de ses doigts maculés de jus violacé. Accroupi, son non-visage penché vers ses genoux, il semblait vouloir lui faire une offrande. Délicia hésita quelques secondes, avant de saisir l'objet d'une main tremblante. Cette étrange créature la terrifiait.

— Merci, marmonna-t-elle à son attention.

La créature rejoignait déjà sa place au pied du trône de pierre, impatiente de pouvoir y déguster d'autres mûres.

— Qui est-il… ou elle ? demanda alors Délicia.

— Il ou elle est le mal qui aveugle tes yeux, le voile qui recouvre tes perceptions, le tombeau qui détient les visages, la cage qui séquestre les couleurs. Il ou elle est ta prosopagnosie, il ou elle disparaitra une fois le carnet détruit.

— Alors je vais le détruire maintenant ! déclara Délicia, rassérénée.

— À ta guise ! répondit Adénosine un sourire timide dessiné sur les lèvres, tandis qu'il rejoignait son épouse d'une démarche languide.

Délicia ouvrit le carnet noir et saisit la première page entre ses doigts, celle sur laquelle elle avait tracé les lettres sanguines avec son porte-plume en bois de rose, trempé dans les pernicieuses *Gouttes de nuit*. Elle tira rageusement, déterminée à arracher cette page pour rompre le pacte du *Crève-cœur*.

— Rends-moi ma vie, carnet de l'oubli !

Mais la page résista. Elle essaya une deuxième fois, plus fort, rien ne se passa. La page semblait indestructible. Alors, elle laissa sa colère sourdre de ses poumons en un cri enragé alourdi par l'exaspération et jeta le carnet.

Adénosine avait rejoint sa douce fleur et s'était allongé à ses côtés. Il caressait négligemment la peau de ses bras, respirait son parfum enivrant, faisait nonchalamment glisser ses doigts dans sa chevelure incandescente, et ses lèvres entrouvertes sur la peau de son cou. Il paraissait avoir complètement oublié la petite *Sorcière Florifère* qui fulminait.

Était-il réellement rongé par la honte ? Ses rancœurs avaient-elles laissé place à la culpabilité ? Non, bien sûr ! Il ne s'appelait pas Adénosine Carpe Diem pour rien. Il était de nature à cueillir le jour présent dans toute son immédiateté. Son présent intemporel était à la fois imprégné du passé et bercé par l'avenir. Mais jamais, au grand jamais, il ne se laisserait de nouveau piéger par l'un de ces souvenirs. Alcidie ne pouvait l'en blâmer, elle qui craignait, par-dessus tout, le passé. Seule Effluve avait le pouvoir de faire douter Adénosine lorsqu'elle se laissait guider par la curiosité. Elle était son univers, son repère, son hier et son demain. Tant qu'elle resterait près de lui, plus rien n'aurait d'importance.

— Il ne t'entend plus, se moqua Effluve en laissant échapper un petit rire facétieux. Je pense qu'il est temps pour toi de nous laisser petite *Sorcière Florifère*, rien ne peut détruire ce carnet maudit hormis cette exaspérante paire de ciseaux vert-de-gris. Mais tu ne la trouveras pas ici ! Les objets faits de métal détestent l'humidité.

— Où puis-je la trouver ? demanda Délicia, déstabilisée.

— Oh ! Ce petit oiseau métallique a dû retourner se cacher quelque part entre les rêves, à l'ombre des ombres. Maintenant file, petite Sorcière ! Mon prince doit être consolé, encore une fois.

Elle rit, de ce rire espiègle et chantant aussi léger qu'un rire d'enfant, avant de lui adresser un petit clin d'œil lourd de sens. Puis, le corps chargé de sensualité, elle se retourna vers son prince Carpe Diem qui l'enlaça amoureusement.

Délicia détourna le regard et ramassa son carnet. Plus personne ne prêtait attention à elle, alors elle se dirigea vers la toute petite porte. À l'idée de parcourir en sens inverse le chemin qu'elle avait emprunté avec Myrtha, un soupçon d'angoisse étreignit son estomac.

Elle saisit d'une main ferme la poignée de la toute petite petite petite porte **sombre**, mais n'osa pas l'ouvrir. C'est alors qu'une main se posa sur la sienne.

Une GRANDE main aussi blanche que la Lune.

Une GRANDE main qui appuyait si fort sur la sienne qu'elle ne put la retirer.

Et au bout de cette GRANDE main, il y avait un looooong bras et un corps froid comme la glace qui l'enlaça. De violents frissons de terreur parcoururent alors le corps de Délicia.

PURE

PEUR

Le corps froid la serrait de plus en plus fort contre lui, à l'aide de son autre GRANDE main maculée de tâches violacées. Délicia ne pouvait plus bouger, la créature sans visage ne semblait pas vouloir la laisser partir. Elle se sentait oppressée, incapable de comprendre ce que ce monstre attendait d'elle.

— Que vas-tu faire de moi ? réussit-elle à articuler.

Alors la GRANDE main posée sur la sienne ouvrit la toute petite petite petite porte **sombre**.

Lentement.

Trèèèèès lentement.

Et la toute petite petite petite porte **sombre** griiiîîîiiiinça.

Derrière, le couloir de pierre froide parcouru de lianes filandreuses avait laissé place à un tunnel tortueux baigné de clair-obscur, parsemé d'herbe dansante et de végétaux extraordinaires. Des phalènes délicates venaient effleurer de leurs ailes poudreuses, les pétales colorés de fleurs endormies. Des lucioles offraient un éclairage incertain, tandis qu'une brise tiède répandait un parfum d'herbe fraîchement coupée.

— Que vas-tu faire de moi ?

Le monstre empoigna la longue chevelure noir corbeau de Délicia, puis l'enroula soigneusement sur elle-même, afin de libérer sa nuque qu'il caressa. Il déposa délicatement le tourbillon de cheveux sur le buste de Délicia, puis étendit lentement ses longs bras qu'il replia devant sa gorge. Enfin, les bras croisés, il posa ses deux GRANDEs mains sur les épaules de la sorcière qu'il agrippa fermement. Puis, comme un jeune homme amoureux, il resserra son étreinte.

Délicia prit peur. Secouée de tremblements, elle se raidit en sentant le souffle glacial de la bête parcourir sa nuque. Et de cette bouche affreuse pourvue de dents tranchantes, jaillit sa langue hideuse, ruisselante de salive. Des sons écœurants, flasques et aqueux, s'insinuaient dans ses oreilles, alors qu'un filet de bave dégoulinait le long de sa colonne vertébrale. Délicia ferma les yeux et hurla quand l'étrange créature lécha doucement son cou, avant de relâcher son étreinte.

Privée de ce soutien répugnant, Délicia s'effondra, les mains posées sur sa gorge humide. Elle pleura à chaudes larmes. Après quelques minutes, haletante, elle tourna la tête pour vérifier si la créature était toujours là.

Elle avait disparu. En lieu et place de son corps difforme, une magnifique cape blanche, parsemée d'éclats de pierre de roche, ceignait l'encolure de sa longue robe noire, comme un morceau de nuit blanche qui berçait l'obscurité. Mais cette cape, aussi belle fut-elle, constituait un poids mort qui pesait lourd sur ses frêles épaules. Délicia préférait, et de loin, la présence réconfortante du châle de Rosamé qui avait disparu, dévoré par le monstre vorace.

Elle serra le carnet contre sa poitrine, se redressa et inspira profondément. Les yeux clos, le visage offert à la brise caressante, elle laissa s'envoler ses craintes, ouvrit la cage à ses oiseaux de malheur et sécha ses larmes.

Ainsi vêtue de sa prosopagnosie, Délicia Aubépine foula la terre constellée de verdure, décidée à trouver l'exaspérante paire de ciseaux qui détruirait le carnet maudit. Mais à peine eut-elle posé le pied sur cette herbe dansante qu'elle sentit les brins délicats qui frôlaient ses chevilles la griffer sauvagement. Elle recula prestement sur le pas de la porte.

— Tourmentine ! Herbe d'égarement, tu ne me piègeras pas ! Je suis Délicia Aubépine, fille de l'aube et du crépuscule, devant moi la magie recule !

Délicia se sentit pousser des ailes et dans son esprit géminé, germa un poème-sortilège.

Tourmentine, laisse-moi déployer mes ÉPINES,

Écrins acérés de mes PEINES,

Tourmentine, honore la fleur au cœur NACRÉ,

Car mon pouvoir y est ANCRÉ,

Tourmentine, afin de ne pas M'ÉGARER,

La graine d'Aubépine GERMERA.

Un filament blanchâtre, parcouru d'épines acérées et de fleurs délicates, jaillit alors du creux de sa paume et se déploya, porté par le souffle du sortilège, comme un long fil d'Ariane qui la guiderait jusqu'à l'ombre des ombres : Solitude.

Solitude la recluse, l'ombre à l'ombre des ombres,
Solitude l'isolée, celle que nul ne peut trouver,
Solitude l'emmurée, laisse venir Idiclae.

Et de tes doigts longs et ternis,
Offre-lui les ciseaux vert-de-gris !

Délicia se mit en route. Les brins de tourmentine, soudain intimidés, ployèrent sous chacun de ses pas. Mais sa cape de prosopagnosie était lourde, pesante, elle semblait prête à l'étrangler. Délicia avait hâte de s'en débarrasser. Maculée de tâches violacées qui s'étalaient comme des gouttes d'encre sur un papier détrempé, l'étoffe aux ondulations organiques ralentissait sa progression. Elle était son handicap, son boulet, le ruban collant et gluant dont on ne pouvait se défaire que difficilement. Délicia avait l'étrange impression de trainer un cadavre dont les soubresauts inattendus annonçaient une imminente transformation en zombie grotesque. La cape fleurait bon les fruits des bois, elle était douce et élégante, mais elle s'accrochait à la moindre brindille, au moindre roncier. Elle trainait comme un sac chargé de sable, un morceau de viande énorme qui léchait le sol et s'y accrochait. Par conséquent, le chemin lui parut aussi long au retour qu'à l'aller, même s'il était plus agréable sans la présence déplaisante de Myrtha et de ses glaciales sujettes.

Peignée par la brise, sa chevelure noir corbeau flottait comme un ruban de brume fuligineuse constellée de bourgeons nacrés.

Rivière noire aux perles nacrées.
Morceau de ciel étoilé.

Délicia enroula une de ses mèches ténébreuses autour d'un de ses doigts rosis par la chaleur ambiante et scruta le fragile bouton qui s'y cramponnait : un bourgeon d'aubépine assoupi, qui dévoilerait bientôt sa blanche corolle à cinq pétales. Ce nom qu'on lui donnait, *Sorcière Florifère*, prenait maintenant tout son sens.

Dans son sillage, une nuée de piérides vêtues de blanc et délicatement nervurées de noir, déployaient leurs ailes plus ou moins transparentes et venaient, tour à tour, déposer des baisers aériens sur ses mains, ses avant-bras, son visage et sa chevelure.

Noir profond, reflets bleu vert.
La magie résidait dans sa tignasse de sorcière.

Le chemin tortueux aux allures d'allée boisée se parait progressivement d'entrelacs odorants de racines colossales. En raison de la lourdeur de sa cape, Délicia avançait péniblement. Depuis combien de temps marchait-elle ? Dix minutes ? Une demi-journée ? Trois jours ?

Le temps, notion inexistante.

Sa part Alcidie n'arrivait pas à apprivoiser cet état de fait. Les notions de temps et d'espace faisaient partie intégrante de son être, elle ne pouvait nier leur existence aussi facilement que sa part Idiclae. C'est ainsi que naquit un conflit intérieur, qui satura encore une fois l'esprit de Délicia.

En proie à des questionnements incessants, Délicia traversa le lieu imprégné du parfum faible et doux des Willis. Elle se remémora alors à ces jeunes femmes, devenues ombres légères et gracieuses après avoir été trahies par des hommes. Splendides dans leurs tenues de noces, couronnées de fleurs et voilées de vapeur, elles voltigeaient comme des feux follets. Sur la scène où s'était joué le terrible ballet clair-obscur enveloppé de soupirs, les belles de nuit avaient failli faire de Neven un cadavre. Malgré cela, Délicia eut un pincement au cœur en pensant à ces tortionnaires condamnées au pire.

Jamais rien ne les apaiserait.

Ni la vengeance ni l'amour.

Rien.

Il était trop tard.

Le site était encore inondé de lueurs spectrales et nimbé d'une brume cotonneuse, qui tourbillonnait autour de l'arc-en-ciel nocturne triomphant. Comme un soupir funèbre qui surveillait le retour de sa proie, la brume guettait en vain le retour de Neven.

Délicia s'engagea sur le chemin aux senteurs immondes

qui avaient failli avoir raison de son estomac. Elle redoutait ce qu'elle allait devoir supporter. Mais aux relents de putréfaction épouvantables qu'elle avait dû respirer, s'était substitués des parfums boisés libérés par des racines recouvertes de mousses humides. Des fragrances enchanteresses de miel et de sève s'évanouissaient sous les exhalaisons végétales aux notes fraiches et aqueuses. L'édifice organique, visiblement apaisé, était envahi par une singulière flore luxuriante qui poussait dans un environnement obscur, à peine éclairé par quelques milliers de lampyres.

Finalement, son errance prit fin dans une atmosphère moite, chargée d'un goût agréable de pluie d'été. Derrière un enchevêtrement alambiqué de racines et de lianes feuillues qu'elle enjamba difficilement, Délicia atteignit enfin les portes du palais.

Les GIGANTESQUES portes couvertes de centaines d'insectes luminescents s'ouvrirent aussi soudainement qu'elles s'étaient fermées.

Alors, un souffle de douceur s'engouffra dans l'antre merveilleux, balayant le feuillage qui soupira sous ses caresses. Sous les assauts du vent, la lourde cape de prosopagnosie ne bougea pas. Elle semblait arrimée au sol.

Les cheveux de Délicia en revanche, soulevés par les bouffées d'air tiède, dessinèrent des lignes ondoyantes et soyeuses, tressées de fins rameaux parcourus d'épines. Les bourgeons floraux, perles de nacre, s'y épanouirent en d'éblouissantes corolles blanches, saupoudrées d'une myriade de particules scintillantes.

Parée de fleurs et d'épines acérées, son carnet noir entre les mains, Délicia Aubépine quitta le palais sans regrets. Et de ses yeux noirs et profonds, elle scruta le clair-obscur horizon.

Derrière elle, le palais s'était métamorphosé.

Ses murs de pierre noire constellés de morceaux de cristal de roche s'étaient adoucis et revêtaient un manteau de feuillages et de lianes qui contournaient des visages souriants.

Autour de ces aimables figures, s'alanguissaient encore les sculptures féériques. Ici, un sylphe emporté par le vent tenait la main menue d'un angelot gracieux, enveloppé par les brumes cotonneuses d'un nuage. Et là, dissimulé sous les ramures d'un arbre, un frêle animal aux aguets épiait un hyménoptère posé sur une fleur délicate. De-ci, de-là, se déployaient les ailes d'insectes merveilleux qui paradaient, vaniteux, entre les courbures de lianes feuillues. Et partout, dans les recoins alambiqués de la façade, des monstres hideux souriaient aux fées. Le beau, le laid s'étreignaient pour l'éternité.

ÉTERNITÉ
ÉTREINTE

Délicia était toujours subjuguée par l'immense bâtisse endormie qui semblait sur le point de s'animer. La vision de cet étrange palais lui procurait des frissons involontaires. Elle le voyait encore comme un monstre goulu, un concentré d'émotions à fleur de peau, un corps engourdi qui exsudait un brouillamini de non-dits et de souvenirs enfouis loin, très loin, en plein cœur du chaos. Mais entre ombre et lumière, des formes rampantes et scintillantes glissaient comme des colliers de diamant qui renfermaient un précieux trésor : la lueur d'un bonheur éternel.

Harmonie paradoxale.
Obscurité lumineuse.

Le mystérieux tombeau empli de larmes et de silence avait laissé place à un palais gorgé d'amour et de soupirs.

Et sous les pieds de Délicia, en lieu et place de l'îlot rocheux aux bords escarpés, s'étendait une colline verdoyante, vêtue d'un long manteau d'herbe soyeuse, d'une superbe cape vert tourmentine.

Vert-de-gris

> « *Il va donc voyager, voir du pays, non seulement les contrées terrestres, mais surtout les mondes innombrables de l'ailleurs et de l'intérieur qui peu à peu se réveillent, se révèlent dans le secret du cœur.* »
>
> *Une robe de la couleur du temps - Jacqueline Kelen*

Délicia s'assit un instant dans l'herbe fraiche qui accueillait des fleurs multicolores. Elle observait les oiseaux qui déployaient leurs ailes dans le crépuscule éternel et les petits animaux qui gambadaient sur les flancs de la colline. En contrebas, semblable à un miroir, reposait la vaste étendue d'eau calme, le sombre tombeau miroitant dans lequel dansaient des reflets de nuit, des souvenirs dans lesquels se noyer.

Plus loin, entre les arbres immenses de la *Forêt sans fin*, serpentaient les chemins d'une blancheur aveuglante, parsemés d'éclats de pierres de lune qui scintillaient comme la neige sous un soleil d'hiver. Les accroche-cœurs lactescents, qui ceinturaient la végétation aux tonalités nocturnes, semblaient prendre vie. Le berceau des ombres dansantes du crépuscule s'éveillait. À perte de vue, d'interminables tentacules opalins dessinaient des motifs irréguliers faits de courbures qui mangeaient les bordures du lac comme l'iris cerne la pupille. Vu des hauteurs de la colline, cette image était plus prégnante encore. Délicia se sentit soudain observée. Elle se sentit déshabillée par le regard profond de la femme-univers. Mais cette femme était-elle vraiment une femme ? Peut-être était-ce l'imagination d'Alcidie qui l'avait ainsi dotée de cette apparence ? Peut-être était-ce son imagination qui avait modelé ce paysage tout entier ?

En plongeant à cœur ouvert et à corps perdu dans le *Clair-obscur*, Alcidie avait apporté sa vision des choses, ses perceptions, ses sensations, ses émotions, ses interprétations, ses souvenirs conscients ou inconscients : son for intérieur.

Le *Clair-obscur* était-il aussi facile à modeler qu'un souvenir passé ? Était-il, lui aussi, semblable à un bonbon ? Un noyau de vérité enrobé de couches d'interprétations subjectives, acidulées, sucrées ou amères, que l'on ajoutait au fil de nos états d'âme et de nos expériences de vie ?

Était-il un pan de vie dénoyauté ?
Le souffle d'un rêve ?
L'écho inquiétant d'un cauchemar ?
Le cœur du mystère ?
Le cœur de son hêtre ?
Le cœur de son être ?

NOYAU DE LA VÉRITÉ
DÉNOYAUTER LA VIE

Oui, peut-être que Crépuscule, la femme-univers, l'ange de nuit aux mille cheveux scintillants, ne faisait qu'un avec l'arbre nommé *Crépuscule*, le monarque du soleil couchant. Un hêtre dont la ramure dansait avec le bleu du ciel, un arbre qui pouvait prendre l'apparence d'une femme, l'apparence d'un royaume. Et cet hêtre-être-univers renfermait peut-être le cœur du mystère sous son écorce-armure. Lui, qui avait été le témoin de tous les récits tracés de la main d'Alcidie, gardait peut-être en otage le cœur de son être, son for intérieur, ses blessures les plus intimes. Devrait-elle réécouter le battement de ce cœur en déposant une oreille attentive sur son écorce protectrice ? Les réponses se cachaient-elles sous la peau râpeuse de son hêtre-être-univers ?

Devrait-elle RÉÉCOUTER le CŒUR de son ÊTRE ?

Son attention se porta sur le magnifique carnet qu'elle s'apprêtait à détruire. Sa couverture noire était constellée d'éclats scintillants, au sein desquels étaient maintenant piégés de minuscules arcs-en-ciel. Les mêmes éclats aux reflets irisés pailletaient sa lourde cape qu'elle caressa d'un geste mélancolique.

Tu es si lourde et inquiétante ! Mais tu es magnifique. Pour autant, je ne te regretterai pas ! Je suis prête à te détruire pour libérer les couleurs piégées dans tes éclats de cristal et les visages enfouis dans la profondeur de ta nuit blanche.

Délicia suivi des yeux le filament d'aubépine qui guida son regard jusqu'à la rive du lac. Une barque était arrimée à un ponton de bois qu'elle n'avait pas remarqué à son arrivée. Elle devait être trop étourdie par la danse endiablée de Myrtha pour être en mesure de scruter son environnement. Elle se leva afin de la rejoindre. Il était plus aisé de trainer sa lourde cape sur la pente abrupte de la colline verdoyante. Elle avait presque oublié la présence de l'étoffe qui glissait à sa suite comme un poids mort. Jusqu'à ce qu'elle pose un pied sur la petite barque.

Déséquilibre et désillusion,
Ses yeux rougirent de déception.

Fragilité de l'embarcation,
Ses yeux supplièrent l'horizon.

Respiiire.

Elle se rendit à l'évidence : drapée de cette lourde étoffe, il était impossible de s'installer sur la frêle embarcation sans risquer de sombrer comme une pierre et d'être avalée par les flots noirs du lac. Emportée par le poids de sa cape, elle risquait de finir noyée, encerclée par des fantômes du passé qui la grignoteraient peu à peu. Une fin tragique et terrifiante !

Le lien-sortilège qu'elle avait déployé pour sortir du palais la guidait pourtant jusque-là. Mais il était hors de question qu'elle suive ce chemin qui la mènerait à une mort certaine. Elle se mit alors en tête de faire le tour de la colline. Peut-être y avait-il des embarcations plus imposantes de l'autre côté ?

Avant de partir, elle dévisagea son reflet, offert par la surface miroitante du lac. Bien sûr, elle ne le reconnaissait plus. Mais cela ne l'empêchait pas d'y déceler un changement infime. Il y avait dans le fond de ses yeux, un soupçon d'assurance qu'elle n'avait encore jamais vu, ni dans le regard profond d'Alcidie ni dans celui, songeur, de sa sœur Idiclae.

Délicia se perdait dans la contemplation de son visage. Sa vue se troublait, la noirceur de son reflet avait quelque chose d'hypnotique. Le lac l'envoûtait de nouveau. Elle était prête à plonger dans ses profondeurs glacées, quand une chose terriblement froide enserra sa cheville droite. Parcourue de frissons involontaires, elle sortit de sa torpeur et souleva doucement les pans de sa longue robe noire.

Une **MAIN** !

Une *looooooongue* **MAIN** froide et **sombre** enserrait sa cheville.

Une *looooooongue* **MAIN** froide et **sombre** qui émanait du lac dans lequel dansaient les reflets de nuit.

Et juste à côté, une autre *looooooongue* **MAIN** froide et **sombre** jaillit lentement des flots.

Et dans cette autre *looooooongue* **MAIN** froide et **sombre** brillait, humide et triomphante, la paire de ciseaux vert-de-gris.

— Solitude ? s'étonna Délicia.

La fin du poème sortilège, qu'elle avait déclamé plus tôt, lui revint alors en tête comme une vague d'évidence.

Solitude la recluse, l'ombre à l'ombre des ombres,
Solitude l'isolée, celle que nul ne peut trouver,
Solitude l'emmurée, laisse venir Idiclae.

Et de tes doigts longs et ternis,
Offre-lui les ciseaux vert-de-gris

— J'ai entendu ton appel, Idiclae. Toi qui t'enivrais du parfum des roses et gambadais dans les allées du cimetière des Virides à la recherche de ta sœur. Es-tu heureuse de l'avoir enfin trouvée ? demanda-t-elle d'une voix lointaine qui résonnait comme un murmure amplifié par Écho.

— Oui, je suis heureuse, répondit Délicia. Et toi, as-tu retrouvé le cœur de Mystère ?

— À l'instant même ! Je reconnais le rythme de ses battements, j'entends cette petite musique qui m'est si chère, elle résonne au cœur de ton être, susurra Solitude. Il faut maintenant le remettre à sa place, au cimetière des Virides.

— J'en serais ravie, mais Idiclae a oublié le chemin qui y mène quand elle s'en est éloignée. Acceptes-tu de me guider ?

— Je te guiderai vers les jardins des *Sorcières Florifères*. Elles te révèleront le chemin du cimetière, répondit l'ombre d'un ton résolu.

— Solitude, reconnais-tu le cœur inconnu qui bât au sein de ma cage thoracique ? Celui qui se love entre les deux miens, comme un enfant effrayé par un monstre qui se cale entre ses parents.

— Laisse-moi écouter sa petite musique, répondit l'ombre, avant de déposer une de ses *loooooooongues* **MAINS** froides et **sombres** tout contre sa poitrine.

Le froid que Délicia ressentit à ce moment-là lui rappela son voyage désagréable dans les méandres du palais d'Adénosine, en compagnie de la glaciale Myrtha.

Où est Prunelle ? se demanda-t-elle alors. *Est-elle en sécurité avec ces fées si peu enclines à protéger leurs petits ?*

— Non, affirma Solitude, je ne reconnais pas ce cœur qui se dérobe et se faufile dans tes entrailles à la recherche d'un lieu apaisant. Il semble réconforté par tes deux cœurs, Délicia. Mais il risque de s'endormir pour toujours si tu le gardes en toi trop longtemps. Une overdose de sang d'Aubépine lui serait fatale. Hâte-toi de retrouver son propriétaire ou celui-ci n'a aucune chance de revoir le jour.

— Oui, je le sais. Il se laisse bercer par mon double pouls, il se sent bien, un peu trop bien, mais je ne sais pas à qui il appartient.

— Tu trouveras ta réponse au cimetière des Virides, répondit Solitude, Mystère saura à qui appartient ce cœur. Elle sait à qui appartient toute chose.

— Avant que nous partions, ajouta Délicia, je dois détruire ce carnet maudit. Je retrouverai alors les visages et les couleurs et cette cape encombrante disparaîtra.

Dissimulée dans les eaux sombres du lac, l'ombre déploya alors ses deux *looooooooongues* **MAINS** froides et **sombres**, qu'elle étala comme un plateau à offrandes, sur lequel reposaient les ciseaux vert-de-gris.

Fébrile, Délicia s'empara de l'étrange outil. Elle s'assit dans l'herbe grasse, sur la rive du lac aux reflets de nuit et installa le carnet noir sur ses genoux. Elle l'ouvrit délicatement et saisit la première page imprégnée des pernicieuses *Gouttes de nuit*. Déterminée à rompre le pacte du *Crève-cœur*, elle écarta les lames vert-de-gris, les disposa de part et d'autre de la page au vœu et déclara :

— Rends-moi ma vie, carnet de l'oubli !

La première entaille lui procura une sensation de liberté mais très vite, elle ressentit une douleur insoutenable qui sourdait de son for intérieur. Un liquide rouge et poisseux ruissela le long de l'incision, tandis qu'au creux de son ventre, la douleur crût. Ce fut un vrai supplice.

Atroce douleur.

Hurlement crève-cœur.

Le sang des lettres, le nectar du carnet, maculait ses doigts qu'elle cramponnait au papier.

NECTAR

CARNET

Ce pacte de sang était plus ancré dans sa chair qu'elle ne l'aurait cru. Si franchir les limites avait été douloureux, rompre des liens l'était plus encore.

Pour ajouter au calvaire de la pauvre Délicia, des organismes hématophages, attirés par l'odeur du sang, s'approchèrent pour se sustenter. Hélas, le nectar du carnet ne suffit pas à rassasier la nuée de taons aux mandibules acérées. Ils se ruèrent sur la chair de ses bras qu'ils mordirent violemment. Il fallait venir à bout de cette maudite page, la découper jusqu'à ce qu'elle se détache complètement. Malheureusement, à chaque nouvelle entaille la douleur s'amplifiait. Au troisième coup de ciseaux, Délicia hurla et lâcha le carnet ensanglanté. Elle se recroquevilla, traversée par d'épouvantables souffrances. Elle ne se sentait pas assez forte pour endurer ces sévices. Il fallait pourtant rompre ce lien délétère une fois pour toutes. Les taons finirent par la laisser tranquille, apaisés par les substances relaxantes qui circulaient dans ses veines. Solitude l'observait, toujours dissimulée dans l'eau.

— Il faut que tu continues, souffla-t-elle. Il faut que tu te débarrasses de cette cape qui entrave le moindre de tes mouvements.

Larmoyante, Délicia se redressa, saisit le carnet et prit une grande inspiration. Puis elle coupa et coupa encore une fois. Ses entrailles semblaient se déchirer dans le même temps. Sa vue se troubla, elle était sur le point de perdre connaissance mais elle résista. Enfin, elle s'apprêtait à donner le coup de grâce au carnet maudit. Elle fit une pause afin de se préparer à la souffrance que lui procurerait cette dernière entaille. Ses mains étaient moites. Elle les fit glisser sur sa robe avant d'empoigner l'outil vert-de-gris d'une main ferme. Elle ferma les yeux.

Une dernière entaille.
Une dernière douloureuse entaille.
Une dernière douloureuse et salvatrice entaille.

COUIC !

La jeune *Sorcière Florifère* s'effondra. Terrassée par cette cruelle épreuve. Il était temps. Elle n'aurait pas pu en supporter davantage. Alcidie sanglotait au fond d'elle, tandis qu'Idiclae reprenait son souffle. Elle resta prostrée pendant un long moment, le regard perdu dans le crépuscule éternel. Mais, intriguée par des lamentations étouffées qui semblaient émaner des lettres sanguines, elle se redressa péniblement.

Alors qu'elle sortait progressivement de sa torpeur, les lettres du pacte s'effacèrent une à une. Les petits éclats de pierre de roche disséminés sur le carnet se fendirent alors et délivrèrent des couleurs arc-en-ciel qui tourbillonnèrent. Enfin, lentement, le carnet s'évapora, emporté par la brise comme un songe oublié. Il faisait maintenant partie du passé.

À son tour, la lourde cape de prosopagnosie disparut dans un souffle, libérant dans son sillage les couleurs et les visages.

Délicia, délestée d'un poids, s'allongea de nouveau sur la pelouse. Elle ferma les yeux, écarta ses bras meurtris par les bêtes voraces et laissa les visages revenir un à un.

Quel soulagement !

Traversée par une bouffée d'allégresse, elle rit aux éclats, retira ses chaussures, puis embrassa les ciseaux vert-de-gris qu'elle attacha autour de son cou avec la fiole de *Gouttes de rosée*. Alors, le cœur léger, les yeux emplis de larmes de joie et l'esprit libre, elle s'envola, ivre de bonheur. Solitude, qui n'avait rien manqué de sa délivrance, agrippa ses cheveux avant qu'elle ne s'éloigne et se perde dans le firmament, portée par cette vague d'euphorie.

— Un peu de gravité ne te ferait pas de mal ! cria-t-elle.

Dissimulée sous la surface de l'eau comme une goutte d'encre noire dans son flacon de verre, l'ombre à l'ombre des ombres glissa parmi les fantômes du passé, aussi discrètement qu'un murmure, plus silencieuse que jamais. Elle nagea vers la *Forêt sans fin*. Ses doigts longs et ternis, qui semblaient faits de la matière même du lac, agrippaient la chevelure de Délicia. Cette dernière essayait de toucher l'empyrée clair-obscur du bout de ses pieds nus. Enivrée par le bonheur, la *Sorcière Aubépine* était en proie à un délire exquis qu'elle n'avait pas envie de quitter. Une joyeuse bouffée délirante lui faisait dire n'importe quoi.

— Dis-moi, Solitude, s'enquit-elle la tête en bas, as-tu remarqué que ma robe ainsi gonflée par l'euphorie ressemble à un parapluie renversé ? Je me sens l'âme d'une Mary Poppins ! ajouta-t-elle hilare, en joignant ses pieds en canard.

— Je ne sais pas ce qu'est un parapluie, répondit Solitude, amère. Le sang te monte à la tête. Mais ne t'inquiète pas, Spinosa saura te remettre les pieds sur terre !

— Spinosa ? Oh ! Comme j'ai hâte d'écouter son parfum de prune et de respirer ce qu'il a à me dire ! Quand il saura ce que j'ai fait du carnet, il en perdra ses épines ! Les bras m'en tombent rien que d'y penser ! plaisanta-t-elle en les levant vers le bas.

Elle éclata d'un rire franc qui lui fit monter les larmes aux yeux. Solitude restait impassible. Elle accéléra la cadence, impatiente de pouvoir rendre son cœur à Mystère.

— Solitude, mes yeux pleuvent sur toi ! s'esclaffa Délicia, le regard braqué sur l'ombre diluée dans les eaux du lac. Mes gouttes de joie ont-elles le pouvoir de transformer les mauvaises expériences en souvenirs heureux ?

— J'en doute...

— Solitude, pourquoi souhaitais-tu à ce point retrouver le cœur de Mystère ?

— Parce que je suis son ombre, son amie la plus fidèle et que je souhaite plus que tout que nous soyons de nouveau unies.

— *L'Oncle Miroir* affirmait que son cœur était la clé du mystère. Je ne crois pas qu'un cœur puisse être une clé ! Ni qu'un corbeau ressemble à un bureau ! Le mystère reste entier !

— Délicia, il faut remettre le cœur de Mystère à sa place pour laisser les souvenirs affluer de nouveau. C'est en cela qu'il est une clé.

— J'en suis toute retournée !

— Évidemment, tu as la tête en bas... s'exaspéra Solitude.

— Je suis sérieuse, peu importe que je sois à l'envers ou à l'endroit ! Cette histoire n'a aucun sens pour moi ! ajouta Délicia en fronçant les sourcils.

— Depuis qu'elle a perdu son cœur, Mystère dort profondément et avec elle, sommeillent des souvenirs enfouis dans ses veines, dans ses liens de lierre.

— Oh ! Je commence à comprendre ! Des liens de lierre m'ont montré les souvenirs enfouis d'Effluve ! Le LIERRE est un lien censé nous RELIER à l'IRRÉEL ! Le lien vers les souvenirs enfouis, loin, très loin, en plein cœur du chaos !

— Si tu remets le cœur de Mystère à sa place, ajouta Solitude, tu retrouveras tes souvenirs enfouis.

— Alcidie ne va pas apprécier, elle exècre remuer le passé. Pour elle, c'est un danger qu'il faut absolument éviter !

— Si tu remets le cœur de Mystère à sa place, osa alors Solitude, tu obtiendras la réponse à cette question cruciale qu'Alcidie se pose depuis tant d'années.

— Pourquoi nous a-t-il abandonnées ? s'exclama Délicia, les yeux écarquillés. Dans ce cas, allons trouver Mystère !

Solitude atteignit enfin la rive opposée du lac. Spinosa les y attendait, inquiet mais soulagé de voir que Délicia Aubépine était encore en vie.

— Chère Délicia ! balbutia-t-il en s'emparant de la chevelure de la jeune fille qui flottait comme un ballon de baudruche, la tête en bas. Que s'est-il passé ? Je me suis tant inquiété pour vous !

— Oh ! Comme c'est adorable ! Mais ne vous inquiétez plus ! J'ai détruit le carnet noir, j'en suis toute retournée !

Elle rit d'un rire étrange, à la fois nerveux et enjoué.

— Je vois, répondit Spinosa. Voici quelques prunelles. Mangez-les doucement, elles vont vous aider à retrouver une certaine stabilité émotionnelle.

Spinosa l'aida alors à se remettre à l'endroit. Il enroula ses membres épineux autour de ses chevilles afin de la maintenir dans le bon sens pendant qu'elle dégustait ses prunelles. Sa chevelure, gagnée elle aussi par l'euphorie, s'étalaient en une couronne enténébrée, parcourue de bourgeons nacrés et de fleurs.

— Vos étreintes épineuses ne m'ont pas manqué Spinosa ! crachouilla-t-elle entre deux bouchées juteuses. C'est toujours aussi douloureux. Et puis… j'ai la tête qui tourne. Oui, vous me faite tourner la tête à chaque fois que je vous vois !

— Un peu de gravité ne te fera pas de mal ! s'exclama Solitude qui n'était toujours pas sortie du lac. J'ai du mal à supporter ton humour absurde.

Délicia reprenait peu à peu ses esprits. Elle toucha le sol du bout de ses orteils, la gravité semblait retrouver une emprise sur son corps. Quand elle eut complètement posé les pieds sur la terre ferme, elle se rendit compte qu'elle avait oublié ses chaussures sur le tapis d'herbe folle de la colline verdoyante.

Malgré cela, la texture du sol était agréable, elle avait l'impression de se tenir debout sur un matelas molletonné et soyeux. Elle souleva alors les pans de sa longue robe noire pour regarder ses pieds nus s'enfoncer dans l'étrange chevelure qui recouvrait le sol de la *Forêt sans fin*.

Deux prunelles s'étaient délicatement lovées entre deux accroche-cœurs lactescents. Deux prunelles de la *Mère du bois* qui lui rappelèrent les pupilles ombrageuses des yeux de son amie Prunelle. Le trop joli changelin, l'inchangé rejeté par les fées.

L'INCHANGÉ
CHANGELIN

Fiévreuse, Délicia redressa subitement la tête vers Spinosa.

— Savez-vous où est Prunelle ? s'enquit-elle haletante. Les Willis l'ont emmenée. J'ai peur que les fées ne décident de la tuer !

—J'ai vu passer les Willis, mais je n'étais pas en mesure d'aider votre amie Prunelle. Vous le savez, je ne peux m'éloigner de la *Mère du bois* sans en pâtir. Heureusement, une *Sorcière Florifère* qui passait par là a pu la secourir. Elle est en sécurité dans les *Jardins intérieurs*.

— Alors, allons-y, Délicia Aubépine! intervint Solitude qui s'extrayait lentement de l'eau.

L'ombre se mit tout de suite en route, dégoulinante de gouttes qui glissaient comme des anguilles effarouchées à la recherche d'un abri. Les souvenirs passés retournaient prestement se cacher dans les profondeurs mystérieuses de la vaste étendue d'eau noire.

— Spinosa, j'espère vous revoir bientôt, déclara Délicia, avant de se précipiter à la suite de Solitude qui n'avait aucune intention de s'éterniser.

— Peut-être, chère Délicia, répondit le prunus. Ne vous éloignez pas de votre chemin! Et prenez garde, les *Noires-Sœurs* rôdent entre les cauchemars!

— Les *Noires-Sœurs*? s'étonna Délicia.

À côté d'elle, Solitude était imposante. Elle devait faire au moins deux mètres de hauteur. C'était une splendide ombre, une magnifique silhouette charbonneuse aussi légère et discrète qu'un murmure.

— Les *Noires-Sœurs* sont des âmes perdues, les sœurs du chaos. Elles sont sournoises, il faut absolument s'en méfier, répondit Solitude.

— Oh! Oui, c'est une évidence! s'écria Délicia. Comment ai-je pu les oublier?

Solitude se déplaçait gracieusement. Ses pas feutrés ne laissaient aucunes traces sur son passage. Au contraire de la pauvre Délicia qui peinait à mettre un pied devant l'autre. Ses jambes menues s'enfonçaient progressivement dans l'épaisseur de la chevelure qui recouvrait le sol. Les mèches s'enroulaient autour de ses mollets et manquaient de la faire tomber à chacun de ses pas.

— Attends-moi, Solitude! s'écria-t-elle. Je crois bien que ces cheveux sont hostiles à l'idée que je pénètre dans leur forêt.

— Tu es porteuse des ciseaux vert-de-gris, Délicia Aubépine! s'emporta Solitude. Crois-tu qu'une chevelure puisse résister à ses lames tranchantes ? Et souviens-toi bien de cela : tu es une *Sorcière Florifère*. Et les *Sorcières Florifères* sont intouchables dans le *Clair-obscur*. Cette chevelure ne te veut aucun mal. Bien au contraire.

La chevelure souhaitait la soutenir, pas l'empêcher d'avancer. Il fallait qu'elle se laisse aller, qu'elle se détende, qu'elle laisse s'envoler ses craintes. Qu'elle se laisse porter par la chevelure ondoyante du crépuscule éternel et qu'elle redevienne enfin elle-même. Qu'elle redevienne enfin Délicia Aubépine, la sorcière parée d'épines blanches, la fille de l'aube aux fleurs guérisseuses.

Sa mémoire de l'avenir affluait, elle ne s'effacerait plus jamais. Tout son supposé savoir futur de *Sorcière Florifère*, celui qu'elle aurait dû engranger au fil du temps et avec l'expérience, lui était délivré sous forme de souvenirs venus d'un autre univers.

SOUVENIR
Ô UNIVERS

IV

Jardins intérieurs

« L'intime, qu'est-ce donc ?
sinon quelque ciel exalté
lapidé d'oiseaux et creusé profond
par les vents du retour. »

Extrait, Le Vent du retour.
Rainer Maria Rilke
Traduit de l'allemand par Claude Vigée

Délicia glissait sur les chemins de la *Forêt sans fin*, comme une bouteille à la mer. La chevelure blanche et scintillante s'enroulait, soyeuse et délicate, autour de son corps. Le temps, inexistant, lui parut revêtir les traits de l'éternité.

Caresses langoureuses,
Sur mes membres alanguis.

Chevelure charmeuse,
Qui se cambre et s'épanouit.

Errance délicieuse,
Antichambre de l'ennui.

Comme une princesse enfermée au sommet de la plus haute tour d'un château, Délicia soupira.

— Le voyage est si long, Solitude. Quel ennui.

— Nous venons seulement de partir ! s'indigna l'ombre.

— J'ai l'impression de glisser depuis des temps immémoriaux !

— C'est parce que tes souvenirs du futur affectent les repères spatio-temporels qu'Alcidie essaye encore de retrouver. Tu es illusionnée par ses sensations perdues.

— Quel désordre assommant ! Ma tête est pleine de non-sens et de contradictions, déplora Délicia.

— Tu devrais manger quelques prunelles de plus, proposa Solitude. Spinosa en a glissé dans ta poche.

— Ah ! Oui, c'est certainement la meilleure chose à faire en ces temps troublés. Merci pour ce précieux conseil, Solitude.

Le chemin vers les *Jardins intérieurs* serpentait entre les arbres immenses qui semblaient ployer sur leur passage. Ils s'étiraient loin, très loin vers l'empyrée qu'ils frôlaient de leurs cimes affectueuses. Des oiseaux étranges inondaient le ciel de leurs chants mélodieux, tandis que des fleurs aux couleurs reposantes diffusaient des senteurs ensorcelantes.

La Forêt sans fin était plus accueillante qu'un berceau. Elle cajolait l'esprit et caressait le corps. Elle déployait des trésors de douceur pour endormir les craintes et apaiser les plus méfiants. Mais Délicia le savait, il ne fallait jamais se fier aux apparences, surtout celles qui vous poussaient à rendre les armes. Grâce à ses souvenirs de l'avenir qui continuaient à affluer, elle connaissait cette forêt par cœur et elle savait que ses chemins menaient dangereusement à l'abandon. Il ne fallait pas s'y oublier, sans quoi vous étiez certains de finir dévorés par ces arbres au port si délicat, par ces oiseaux aux chants si plaisants, par ces fleurs aux senteurs si envoûtantes. Dans cet antre de calme et de volupté, le rêve pouvait très vite virer au cauchemar.

Parmi tous ces chemins, le seul que Délicia était incapable de retrouver était celui du cimetière des Virides.

Pourquoi ?

Parce que ce cimetière renfermait un mystère que sa part

Alcidie avait peur de percer. Elle avait donc enfoui son souvenir loin, très loin, dans les oubliettes de sa mémoire.

Une fois le cœur de Mystère remis à sa place, Délicia aurait tout le loisir de poser cette question qui tourmentait Alcidie depuis si longtemps.

Pourquoi nous a-t-il abandonnées ?

Elle redoutait d'obtenir une réponse, presqu'autant qu'elle angoissait à l'idée de ne pas en avoir. Mais ce qui l'épouvantait vraiment, c'était cette idée terrible qui s'était sournoisement insinuée dans son esprit.

Si elle obtenait la réponse à sa question capitale, les liens du mystère desserreraient l'étau qui comprimait son cœur depuis si longtemps. Or, ils réveilleraient, dans le même temps, le petit monstre de douleur qui sommeillait en elle. Alors, cette petite créature enfantée par les épines qui s'étaient un jour plantées dans son cœur tendre d'enfant, se changerait de nouveau en bête hargneuse qui n'hésiterait pas à l'engloutir tout entier. C'était cela, sa plus grande angoisse : voir la réalité en face et s'effondrer de douleur.

RÉALITÉ ALTIÈRE

Plus Solitude et Délicia avançaient, plus elles s'enfonçaient dans les méandres inconstants de cette forêt incommensurable, plus les bêtes cachées sous la surface angélique des cheveux couleur de neige se montraient.

Leurs yeux avides de cruauté flottaient à la surface du torrent filandreux, comme des feuilles mortes sur le courant d'une rivière. Les cheveux blancs, paupières claires et duveteuses soulignaient la profondeur nébuleuse de leurs regards assassins. Des cauchemars, que Délicia devinait cachés dans les sillons de l'écorce des arbres, s'apprêtaient à s'extraire de leur tanière pour l'effrayer. Mais Délicia n'avait qu'à les dévisager pour qu'ils reculent et se terrent de nouveau, trop apeurés par l'infinité de rêves qui colorait ses grands yeux.

Un cri terrifiant retentit soudain. Les cheveux de Délicia s'agitèrent. Ses poils se hérissèrent sur son corps et son sang ne fit qu'un tour. Un autre hurlement déchira l'atmosphère paisible pour y creuser des sillons de douleur. À quelques pas, une femme pâle aux cheveux courts ponctuait ses larmes d'éclats de voix rageurs. Sa détresse se répandait en de longs sanglots qui creusaient d'horribles cernes sous ses yeux vert tourmaline. Fiévreuse et secouée par des spasmes irréguliers, elle flottait comme un ballon à quelques mètres du sol. Enfermée dans une cage singulière faite de cheveux opalins entortillés, la furie délirante répétait sans cesse d'une voix stridente :

— Couic ! Couic ! Couic !

Puis elle riait à gorge déployée, d'un rire de démente mêlé à ses larmes de rage.

— Ne fais pas attention à elle, murmura Solitude.

— Elle a l'air terrifiée, répondit Délicia. Je peux peut-être essayer de l'apaiser ? Je peux certainement couper les barreaux de cette cage avec les ciseaux vert-de-gris.

— Il n'en est pas question ! objecta Solitude, visiblement en colère. C'est une *Noire-Sœur*, une des sœurs du chaos. Elle pourrait s'en prendre à toi, ne t'approche surtout pas d'elle.

— On lui a coupé les cheveux... Je ne risque plus rien !

— Elle est encore contagieuse. Si elle effleure ta cicatrice chéloïde, elle t'inoculera sa noirceur. Passons notre chemin.

— Il me manque quelques souvenirs de l'avenir, surtout ceux qui concernent les *Noires-Sœurs*. Je vais donc me fier à ton jugement, Solitude. Allons-y.

Subitement, la furie s'était tue. Elle flottait, droite et concentrée. Elle ne pleurait plus. Elle ne riait plus. Son regard impénétrable déstabilisa un instant Délicia qui se figea.

— Couic ! susurra la *Noire-Sœur* en pointant un doigt enténébré vers la paire de ciseaux vert-de-gris.

Terrifiée, Délicia porta les mains à sa poitrine et serra l'oiseau métallique entre ses doigts frémissants. Alors, dans un accès de fureur, la *Noire-Sœur* se rua vers elle en hurlant.

— COUIC ! COUIC ! COUIC !

Les yeux révulsés, elle tendit les bras vers la paire de ciseaux. Délicia ne pouvait plus bouger. Elle était pétrifiée par l'angoisse qui affluait en même temps que d'autres souvenirs de l'avenir. Solitude l'empoigna avant que les doigts infectés de la furie ne l'effleurent, tandis que les barreaux de cheveux, jusque-là pétrifiés, se déployèrent en de longs rubans qui vinrent fouetter et sangler l'affreuse *Noire-Sœur*. Si bien qu'en lieu et place de la cage de cheveux délicatement tressés, il ne resta bientôt plus qu'un cocon. Ainsi, la *Noire-Sœur* ressemblait à une momie suspendue à un arbre. Une drôle de chrysalide dont s'échappaient des éclats de voix étouffés.

— Solitude... murmura Délicia, d'une voix chevrotante.

— Oui ?

— Merci... souffla-t-elle, encore sous le choc.

— Remettons-nous en route, répondit l'ombre en lui prenant la main.

Elles marchèrent ainsi, main dans la main, silencieuses et pensives, jusqu'à ce que les cheveux de Délicia s'agitent plus que de coutume.

— Nous approchons enfin du but, Solitude. Je le sens. Mes cheveux sont plus légers que jamais. Bientôt, ils se dresseront sur ma tête comme les serpents sur le crâne de Méduse !

Elles étaient effectivement arrivées à destination. Devant elles, le chemin se divisait en deux branches qui contournaient une vaste clairière recouverte d'un manteau vert. Les *Jardins intérieurs* s'épanouissaient en plein cœur du champ de tourmentine. Par conséquent, personne n'était en mesure d'y accéder en dehors des

Sorcières Florifères, les seules à pouvoir plier les brins d'herbe à leur volonté. Délicia était sur le point de fouler la verte étendue, quand quelque chose attira son attention. À quelques mètres devant elle, illuminée par les faibles lueurs du crépuscule, une toute petite silhouette était recroquevillée.

Une toute petite silhouette d'enfant.

Une toute petite silhouette d'enfant roulée en boule.

Une toute petite silhouette d'enfant roulée en boule, enveloppée de tristesse et de sanglots.

Délicia fit un pas dans sa direction, espérant pouvoir l'apaiser, mais l'herbe d'égarement n'était pas décidée à la laisser entrer sereinement sur son territoire. À peine eut-elle posé le pied sur la verdure prodigieuse qu'elle sentit ses brins acérés la griffer sauvagement.

— Tu dois lui dire qui tu es, intervint Solitude.

Délicia ne se fit pas prier, elle devait approcher l'enfant égaré qui sanglotait dans la pénombre.

— Tourmentine ! Herbe d'égarement, tu ne me piègeras pas ! Je suis Délicia Aubépine, fille de l'aube et du crépuscule, devant moi la magie recule !

Le vent puissant du sortilège balaya Tourmentine qui abdiqua. Les brins enragés ployèrent sur le passage de Délicia lorsqu'elle s'avança vers l'enfant perdu.

— Ailill ! souffla-t-elle dans un élan de compassion.

Elle s'accroupit auprès de lui, ne sachant comment s'y prendre pour le rassurer. Devait-elle le toucher ? Il ne la reconnaitrait certainement pas. Elle avait tellement peur de l'effrayer plus qu'il ne l'était déjà. Le cœur en miettes, elle posa une main compatissante sur son épaule. Voyant qu'il ne manifestait aucune résistance, elle caressa tendrement sa chevelure de poupon. Il ne devait pas avoir plus de quatre ou cinq ans et il gisait là, seul, recroquevillé dans le champ de tourmentine. La gorge de Délicia se serra. Elle retint une larme.

— N'y touche pas ! tonna une voix derrière elle.

Elle se redressa précipitamment pour faire face à celui ou celle qui l'avait fustigée. Quelle ne fut pas sa surprise de se retrouver nez à nez avec le pâle écho d'Ailill adolescent. Une silhouette évanescente et transparente qui semblait sourdre d'un univers lointain.

— Ailill ?

— Damélia ! s'écria l'évanescente silhouette.

— Damélia ?

— Le spectre de sa maladie, l'écho de ses tourments, j'ai veillé, je veille et je veillerai sur lui.

Une anagramme surgit alors dans l'esprit de Délicia.

DAMÉLIA

MALADIE

— Drôle de façon de veiller sur un petit enfant ! Il a besoin d'affection, pas d'une présence-absence qui rôde et détruit sa santé mentale ! Tu as sali son être ! Maudite empoisonneuse ! s'emporta Délicia.

— Mon rôle n'est pas de le rassurer. Je ne suis là que pour le hanter. **N'y touche pas !** hurla le spectre, au plus près du visage de Délicia qui tressaillit.

Cette expression cruelle et tourmentée, elle l'avait déjà vue déformer les traits du visage de son ami d'enfance. Elle avait vu Damélia prendre possession de l'esprit d'Ailill, de son corps, de son être tout entier. Damélia s'était infiltrée dans son cerveau, elle le tourmenterait jusqu'à sa mort. À cause d'elle, de pauvres filaments grisâtres parsemés de petites étincelles flottaient mollement autour de la tête d'Ailill, en une couronne enténébrée de rage. Comme si l'adolescent avait vendu son âme et qu'elle avait laissé derrière elle les dernières fumées d'un brasier infernal, en souvenir de son départ.

Ailill, prince couronné de cendres, hanté par la maudite

empoisonneuse Damélia.

Ailill prince couronné de larmes, enfant abandonné dans la forêt du monde.

— Délicia, intervint Solitude qui s'était approchée. Souviens-toi, tu es une *Sorcières Florifères*.

— Et les *Sorcières Florifères* sont intouchables dans le *Clair-obscur* !

Résolue, Délicia tourna le dos à Damélia qui se mit en colère. Elle se mit à rougeoyer, puis à tournoyer, de plus en plus vite, jusqu'à faire naitre une tornade de fureur qui les encercla. Mais Délicia ne cilla pas. Elle prit le petit Ailill dans ses bras et le berça tendrement.

— N'Y... TOUCHE... **PAAAS** ! fulmina Damélia.

L'esprit d'Ailill luttait contre la tempête qui hurlait sous son crâne. Sa petite enfance meurtrie par la maladie ne souhaitait plus ouvrir les yeux. Ailill était terrifié.

— Petit Ailill, chuchota Délicia dans le creux de son oreille, je vais te raconter une histoire. Ton histoire. Car comme le dit si bien Maman, les histoires que l'on imagine sont parfois racontées pour apaiser des blessures. Elles s'adressent au plus intime de notre être. Pas pour nous soigner, non, ni pour nous donner des réponses, mais elles ouvrent des voies. Petit Ailill, je vais t'offrir une multitude de voies pour te sauver de ton enfermement. À toi de choisir celle que tu souhaites suivre.

Elle lui raconta plusieurs histoires, qui semblèrent le réconforter. Des histoires qui émergeaient de la mémoire d'Alcidie autant que de celle de la rêveuse Idiclae. Elle chantonna de douces berceuses, caressa ses joues de poupon baignées de larmes et murmura des paroles apaisantes. Il pleura encore un peu. Plus doucement. Hoqueta quelques fois et ouvrit grand les yeux. Son regard triste et vide se fit progressivement profond. Des chemins nouveaux se dessinaient dans son esprit. Il plongea ses prunelles renaissantes dans celles de Délicia qui le consola.

La féroce Damélia se calmait peu à peu, sa cruauté s'évaporait, comme si la douceur et l'empathie de Délicia l'avaient mise en veille. Bien sûr, elle ne disparaitrait jamais complètement, elle aurait pour toujours une emprise sur l'esprit d'Ailill, mais peut-être serait-elle moins enragée dorénavant. Sous les yeux de Délicia elle s'étiola progressivement, jusqu'à devenir aussi petite que la flamme d'une bougie. Une flammèche qui se glissa dans le creux de l'oreille du petit Ailill, pour se réfugier dans les méandres de son esprit perturbé.

Délicia avait retrouvé la petite enfance perdue d'Ailill. Elle avait réussi à la consoler un peu. Peut-être qu'un jour, Ailill trouverait la paix ? Peut-être oserait-il s'aventurer sur une voie apaisante ? En attendant, il ne fallait pas l'abandonner à son triste sort. Quelqu'un devait l'aider à adoucir les assauts de Damélia. Elle prit donc la décision de l'emmener avec elle dans les *Jardins intérieurs*. Il fallait le délivrer de ce champ de tourmentine où il s'était égaré.

Solitude approuva.
Délicia le prit dans ses bras.

Elles marchèrent d'un bon pas jusqu'aux abords des *Jardins intérieurs*, puis ralentirent la cadence. Les cheveux de Délicia dessinaient de gracieuses arabesques ponctuées de pétales qu'ils disséminaient, aidés par une brise légère, à la surface du champ de tourmentine. Des voix s'élevèrent, presque imperceptibles, des chants séraphiques que Délicia reconnut bien vite.

— Anémie et Constantia !
— Qui donc ? intervint Solitude.
— Des guérisseuses, des *Sorcières Florifères* enchanteresses dotées de voix d'ange. Elles sauront prendre soin de l'esprit d'Ailill. Elles sauront le bercer de leurs voix mélodieuses. Elles tisseront, dans la trame de sa vie, des chemins striés d'espoir et sertis de réconfort.

TISSER

STRIÉS

SERTIS

— Parfait ! Allons donc les trouver !

— Suis-moi, Solitude, il n'est pas évident de se faufiler dans les *Jardins intérieurs*. Il va falloir franchir des limites indicibles.

Elles contournèrent les jardins encerclés par un mur infranchissable d'épine noire en fleur. Solitude sur ses talons, Ailill dans les bras, Délicia Aubépine chantonnait. Et sa voix glissait entre les songes, faisant croitre des histoires merveilleuses dans son esprit qui s'éveillait. Plus que jamais elle se sentait à sa place. Le voile de mystère, qui avait un jour recouvert ses souvenirs jusqu'à les étouffer, semblait sur le point de se déchirer. Elle le sentait. Le petit monstre de douleur qui sommeillait en elle, la créature enfantée par les épines qui s'étaient un jour plantées dans son petit cœur tendre, allait très bientôt s'éveiller. Dorénavant, cette idée la terrifiait autant qu'elle la ravissait. Oui, elle était étonnée de constater que même sa part Alcidie attendait ce moment avec impatience.

Solitude, Délicia et Ailill tournèrent et tournèrent encore autour des *Jardins intérieurs*. Ils tournèrent inlassablement, de plus en plus lentement, jusqu'à être gagnés par le tournis.

Délicia dévida le fils de ses souvenirs antérieurs qui la guidait vers son univers intérieur.

Elle fit des tours, des détours et des retours sur les pourtours bordés d'épine noire.

Des tours, des détours et des retours sur les contours d'un lieu illusoire.

Elle chantonna, à cœur ouvert.

Et elle dansa, à corps perdu.

Chante la ritournelle irrationnelle,
Franchis les limites indicibles.

Tourne alentour, contourne l'épine noire.

À un tournant du sentier perpétuel,
Les jardins te seront accessibles.

Tourne alentour, tu peux les percevoir.

Danse la farandole surnaturelle,
Glisse comme une ombre imperceptible.

Tourne alentour, tu vas tout entrevoir.

— Nous y sommes ! s'enthousiasma soudain Délicia.

Solitude se figea. Elle était stupéfaite, envoûtée par la magie du lieu et par ses occupants merveilleux. Un parfum de plaisir et de bien être flottait dans l'air. Et à perte de vue s'étendaient des buissons, arbustes et diverses plantes à fleurs, des touches de couleurs, des parterres enchanteurs imaginés par des esprits rêveurs. Les *Jardins intérieurs.*

Violette Aconit

> *« Dans l'ombre de la mémoire*
> *Quel désordre et quel danger !*
> *C'est un peu comme une armoire*
> *Que l'on voudrait mieux ranger... »*
>
> *Extrait de* Le passé
> *Rosemonde Gérard Rostand*

Roses, ipomées, potentilles et violettes déployaient leurs superbes corolles chatoyantes. Corolles closes, décloses, écloses, tiges élancées ou courtes et trapues. Lianes fleuries et feuillues s'entrelaçaient aux rameaux d'arbres majestueux. Agapanthes, iris et pétunias, calices de sépales et doux pétales, les *Jardins intérieurs* regorgeaient de splendeurs.

Des fragrances exquises ravissaient l'odorat, tandis que les yeux s'enivraient de couleurs. Le rose des roses, le vert du feuillage, le rouge des coquelicots, belles de nuit ou cosmos. Bleu myosotis, pervenche et centaurée bleuet côtoyaient clématite et aconit violacée. Et dans les airs bourdonnaient des abeilles, voletaient des papillons et des oiseaux parés d'ailes magnifiques.

Mais, malgré la somptuosité alentour, malgré l'éclat des couleurs et la féerie ambiante, une plante retint toute l'attention de Délicia : un arbuste d'aubépine esseulé.

Il se tenait là, à quelques pas, déployant sa ramure épineuse et ses fleurs gracieuses. Délicia déposa Ailill sur un lit de mousse verdoyant et s'approcha de l'arbuste qu'elle caressa du bout des doigts. Une lueur étrange brillait au cœur des branches enchevêtrées. Elle se dressa sur la pointe des pieds pour essayer de mieux la distinguer.

— C'est ton Jardin intérieur qui se cache derrière ces épines acérées ! Il a besoin d'être entretenu !

Cette voix... se dit Délicia, avant de faire volte-face et de se ruer sur la personne qui venait de lui parler.

— Prunelle ! J'ai eu tellement peur de te perdre !

Gagnées par la béatitude, elles s'embrassèrent. Alcidie avait retrouvé son changelin inchangé trop joli pour les fées. Elle rayonnait de joie. Les *Ondes d'Iris* de Prunelle étaient de nouveau visibles et s'étalaient comme les rayons cosmiques d'une étoile, en de longs tentacules évanescents et scintillants.

L'INCHANGÉ
CHANGELIN

— Je ne suis pas du genre à me perdre ! répondit la jeune fille, d'une voix malicieuse. On m'abandonne, puis on me recueille, on m'enlève, puis on me libère, c'est un cycle auquel je me suis habituée.

— Tu n'as donc pas revu les fées ?

— J'en ai aperçu quelques-unes. Et rassure-toi, elles se désintéressent complètement de moi. En fait, elles ne sont pas si mauvaises ni totalement bienveillantes. Je dirais qu'elles sont sibyllines. Des énigmes aussi nébuleuses que cet ailleurs.

— Le produit d'esprits rêveurs !

— Les créatures du mystère cachées entre les songes.

— Oui, je me souviens en avoir rencontré une dans un futur proche, déclara Délicia. Des images du futur antérieur me reviennent. Cette fée sera si... insaisissable !

— Comme c'est étrange cette absence de temporalité... Tout est sens dessus dessous... J'avoue avoir du mal à m'y habituer. Alors que toi, tu sembles t'y être accommodée.

— C'est assez récent ! répondit Délicia en riant. As-tu des nouvelles de Neven ?

— Non, pas du tout. Et cette situation devient intenable. J'ai tellement hâte de le retrouver ! Lui et le ciel de ses yeux, conclut-elle, les joues rosies par l'émotion. Ce sera bientôt possible tu sais. Grâce à...

Prunelle sembla soudain hésiter. Elle avait saisi les mains de Délicia et rivé ses yeux au sol jonché de brins d'herbe et de pâquerettes.

— Qu'y a-t-il ? demanda Délicia, inquiète.

— Il faut que je te présente quelqu'un. Une personne que tu n'aurais jamais dû oublier...

— Oublier ?

OUBLIER

BOULIER

ÉBLOUIR

— Suis-moi, conclut Prunelle, mal à l'aise.

Elle était prête à l'entraîner dans les allées tortueuses des jardins, quand Délicia stoppa net son élan.

— Attends ! Il faut confier le petit Ailill à Constantia et Anémie. Je ne peux pas le laisser seul, s'inquiéta Délicia.

— Je m'en occupe, réagit Solitude en entourant le petit garçon de ses longs bras ténébreux. Ne t'inquiète plus pour lui.

Rassérénée, Délicia se laissa guider par son amie au travers des couleurs et des senteurs enivrantes des *Jardins intérieurs*.

— Prunelle ?

— Oui ?

— Cette personne que tu veux me présenter sera-t-elle en mesure de m'aider à rejoindre le cimetière des Virides ? Il se dit qu'il se cache entre les cauchemars, mais j'ai oublié le chemin qui y mène.

— Oui, je pense qu'elle pourra te guider. C'est elle qui m'a arrachée aux griffes des Willis. C'est aussi elle qui doit m'aider à rejoindre Neven.

— Oh ! C'est une personne importante, alors ?

— Oui, elle l'est ! Elle vit à quelques centaines de mètres d'ici. Mais je vois que tu n'as plus de chaussures ! Regarde bien où tu mets les pieds, le sol est parfois semé de brindilles effilées, de petits cailloux pointus ou d'épines acérées.

— Oui, je m'en souviens. Je ferai attention. Montre-moi les jardins et présente-moi les nouvelles *Sorcières Florifères*.

Les *Sorcières Florifères*, singulières guérisseuses du *Clair-obscur*, étaient toutes affairées à prendre soin de leurs *Jardins intérieurs*. Et comme Délicia, chacune arborait une cicatrice chéloïde née d'un grain de beauté. De gracieuses arabesques magiques qui serpentaient quelque part sur leur corps.

À quelques mètres de l'aubépine qui avait attiré l'attention de Délicia, Garance Rose veillait sur ses roses hématophages au parfum saisissant. Elles poussaient entre les larges boucles de sa chevelure noire qui s'étalait comme un tapis végétal sur l'ensemble de son jardin. Sur ses avants bras, ondulaient les tiges élancées et entortillées de deux roses aux épines longues et pointues : les aiguilles de sa poésie.

— La chevelure de cette *Sorcière Florifère* est prodigieuse ! Et ses roses au parfum si agréable sont magnifiques ! s'enthousiasma Délicia. Rosamé serait heureuse d'en avoir de pareils dans son jardin.

— Il ne faut pas se fier à ses effluves enchanteurs ni à la délicatesse de ses corolles. Il se dit qu'une fois ancrées à notre peau, les épines de la rose de Garance peuvent aspirer tout notre sang en quelques secondes. Un vrai carnage ! Elles sont aussi gourmandes que les *Roses Voraces*, déclara Prunelle en guettant la réaction de Délicia.

GARANCE
ANCRAGE
CARNAGE

— Ces deux variétés de roses sont très proches, continua-t-elle. Fort heureusement, la douce Garance manie les siennes avec délicatesse et n'utilise leurs facultés d'absorption qu'avec parcimonie.

Les patients de Garance bénéficiaient de soins à l'image des dialyses. Une aspiration, une transfusion, un partage, une injection. Elle enroulait ses cheveux parsemés de roses autour de leurs membres. Leurs épines les piquaient alors doucement, sans qu'ils ne ressentent la moindre douleur. Puis, lentement, Garance inoculait la beauté de sa poésie dans leurs veines. Car pour elle, le seul traitement efficace contre les maux de l'esprit contenait des éclats de rêve, un soupçon de mystère, une pluie de douceur et surtout, une avalanche de poésie.

Çà et là, Prunelle et Délicia croisaient le chemin de *Sorcières Florifères* parées d'*Ondes d'Iris* multicolores semblables à celles d'Aristide.

Aristide est-il une Sorcière ?

Leurs chevelures, rousses, brunes, blondes, noires, raides et lisses, bouclées ou crépues, étaient toutes ornées de fleurs incroyables. Des chauves-souris, colibris et divers insectes en recueillaient le nectar et transportaient leur pollen qu'ils disséminaient sur des plantes prodigieuses. Et partout alentour, de petits animaux à fourrure gambadaient, libres et sauvages, se nourrissant de fruits et de feuillages.

— Là, tout n'est qu'ordre et beauté, luxe, calme et volupté !

s'exclama Délicia.

— Charles Baudelaire ? demanda Prunelle.

— Oui, c'est un vers de « l'Invitation au voyage », il semble évoquer ces jardins merveilleux.

Au détour d'un bosquet d'arbres fruitiers, les deux amies suivirent le cours d'un ruisseau qui serpentait entre les plantes. Sur la rive opposée, une jeune femme étendue sur la pelouse caressait la surface de l'eau. Et tandis que son regard se perdait dans les ondulations cristallines, elle chantonnait.

— C'est Bulle, je me souviens d'elle, chuchota Délicia. Elle dessine des rêves dans le courant du ruisseau tandis que Pic la contemple, perché sur une branche de son arbre tortueux. Le vois-tu ? Son cœur bat à tout rompre, je l'entends hurler d'amour.

— Oui, je le vois ! s'extasia Prunelle. Et j'entends battre son cœur. C'est incroyable ! Son regard fascinant est gorgé de tendresse, mais il semble troublé. Que craint-il ?

— Il admire Bulle, il la soutient, la protège, la comble d'amour, mais il a peur qu'elle brise ses défenses, qu'elle ébrèche son armure, qu'elle attendrisse ses pics avec ses doux rêves un peu naïfs. Il a peur de la blesser aussi. Mais elle est bien plus forte qu'il n'y paraît.

— Et elle ? Est-ce qu'elle l'aime aussi fort que lui l'aime ?

— Oh bien sûr ! Quelque chose de puissant les lie l'un à l'autre, un je-ne-sais-quoi qui nous échappe. Un amour indicible, indescriptible, sublime, ils sont inséparables ! Je pense qu'ils ne font qu'un en réalité.

— C'est la première fois que je les vois. Pourtant, ces derniers temps, je parcours souvent les bords du ruisseau, déclara Prunelle, intriguée et sous le charme. Ils sont si beaux... c'est insensé, je ressens soudain le besoin viscéral de ne plus jamais les quitter !

— C'est ce parfum d'amour inconditionnel qui émane d'eux, il n'y a rien de plus puissant, rien de plus ensorcelant. Depuis qu'ils se sont trouvés, il est presqu'impossible de les approcher, car ils ne restent jamais bien longtemps au même endroit. Ils voyagent entre les rêves, ils restent suspendus entre ici et ailleurs, toujours et à jamais. Et voilà qu'ils s'évanouissent entre les songes, s'émerveilla Délicia. Vois-tu ce voile de mystère qui les enveloppe ? Un battement de cils et nous les perdrons de vue.

Prunelle et Délicia restèrent un instant silencieuses, contemplant le vide laissé par Pic et Bulle qui s'étaient lentement évaporés. Dans leur sillage, une nuée de papillons s'agitait. Finalement, envoûtées par le parfum d'amour qui flottait encore dans l'air ambiant, les deux amies se remirent en route.

De fleur en fleur et d'arbre en arbre, une multitude de petits jardins extraordinaires offraient leurs couleurs chatoyantes. Délicia se sentait bien. Elle avait l'impression de flotter dans un entre deux reposant qu'elle n'imaginait plus quitter. Des effluves de violette vinrent alors titiller sa conscience alanguie.

— Ces émanations me rappellent le rosier Annapurna de Rosamé ! Prunelle ?

Son amie s'était accroupie derrière un arbre et lui faisait signe d'approcher en silence.

— Viens près de moi, attendons quelques minutes derrière cet arbre. Vois-tu ces tiges élancées qui portent en grappe ces magnifiques fleurs violacées ? Elles se dressent comme des sentinelles casquées au bord du ruisseau.

— Oui, je les vois. C'est un plant d'Aconit Napel. Cette plante est extrêmement dangereuse, je n'en connais pas de plus toxique !

— Elle ne t'évoque rien du tout ?

— Si bien sûr. Elle me rappelle Orson. Un soir, il nous a raconté qu'il retrouvait dans son sommeil, une femme couronnée d'aconit prénommée Violette. Il a ensuite ajouté qu'elle faisait pousser des plantes incroyables et que son jardin était plus merveilleux que celui de Rosamé.

— Cherche encore dans ta mémoire Alcidie, elle te joue des tours et veut te cacher l'essentiel. Vois-tu, derrière ce rempart d'aconit napel, demeure une *Malemorte* dont tu dois absolument te souvenir. Regarde-la, elle approche.

Une femme sans âge, parée de vêtements bleu nuit, fredonnait un air mélancolique et planait comme une ombre dansante du crépuscule. Ses cheveux se dressaient haut sur sa tête, en d'évanescents tentacules fuligineux. Et tandis qu'elle faisait délicatement glisser ses mains sur les branches recourbées d'un arbre tortueux, Délicia l'observait.

— J'ai déjà vu ce visage… dit Délicia dardant son regard perçant sur la *Malemorte*.

Les sourcils froncés, elle s'approcha de la barrière d'aconit pour mieux distinguer ses traits. Quand soudain, le souvenir refit surface. Elle tressaillit et recula précipitamment, le souffle court et les jambes en coton.

— Que t'arrive-t-il ? demanda Prunelle, inquiète.

— C'est impossible…

Délicia haletait. Elle venait de reconnaître le visage de la *Malemorte*. L'angoisse sourdait de son for intérieur. Alcidie se recroquevilla, terrorisée, dans les tréfonds de son esprit géminé. Idiclae essayait de la réconforter.

— De quoi te souviens-tu ? réitéra Prunelle.

— J'ai déjà vu ce visage… haleta-t-elle, les yeux hagards et les mains cramponnées aux bras de Prunelle.

— Où l'as-tu vu ? Calme-toi, cette femme ne te fera aucun mal, ajouta Prunelle.

Rivant ses yeux à ceux de son amie, elle lui caressa les joues et l'invita à s'asseoir.

— Où as-tu vu son visage ? Dis-le moi, Délicia.

— J'ai déjà vu ce visage… dans le **GRENIER !**

Le **GRENIER**. C'était de loin la partie de la maison des Bruman qu'Alcidie aimait le moins. Elle était effrayée par ce qui s'y trouvait. Dans « grenier », il y avait « nier » et c'était justement ce qu'Alcidie s'employait à faire de ce lieu : le nier. Elle niait le grenier, comme elle rejetait l'idée de lire le passé. Pourquoi Orson y passait-il autant de temps ?

Le **GRENIER** était le gardien du passé. Il était constitué de poussières de passé, de toiles d'araignée qui emprisonnaient les souvenirs, de lames de parquet qui hurlaient leurs complaintes et maudissaient les gens qui déposaient leurs pieds de vivants sur leur bois mort.

Le **GRENIER** empestait la mort et la putréfaction d'objets anciens. Ces vieux objets qui renfermaient l'âme des défunts dont les sanglots résonnaient dans la nuit noire.

— Prunelle ! dit Délicia la gorge serrée par l'angoisse, le **GRENIER** renferme les fantômes du passé qui mordent les gens pour les rendre malades et les tuer à petit feu. C'est le lieu qui abrite la *Malemorte* ! Pourquoi veux-tu me mener à elle ?

— Oh, ma pauvre chérie, répondit Prunelle pleine de compassion. La *Malemorte* ne te fera aucun mal, bien au contraire ! Je te le promets. Tes souvenirs sont faussés, tu t'es raconté tellement d'histoires. Tu ne sais plus où est la vérité. Dans ton esprit, de faux souvenirs ont remplacé les vrais. Il faut y remédier, faire le ménage dans ta mémoire.

— Alcidie exècre remuer le passé ! s'emporta Délicia. Elle a raison, les fantômes du passé sont dangereux, surtout quand ils sont dissimulés sous des voiles d'interprétation subjective.

— Oui, je suis d'accord, déclara Prunelle. Alcidie a raison en un sens, les souvenirs ne sont pas complètement fiables. Surtout ceux qu'elle s'est créés ! Il faut qu'Alcidie regarde la réalité en face. Il faut qu'elle écoute les voix de sa mémoire sans s'y fier complètement. Qu'elle écoute leur chant bienveillant et laisse de côté leurs complaintes mortifères.

Délicia retrouva un semblant de calme. Elle se sentit apaisée par les mots de Punelle, son amie fidèle. Mais comment faire le tri dans son esprit ? Qui saurait démêler le vrai du faux ? Mystère ?

— Délicia, acceptes-tu de rencontrer la *Malemorte* à mes côtés ? demanda la jeune fille aux yeux charbonneux en lui prenant la main. As-tu confiance en moi ?

— J'ai confiance en toi, Prunelle.

D'un pas lent, elles se dirigèrent, main dans la main, vers le domaine encerclé d'aconit. Délicia tremblotait, elle n'était pas complètement rassurée. Elle se rappela alors le visage de l'énigmatique *Malemorte* qui flottait dans le grenier, face à Théophane, juste avant qu'il ne s'effondre. Elle ne se souvenait plus pourquoi ni comment, mais ce dernier avait perdu pied brutalement. Le sourire aux lèvres, la *Malemorte* l'avait regardé, longuement, sans ciller, sans lui porter secours. Alcidie, qui était alors âgée de quatre ans, avait gardé de cet épisode, un souvenir flou et traumatisant. Depuis lors, elle ne souhaitait plus monter dans le grenier.

La *Malemorte* avait-elle mordu Théophane ?

Était-elle responsable de sa disparition ?

Les tiges élancées de l'aconit ployèrent sur leur passage tandis que la *Malemorte*, vêtue de bleu nuit, se précipitait vers elles comme un nuage porté par le vent. Épouvantée, Délicia étreignit plus fort la main de Prunelle qui lui caressa l'épaule en retour.

— Tout ira bien, je te le promets.

La *Malemorte* s'était arrêtée devant Délicia, visiblement émue par la présence de la jeune fille. Elle triturait ses mains et mordillait sa lèvre inférieure.

— Délicia ? articula-t-elle d'une voix tendre.

— Oui, c'est elle, répondit Prunelle, confiante. Elle est impressionnée, elle a besoin d'être rassurée.

— Approche ma douce, dit alors la *Malemorte* en lui tendant les mains, j'ai tellement de choses à te dire.

Elle saisit doucement la main de la craintive Délicia, qui eut un bref mouvement de recul. Une méfiance ombrageuse parcourait son corps en alerte. Mais la jeune *Sorcière Florifère* finit par se laisser convaincre par le regard profondément bienveillant de l'insaisissable *Malemorte*. Lentement, l'évanescente femme au regard brumeux la guida entre les allées fleuries de son domaine. Elle glissait tel un soupir suspendu entre deux rêves, pleine de grâce, tandis que Délicia, pétrie de maladresse et de crainte, trébuchait sur des brindilles. Ses pieds nus, privés de la douce chevelure opaline qui s'étalait sur les chemins de la *Forêt sans fin*, ne supportaient plus la rudesse naturelle du sol des *Jardins intérieurs*. Ici, tout avait l'air plus réel, plus tangible, et la moindre brindille occasionnait des plaies douloureuses. Prunelle, vêtue de son élégance naturelle, semblait soucieuse.

— Vous devriez lui dire maintenant ! intervint-elle.

La *Malemorte* s'arrêta net et se retourna, hésitante.

— En es-tu certaine ?

— Me dire quoi ? demanda alors Délicia.

— J'ai peur de la brusquer, ajouta la *Malemorte*.

— C'est en ne disant rien que vous la perturbez, renchérit Prunelle. Il faut qu'elle se défasse de ses faux souvenirs et de ses craintes envers vous.

— Tu as raison ! conclut la femme. Asseyons-nous quelques minutes sur ce tapis de mousse.

Incrédule, Délicia s'assit aux côtés de la brumeuse *Malemorte* qui lui saisit les deux mains.

— Ma pauvre chérie, tes pieds sont dans un état déplorable ! remarqua-t-elle, alors que Délicia remontait légèrement sa robe pour gagner en aisance.

— J'ai abandonné mes ballerines sur la colline, avant de traverser le lac avec Solitude, précisa Délicia, quelque peu honteuse en repensant à cet épisode délirant.

— Je vois, répondit la *Malemorte*. Je te donnerai une paire de souliers tout à l'heure. Mais avant tout, il faut que je te dise... Délicia... Comment dois-je te le dire ? continua-t-elle, le regard fuyant. C'est pourtant si simple...

— N'hésitez pas ! l'encouragea Prunelle. Vos mots ne pourront que l'apaiser.

— Oui… je… Délicia, je m'appelle Violette Aconit et …

— Violette Aconit ? s'étonna Délicia. La femme qu'Orson rencontre dans son sommeil ? Pourquoi le visitez-vous en rêve ? Vous ne voulez tout de même pas vous en prendre à lui, comme vous avez fait du mal à mon père ?

— Non, bien sûr que non ! Je n'ai jamais brutalisé ton père et je ne souhaite pas faire de mal à mon Orson…

— Votre Orson ?

— Délicia… Alcidie… Je suis sa femme ! Je suis ta grand-mère, Lotti-Eve ! se risqua-t-elle enfin, d'une voix cassée par l'inquiétude.

Abasourdie, Délicia écarquilla les yeux.

Stupeur, déserte mon cœur,
J'ai peur, de finir en pleurs.

Cette femme était sa grand-mère.
Lotti-Eve, la bien aimée d'Orson.

Celle qui avait péri en donnant naissance à sa fille Aubeline. Celle qui avait connu une fin tragique, cruelle, injuste. Pourquoi Alcidie l'avait-elle effacée de son esprit ?

— J'erre entre les mondes, ajouta Violette, ni tout à fait vivante ni tout à fait défunte. J'étais moi aussi *Sorcière Florifère*, mais ma part Lotti-Eve s'est éteinte en donnant la vie. Aspirée par la faille imperceptible qui s'étire à l'horizon comme un sourire étrange, elle a rejoint ma part Olivette, pour faire de moi une *Malemorte* du *Clair-obscur*.

LOTTI-EVE
OLIVETTE
VIOLETTE

— Pourquoi ai-je cru que vous… que tu étais mauvaise ? l'interrogea Délicia.

— Tu as visiblement associé mon image à l'un de tes souvenirs, un souvenir perturbant de ton enfance, que tu as enfoui…

— …loin très loin, en plein cœur du chaos. Mon chaos intérieur, conclut Délicia.

— Je peux t'aider à ôter le mal-être qui réside en toi, si tu le désires. Je peux t'aider à rejoindre ton jardin intérieur. Il est indispensable d'en prendre soin, pour pouvoir correctement prendre soin des autres.

NOTRE MALEMORTE
ÔTER MON MAL-ÊTRE

L'émotion était palpable. Leurs *Ondes d'Iris* s'entrecroisaient, essayant de s'entrelacer et de dépasser la pudeur qui engourdissait leurs corps. Au plus profond d'elle-même, Délicia souhaitait enlacer cette grand-mère qu'elle n'avait jamais connue, cette mère qui n'avait jamais pu serrer son enfant dans ses bras, cette femme qui avait été enlevée à son mari par l'implacable mort.

Injustice !

Quant à Violette, qui n'avait jamais pu sentir le doux contact de la peau de son bébé contre la sienne, qui ne connaissait sa fille qu'à travers des récits entendus sur le fil des rêves, elle souhaitait éviter de gâcher cet instant privilégié en brusquant sa petite fille.

— Violette… Je m'excuse, murmura Délicia la gorge serrée par l'émotion.

— Il n'y a rien à excuser mon ange, ton esprit était juste un peu embrouillé, répondit Violette, attendrie et soulagée.

— J'aimerais que tu m'aides à rejoindre mon *Jardin intérieur*, que tu m'aides à chasser la brume qui nappe mes souvenirs. Qu'enfin, j'y vois plus clair.

— Pour commencer, répondit Violette avec entrain, il faut que je récupère l'ingrédient manquant à la potion du retour et que je te trouve une paire de souliers. Ensuite, je te donnerai quelques indications. Suivez-moi, petites fleurs !

Elles parcoururent les voies sinueuses du jardin de Violette, chargé de couleurs, de délicieuses odeurs et de plantes à fleurs incroyables. Des lianes s'enroulaient, lascives, autour des troncs d'arbres monumentaux. Délicia et Prunelle savourèrent des fruits extraordinaires aux goûts exquis qui ravirent leurs papilles. Mais ce que ce lieu unique renfermait de plus précieux se cachait derrière une haie luxuriante qui s'élevait en plein cœur du jardin. Un cercle infranchissable, délimité par de hauts arbustes buissonnants, accueillait en son centre un enchevêtrement de lianes fleuries et feuillues, méticuleusement tressées avec des tiges élancées de dicentra. Des murmures étranges, presque imperceptibles, sourdaient de ce lieu envoûtant, aux allures de sanctuaire impénétrable. Des secrets y étaient dissimulés, sous les plis soyeux d'un enchantement.

— Des berceaux de fées ? murmura Délicia, émerveillée.

— Oui, en effet, répondit Violette à voix basse, satisfaite de l'effet qu'avait eu la découverte de ce trésor, sur le moral de Délicia. Nous ne devons pas les approcher. Un pas de plus et nous serions enfermées à jamais dans le cercle des fées ! Et ne comptez pas sur elles pour nous en délivrer. Elles seraient plus enclines à nous tuer.

— Je crois me souvenir que nous appelons ces fins tressages végétaux, berceaux de fées, parce qu'ils sont méticuleusement tissés par les fées pour transporter leurs changelins, énonça Délicia à voix basse.

— En effet ! Tes souvenirs futurs sont exacts.

—Est-ce que la lampe qui illumine notre bibliothèque est un berceau de fées qui s'est figé au contact de la réalité ?

— C'est peut-être même le berceau qui a servi à me transporter, répondit Prunelle. Un sublime cocon tissé par les fées pour m'abandonner. Je me demande si elles ont guidé Orson jusqu'à moi...

— Les fleurs en forme de cœurs de la dicentra sont vraiment sublimes, s'émerveilla Délicia. Je crois me souvenir que leur nectar regorge de magie.

— Il faut toutefois savoir l'utiliser. Et avec parcimonie, précisa Violette. Une trop forte dose est mortelle tandis qu'une trop faible quantité...

— ... efface la mémoire.

— Précisément ! Bien dosé et mélangé à d'autres nectars plus sucrés, le miel de ces fleurs permet de voyager entre les mondes. J'ai d'ailleurs presque terminé le breuvage qui te permettra de rentrer, Prunelle. Les fées ont enfin consenti à me céder une de leurs fleurs. C'est pour ça que nous sommes ici. Ce ne fut pas une mince affaire de les convaincre.

— Qu'ont-elles exigé en retour ? s'inquiéta Délicia qui avait soudain froncé les sourcils. Elles ne donnent rien sans obtenir quelque chose de plus précieux. Et ces fleurs sont un de leurs plus inestimables trésors.

— C'est exact... J'ai dû leur céder ce que j'avais de plus cher... mais là n'est pas la question !

— Qu'avez-vous promis de leur donner, Violette ? s'alarma Prunelle.

— J'ai cédé mon dernier flacon de *Larmes de Rose Vorace*, elles se font rares et les fées en raffolent. Elles ont aussi réclamé une mèche de mes cheveux que je dois leur offrir. Elles l'ont déjà tressée. Mais pour la couper, j'ai besoin des ciseaux vert-de-gris. Délicia, il faut que tu coupes cette mèche entremêlée pour la leur donner.

— Violette, notre pouvoir réside dans notre chevelure de sorcière ! Tu vas perdre certaines de tes facultés si je coupe ce nœud de fée ! Et ce sera certainement très douloureux...

— Et puis, couper un nœud de fée n'est pas sans risques ! ajouta Prunelle. Cela porte malheur dans certains cas.

— Je le sais, mes chères petites. Mais je leur ai fait la promesse de leur offrir cette mèche. Si je ne le fais pas, elles me puniront pour mon affront. Et ce sera bien plus affreux que tout ce que vous pouvez imaginer. Coupe, Délicia ! Coupe ! Donnons-leur ce qu'elles attendent, pour le bien de tous.

Violette s'assit sur un tapis de fleurs et présenta sa chevelure fuligineuse à Délicia qui avait saisi les ciseaux vert-de-gris. Elle était subjuguée par la beauté des cheveux de son aïeule.

—Vois-tu le nœud de fée sur le haut de mon crâne ?

— Je le vois, mais j'ai peur, avoua Délicia, au souvenir de ce qu'elle avait enduré en découpant la page du carnet noir.

— C'est compréhensible, mais il va falloir être forte. Coupe mon enfant ! Coupe ce fichu nœud de fée !

Délicia coupa.
Et Violette hurla.

Violente déchirure.
Terribles écorchures.

Violette criait de douleur, une atroce souffrance lui faisait perdre pied. Le nœud de fée était extrêmement difficile à couper. Emportée par sa fureur, Violette s'envolait, mais Prunelle la retint et la plaqua au sol.

— Coupe Délicia, ne t'arrête pas ! encouragea-t-elle en plongeant son regard déterminé dans celui, terrifié, de son amie.

— C'est affreux, Prunelle ! se lamenta Délicia. Chaque entaille et comme un coup de couteau dans sa chair ! Nos cheveux sont si sensibles ! Plus riches en terminaisons nerveuses que notre derme ! Je ressens sa douleur au plus profond de mon être !

— Continue, Délicia, implora Violette à mi-voix, il faut absolument couper cette maudite mèche...

Une dernière entaille.
Une dernière douloureuse entaille.

Une dernière douloureuse et salvatrice entaille.

COUIC !

Violette exulta. La douleur laissait progressivement place au soulagement. Allongée sur le tapis de fleurs, elle enlaça Prunelle qui s'était étendue sur elle pour la retenir. Puis elle saisit sa petite fille qui se laissa entrainer dans ses bras. Délicia la serra fort contre elle et pleura toutes les larmes de son corps pour chasser l'angoisse. La violence avait été subite, foudroyante, brutale. Elle en resterait à jamais marquée.

— C'est fini, mon ange, souffla Violette en la serrant fort contre sa poitrine. Maintenant, il faut que tu déposes cette mèche devant le sureau, les fées viendront bien vite la chercher.

— Et qu'en feront-elles ? demanda-t-elle dans un dernier sanglot.

— Qui sait ? Peut-être s'en nourriront-elles ? Dépose-la avec ce flacon de *Larmes de Rose Vorace*, les fées attendent leur dû.

Délicia obtempéra. Elle sécha ses larmes, puis déposa la mèche et le flacon au pied du sureau, une offrande qui lui laissait un goût amer dans la bouche.

La promesse des fées fut honorée. Le présent disparut sous ses yeux, vite remplacé par la fleur de dicentra, soigneusement disposée dans une petite corbeille de feuilles tressées. Délicia avait entraperçu la fée, celle de son souvenir antérieur. Elle était là, insaisissable et mouvante, aussi légère qu'un courant d'air, parée de mille éclats scintillants qui l'avaient un instant aveuglée. Puis, un battement de cils plus tard, il ne restait plus rien d'elle, si ce n'était cette odeur incroyable et cette sensation d'apesanteur.

— L'ingrédient final est enfin en ma possession ! déclara Violette, visiblement affaiblie.

Elle n'avait pas perdu grand-chose de son savoir, peut-être un peu de sagacité, mais par contre, son apparence avait changé. Sa chevelure s'était éclaircie et son teint de porcelaine s'était terni. Elle avait çà et là, quelques rides gracieuses qui soulignaient ses yeux clairs et plissaient son sourire radieux.

— Il semble que j'aie un peu fané, mais quelle importance ! Allons-y ! Je dois finir ce breuvage et fournir une paire de souliers à ma petite fille.

Violette les conduisit jusqu'à une petite masure en pierre lovée au cœur d'un bosquet de saules tortueux, au bord du ruisseau. Partout alentour, l'aconit napel s'épanouissait. Elles s'engouffrèrent dans la maisonnette qui semblait vouloir les dévorer. Alors qu'elle passait le pas de porte, un soupçon d'inquiétante étrangeté saisit Délicia à la gorge. Une odeur de poussière, un vertige, un craquement, la maison semblait vouloir l'emmener ailleurs. Violette fouilla un moment dans une grande malle et en sortit une paire de souliers noirs tout à fait singuliers.

— Ils t'iront à ravir !

Elle les tendit à Délicia qui hésita un instant, rebutée par leur apparence particulière, mais elle les enfila. Ils s'adaptèrent aussitôt à la taille de ses pieds.

— Ils ne sont pas banals. Mais qu'est-ce qu'ils sont confortables ! Merci, Violette.

Délicia tournoya, marcha sur la pointe des pieds, releva sa robe et tordit ses jambes dans tous les sens pour observer les souliers sous toutes leurs étranges coutures. Leurs bouts étaient pointus et décorés de petits papillons d'un noir profond et leurs petits talons étaient assez mignons. C'était la première fois qu'elle chaussait une paire de souliers rehaussés. Ils lui parurent soudain familiers.

— Ils ressemblent aux bottillons des sorcières dessinées dans les livres de mon enfance ! Je les trouve presque beaux à la lueur de ce souvenir ! Et cette malle... elle ressemble à... elle ressemble à la malle... du grenier ?

Délicia se figea. Tout autour d'elle évoquait maintenant le lieu qu'Alcidie redoutait le plus. Tout ! Les lames de parquet qui grinçaient à chacun de ses pas, l'odeur du bois, la poussière qui tournoyait dans les rais de lumière, les photographies suspendues aux murs, ce fauteuil suranné.

La malle.

Les souliers trouvés dans la malle...

Violette vivait bel et bien dans le grenier des Bruman.
Et le grenier qu'Alcidie niait venait de l'ingérer.
Allait-il la digérer ?

GRENIER
INGÉRER

AURORE

I

Le cimetière des Virides

> « Y a-t-il un arrière-goût de la vie dans ces tombes ?
> Et les abeilles, trouvent-elles dans la bouche des fleurs un presque-mot qui se tait ?
> Ô fleurs, prisonnières de nos instincts de bonheur, revenez-vous vers nous avec nos morts dans les veines? »
>
> *Extrait de Cimetière*
> *Rainer Maria Rilke*

Délicia étouffait

Délicia transpirait et elle étouffait.

Les odeurs, les images, tout s'amoncelait dans le grenier.
Les douleurs, les blocages, tout devait être démêlé.

Assise dans un des fauteuils de Violette, la panique s'était engouffrée dans son estomac. Accroupie à ses côtés, Prunelle lui tenait fermement la main.

— Que fait-on dans le grenier, Violette ? Que fait-on dans le grenier de la maison ? s'affola Délicia.

— Détends-toi ma petite fille, rien ne t'arrivera ici. Tu es en sécurité. Tu connais ce grenier, tu y es déjà venue plusieurs fois. Mais tu as associé un souvenir douloureux à ce lieu. Regarde les photographies sur les murs. Regarde ces témoins du passé. Il n'y a rien de mal à vouloir se souvenir !

— Violette, les souvenirs ne sont pas fiables ! Le passé nous ment, les souvenirs nous encombrent. Il faut les fuir et regarder loin vers le futur.

— Sans négliger le présent, ni nier le passé. Regarde cette photographie... s'il te plait, demanda-t-elle doucement.

— C'est Maman, articula Délicia en saisissant le cliché de ses mains tremblantes. Maman, toute petite, dans les bras de Rosamé.

— Elles se ressemblent toutes les deux, s'émut Violette. Ne trouves-tu pas ? Aubeline est aussi forte que Rosamé. Elle a les pieds sur terre, un sacré caractère et la tête encombrée de projets. Orson me l'a confié, jamais elle ne se laisse envahir par le désespoir. Mais elle n'oublie pas. Et Rosamé ! Tendre Rosamé, ajouta-t-elle en caressant la photo. Elle est comme une mère pour ma petite Aubeline. C'est un phare pour vous tous. Une bouée de sauvetage arrimée à la réalité.

— Tu as raison, Violette. Je ne m'en rendais pas compte. Maman est parfois triste, de temps à autres elle sanglote, elle souffre de l'absence de Papa, mais elle reste positive et persévérante. Elle ne l'a pas oublié, mais elle vit. Et elle passe son temps à me soutenir. Quant à Rosamé, ma tatie jolie, elle ne parle pas beaucoup et ne se plaint jamais. Elle écoute, elle console, elle a toujours une solution à apporter pour adoucir nos petits tracas. Et elle, qui l'écoute ? Qui la console ? A-t-elle parfois des moments de doute ?

— Comme nous tous, répondit Prunelle en s'installant tout contre Délicia, dans le vieux fauteuil. Nous passons tous par des moments difficiles.

— Tu as raison. Mais ma manière de passer au travers de ces moments difficiles ne doit pas être la bonne, car elle me fait mal. Elle m'écorche vive. Je souffre et j'étouffe de ne pas pouvoir faire face. Je crois qu'il y a quelque chose en moi qui refuse de laisser s'exprimer ma douleur. Je me mens, je me trompe et me berce d'illusions.

— Tu vas doucement y remédier, affirma Violette, si tu es prête à t'écouter. Ton jardin intérieur doit-être nettoyé, ton cœur doit être soigné, tes paupières doivent être descellées et ton esprit sera libéré. Comme je te l'ai déjà dit, il est primordial de prendre soin de son jardin intérieur, pour pouvoir correctement s'occuper des autres. Ton but dans la vie est d'apaiser les esprits, n'est-ce pas ?

— Oui, je n'en avais pas encore pris conscience, mais c'est le chemin que j'aimerais suivre. J'aimerais être en mesure d'apporter du réconfort, de veiller sur ceux qui en ont besoin.

— Il faut absolument apaiser ton esprit avant d'envisager de te consacrer à cette noble entreprise. On ne peut correctement prendre soin des autres qu'en étant en paix avec soi-même. Pour commencer, il faut que tu te souviennes. Et pour faire revenir les souvenirs, il va falloir rendre son cœur à Mystère. Tu en conviens ?

— Oui, il le faut. Mais j'ai peur et j'ai oublié le chemin qui mène au cimetière des Virides.

— La peur est un sentiment normal, mais il ne faut pas qu'elle te paralyse. Tu trouveras le chemin à suivre. Je ne pourrai malheureusement pas t'y accompagner, mais j'ai cru comprendre que Solitude avait quitté l'ombre des ombres pour te suivre ?

— Oui, elle a reconnu la petite musique qui résonne en moi. D'après elle, Mystère saura à qui appartient le dernier cœur qui se love entre les deux miens et elle saura répondre à ma question capitale. J'espère qu'elle ne me ment pas.

— Solitude dit vrai, affirma Violette, elle ne sait pas mentir. Mystère exècre le mensonge, son ombre est à son image.

— Comment saurai-je que je ne me dirige pas vers une autre voie jonchée d'illusions ? Comment démêler le vrai du faux puisque le passé n'est pas fiable ? Quels sont les souvenirs auxquels je dois croire ? Je ne sais plus à quoi me raccrocher. Il y a trop longtemps que je nie l'évidence.

— Ignore les couches d'interprétation, trouve le noyau de vérité, trouve *ta* vérité, celle qui te permettra d'avancer. Même s'il n'existe pas de souvenirs purs, de vérité absolue en eux, il ne faut pas les fuir complètement. Continue à te raconter des histoires, pourvu qu'elles soient parsemées d'éclats de rêve et de poésie, sans pour autant nier les faits, même les plus douloureux.

Violette termina la potion du retour pour Prunelle qui avait hâte de retrouver Neven. Délicia était épuisée, elle embrassa son amie qu'elle était certaine de retrouver prochainement, quand les cœurs seraient enfin remis à leur place et qu'elle aurait obtenu la réponse à sa question capitale.

Quand Prunelle quitta le *Clair-obscur*, Violette serra Délicia fort dans ses bras et inspira. Elle semblait vouloir imprimer son parfum dans sa mémoire. Cette étreinte, c'était comme lui dire adieu.

— Repose-toi un moment, dit-elle d'une voix lointaine en poussant Délicia à s'asseoir dans le fauteuil. Écoute-moi bien. Il faut que tu suives ton souvenir le plus lumineux au travers des méandres de ton jardin intérieur. Trouve-le et suis-le où qu'il aille. Tu m'as bien entendue ?

— Oui… mais je ne comprends pas… À moins que…

Au fond d'elle, Délicia savait à quel souvenir Violette faisait allusion. C'était celui d'une rencontre récente qui avait bouleversé son existence. Celle d'un adolescent qui avait amené avec lui, la lumière chaleureuse d'un soleil d'été.

— Suis sa lumière apaisante et tu t'en sortiras. Je t'ai préparé une tisane. Bois, elle t'aidera à dormir un peu.

Délicia but le contenu de la tasse de Violette. Le breuvage sentait si bon et ce goût de fruits des bois était si agréable en bouche qu'elle n'en laissa pas une goutte. Quelques minutes s'écoulèrent, pendant lesquelles la jeune fille se sentit fondre comme un morceau de chocolat trempé dans du lait chaud. Violette déposa une couverture sur ses genoux et l'embrassa sur le front. Ses paupières se firent lourdes, sa vue se brouilla et elle sombra dans un sommeil sans rêves.

À son réveil, la couverture avait disparu. Elle était allongée sur une surface inconfortable qui fleurait la terre humide et les champignons. Au-dessus de son visage, ployaient de longs brins d'herbe noire et des rameaux d'aubépine complètement nus, derrière lesquels s'étalait un ciel nébuleux, traversé par d'éternelles lueurs crépusculaires. Elle s'assit, encore somnolente, le regard perdu dans le décor alentour. Le grenier avait laissé place à un lieu singulier, un jardin envahi par des broussailles et des plantes putrides.

— Où suis-je ? murmura-t-elle.

— Dans ton jardin intérieur, répondit Solitude qui la fit sursauter. C'est triste à voir n'est-ce pas ?

— Solitude ? Tu m'as fait peur !

— Excuse-moi... J'attends depuis un bon moment que tu daignes enfin te réveiller. Alors, je te rassure, le jardin n'est pas complètement putrescent. Cette partie l'est, assurément ! Mais juste derrière l'aubépine, la terre semble plus fertile. Les plantes y poussent et s'épanouissent à perte de vue. Allez ! Remue-toi un peu ! Il faut que l'on trouve le chemin qui mène au cimetière !

— Le chemin... Violette m'a dit de suivre mon souvenir le plus lumineux... Je crois savoir ce qu'elle a voulu dire...

— Parlait-elle d'un souvenir réparateur ? Un souvenir qui prend soin de ton for intérieur ? Suis-moi, je pense qu'on le trouvera là-bas !

Elles contournèrent l'arbuste d'aubépine à moitié mort. Étonnamment, la partie qui se trouvait de l'autre côté était incroyablement touffue. Ses feuilles étaient verdoyantes, ses épines acérées et ses fleurs s'épanouissaient en d'éblouissantes corolles blanches. De-ci, de-là, quelques baies rougeoyantes commençaient à remplacer ses pétales immaculés.

À l'image de l'arbuste, cette partie du jardin regorgeait de végétaux épanouis. Et, parmi les feuillages verdoyants, les fleurs aux corolles odorantes, les arbres aux ramures puissantes et aux racines profondément ancrées, se baladaient d'étranges petits animaux qui transportaient des objets familiers.

— Oh ! Mais, ce petit lapin, s'inquiéta Délicia en le pointant du doigt, il porte le collier de perles que j'ai fabriqué pour Maman quand j'avais dix ans !

— Ce n'est pas étonnant que tu reconnaisses tous ces objets, répliqua Solitude. Nous sommes dans ton jardin intérieur et nous devons chercher ton souvenir le plus lumineux. Ne te laisse pas distraire par les autres, tu te perdrais en chemin.

Soudain, Délicia cria, puis porta ses mains à son visage tout en regardant entre ses doigts.

— C'est affreux !

— Quoi donc ? Ah ! hurla Solitude. Oui, en effet, c'est affreux !

— Mes cauchemars ont aussi leur place ici ? Entre ces fleurs si délicates et ces brins d'herbe verdoyants ? s'indigna-t-elle, une grimace de dégoût dessinée sur son visage. Moi qui pensais ne jamais revoir cette horrible créature qui se cachait sous mon lit, quand j'étais petite. Elle est toujours aussi écœurante.

— Ta créature mange des doigts de pieds... Tu l'as imaginée à quel âge ?

— Je devais avoir huit ans... Je crois...

— Quelle odeur épouvantable ! Laissons-donc cette sombre créature à son tas de doigts de pieds qu'elle dévore goulument... et cherchons encore.

Délicia s'éloignait, sans pouvoir détacher son regard écœuré de l'effrayante bête. Elle espérait de toute son âme que ce monstre nauséabond ne les prenne pas en chasse.

— C'est incroyable, Solitude ! Il y a ici des souvenirs que j'avais complètement oubliés. Regarde ce convoi de fourmis qui transporte des morceaux de dessins d'enfant, *mes* dessins d'enfant. Et cet oiseau multicolore, il porte mon écharpe préférée autour de sa gorge ! Celle que j'ai perdue lors d'une excursion dans une grotte avec Prunelle et Neven ! Oh ! Mais...

Un squelette se courbait devant elle et semblait vouloir l'inviter à valser. Elle agrippa alors sa main et se laissa entrainer dans une danse libératrice qui la fit rire aux éclats.

— Je me souviens de ce rêve, Solitude ! s'exclama-t-elle, joyeuse. Ce squelette est incroyablement bon danseur !

Après quelques tours de valse viennoise, le squelette s'inclina de nouveau en une révérence gracieuse, puis il s'éclipsa, dévoilant un spectacle beaucoup moins réjouissant.

— Oh non ! Pas ce cauchemar, pitié, supplia Délicia.

Surgi de nulle part, trois personnes alignées au bord d'un chemin noyé par leur sang se faisaient trancher la tête par trois individus sans visage. Et au fur et à mesure que leurs couteaux effilés coupaient la chair de leurs pauvres victimes, trois autres créatures recouvertes de plumes recousaient les blessures au fil d'or. Inlassablement. Indéfiniment. Et surtout, très lentement.

Délicia eut soudain la nausée. Elle se mit à courir pour s'éloigner au plus vite de ce cauchemar épouvantable. Le pire de tous ceux qu'elle avait pu faire dans sa vie. Puis elle se laissa tomber dans un parterre d'herbes hautes et ferma les yeux. Il fallait qu'elle efface cette affreuse image de sa mémoire.

— Nous devons le trouver, Délicia !

— Je sais... répondit-elle, le souffle court et les yeux humides. Mais, je n'aurai pas la force de faire face à tous mes cauchemars.

— Alors, nous devons le trouver maintenant ! insista Solitude. Relève-toi !

— J'arrive ! cria Délicia, excédée. Laisse-moi juste me remettre de cette confrontation horrible.

Elle s'était assise, les poings serrés et le regard rempli de larmes de rage. Solitude se tut. Elle patienta. Délicia était réellement perturbée par ce qu'elle venait de voir. Elle cria puis passa les mains sur son visage pour sécher ses pleurs. Les tiges de verdure qu'elle avait écrasées entre ses doigts crispés exhalaient une odeur de chlorophylle qui eut un effet apaisant sur tout son être. Elle huma ses mains maculées de ce parfum frais et elle sut.

— Mon souvenir lumineux... il est là, à quelques pas !

Alors, portée par un nouvel élan, elle se leva précipitamment. Elle suivit les effluves de chlorophylle qui se firent de plus en plus prégnants à mesure qu'elle avançait, Solitude sur ses talons. Son double pouls accéléra la cadence et ses joues s'empourprèrent alors légèrement quand elle le vit, à quelques mètres devant elle, nimbé de ce halo flamboyant comme un soleil : Naoan. Debout sur un magnifique tapis de bruyère aux nuances pourpres, son souvenir le plus lumineux lui souriait.

NAOAN, *un prénom palindrome couronné de soleil, aussi beau que le plus beau des mots :* RÊVER.

Délice et volupté.
Extase.

— Naoan ! appela-t-elle en courant vers lui, euphorique.

Mais il se mit lui aussi à courir, semblant vouloir lui échapper. Alors Délicia s'arrêta net, un peu vexée par sa réaction. Il s'arrêta lui aussi et lui fit signe de le suivre. Délicia sourit, elle venait de comprendre.

— Solitude, Naoan va nous guider jusqu'au cimetière !

Le jeune homme auréolé de lumière flamboyante marchait vite. Parfois, il se retournait pour vérifier que Délicia le suivait encore. Et leurs regards se croisaient. Alors, subjuguée par la beauté de ses yeux profonds aux iris verts et or, Délicia rougissait violemment. Les prunelles dilatées de Naoan, cerclées d'anneaux dorés, étaient comme deux étoiles à la dérive ouvertes sur son âme enamourée.

— Quand il te regarde, murmura Solitude, ses yeux sont comme deux morceaux de charbon incandescents. Qui est-ce ?

— Mon souvenir le plus lumineux, répondit Délicia, un sourire radieux dessiné sur les lèvres. Un souvenir très récent.

— Tes joues sont en feu ! s'inquiéta l'ombre. Es-tu fiévreuse ?

— Tout va bien, Solitude, ne t'inquiète pas.

Les cœurs de Délicia battaient à tout rompre. Bercée par la volupté, elle était à la poursuite de son rêve flamboyant qui la guidait entre ses affreux cauchemars. Elle les devinait sur les bordures obscures du chemin mais n'y prêtait plus aucune attention. Certains tentaient une approche, ils s'accrochaient à ses jambes, écorchaient sa peau, soufflaient leur haleine fétide à la surface de sa nuque.

Des rires étranges résonnaient dans le noir, des bruits de succion glissaient sur ses tympans, des relents de putréfaction agressaient ses poumons. Malgré cela, Délicia se focalisait sur Naoan. Il était la lumière qui la guidait vers son avenir radieux.

— Ces cauchemars sont tous plus inquiétants les uns que les autres, murmura Solitude. Tu as l'esprit vraiment créatif ! Pour le meilleur et pour le pire…

— Aussi bienveillant soit-il, je suppose que tout esprit a ses parts d'ombre. Aujourd'hui, je sais qu'il faut suivre la lueur qui nous guide entre mes idées noires, celles qui me sont à la fois si familières et étrangères, celles qui m'effraient autant qu'elles m'ensorcellent.

Au détour d'un sentier, Solitude se figea. Elle vibrait comme la corde d'un instrument, enveloppée par des ondes qui exprimaient son émotion. Peut-être avait-elle peur ? Une ombre pouvait-elle être effrayée ?

— Nous sommes arrivées, chuchota-t-elle.

Délicia contempla l'arche monumentale qui marquait l'entrée du cimetière des Virides. Une arche ornée de statues de pierre entrelacées de branches et de lianes, dont les courbes s'entrecroisaient. Naoan se retourna. Il souriait et braquait son regard éblouissant sur Délicia qui voulut le rejoindre. Mais à peine eut-elle fait deux pas dans sa direction qu'il s'évapora, emporté par le souffle du vent. Elle se figea, déçue, traversée par une vague de mélancolie. Son rêve s'était envolé bien trop vite.

— Il ne devait pas rester, tu le sais, marmonna Solitude en proie à des émotions fortes.

— Oui… je le sais, répondit Délicia, la voix teintée de regret.

Solitude vibrait de plus en plus fort. Alors Délicia saisit une de ses *looooooooongues* **MAINS** froides et **sombres** aux doigts longs et ternis, pour lui manifester son soutien. L'ombre se laissa faire. Elle sembla même apaisée par ce geste chargé d'empathie.

— As-tu peur, Solitude ?

— Oui, murmura-t-elle.

— Sais-tu pourquoi ?

— Oui.

— Aimerais-tu me le dire ?

— Non, je préfère laisser Mystère décider de ce qu'il faut raconter ou non. Une ombre ne devrait jamais se séparer de son corps.

Puis, resserrant son étreinte sur la main menue de Délicia, elle se mit en route. Il fallait qu'elles entrent dans le cimetière ensemble, ou le chemin s'effacerait de nouveau et il faudrait repartir de zéro. Elles franchirent l'arche. Alors, le paysage changea radicalement et, sous leurs yeux ébahis, apparurent les tombeaux d'êtres pétrifiés : les Virides.

Les verts de peur, verts de rage, verts de honte, verts de jalousie et puis les verts de désespoir. Des gisants verdâtres sur leurs lits de lierre, les liens dans lesquels s'écoulaient leurs souvenirs enfouis.

Les Virides.

Les verts de peur, verts de rage, verts de honte, verts de jalousie et puis les verts de désespoir. Toutes ces créatures statufiées attendaient qu'on leur rende leur cœur égaré quelque part, nulle part ou partout à la fois.

Les cœurs des Virides.

Des cœurs brisés en mille petits morceaux éparpillés. Des cœurs de pierre. Des cœurs d'artichaut. Des cœurs de lion, de glace, de papier, de diamant, de verre. Des cœurs d'or. Des cœurs légers, des cœurs serrés, des cœurs gros, des cœurs lourds de tristesse. Des cœurs volés, offerts à contrecœur, des cœurs au bord des lèvres.

Le cimetière des Virides.

Le cimetière des verts de peur, verts de rage, verts de honte, verts de jalousie et puis des verts de désespoir. Des créatures statufiées qui attendaient à cœur ouvert, qu'on leur rende leur cœur qu'elles avaient égaré à corps perdu. Des corps divisés, des corps esseulés.

VIRIDES

DIVISER

Et sur le sol du cimetière, entre toutes ces statues de pierre virides aux regards vides et aux membres figés, parmi ces entrelacs de lierre dans lesquels circulaient leurs souvenirs éparpillés, s'épanouissaient des roses. Les roses qu'Idiclae entretenait autrefois en leur permettant de s'abreuver de son sang. Des Roses Voraces crépusculaires, parsemées de gouttes de rosée qui perlaient, comme des larmes, de leurs délicats pétales. Il ne restait que très peu de ces rosiers prodigieux aux précieuses larmes capables de réveiller les esprits endormis. Ils ne poussaient plus qu'ici, dans le cimetière, aux pieds des Virides.

Délicia et Solitude déambulèrent un moment, silencieuses, bercées par le chant des oiseaux et envoûtées par le parfum des roses. Une brise tiède ondoyait entre les cheveux noir corbeau de Délicia et y faisait papillonner les blancs pétales de ses fleurs d'aubépine.

Du vert.

La couleur du lierre.

Du vert, à perte de vue.

Du vert, linceul de corps perdus ; à cœur ouvert.

Les Virides.

Le lierre qui s'étalait sur le sol en une toile gigantesque, serpentait et frémissait sous les pieds de Délicia. Des lianes se dressaient sur son passage. Elles ondulaient comme des serpents charmés par une mélodie ancestrale. Le lierre reconnaissait le cœur de Mystère. Alors, tout naturellement, l'anagramme-sortilège s'imposa à l'esprit de Délicia, en une incantation connue qui émergeait de la mémoire de la *Sorcière Aubépine*.

— Le LIERRE est un lien qui doit me RELIER à l'IRRÉEL !

À ces mots, le lierre s'enroula autour des membres de Délicia et la souleva à plusieurs mètres. De là-haut, elle embrassa du regard la structure évanescente du cimetière. Ses limites étaient troubles, impossibles à définir.

Brumeuses.

Le cimetière était changeant, aussi inconstant que la *Forêt sans fin*.

Indicible.

Malgré cela, les liens de lierre parcoururent facilement le chemin éphémère qui menait à Mystère.

Solitude, quant à elle, prit le chemin des ombres, un raccourci brumeux entre les rêves et les cauchemars. Elle fut au chevet de sa *Mystère au cimetière endormie* avant Délicia, que le lierre déposa à quelques pas de sa masse vibrante et ténébreuse.

— Il me semble qu'elle hurle sous sa carapace de chitine, articula Solitude dans un écho sépulcral teinté de terreur. Nous devons la libérer de cet horrible carcan, même si cela signifie libérer cette douleur immense, cette colère, cette rage, son désespoir d'avoir été trahie.

— Que lui est-il arrivé ? demanda timidement Délicia qui s'était approchée de la mystérieuse endormie.

Les coléoptères grouillaient sur la carapace parcourue de lierre qui recouvrait le corps de Mystère. Ils tentaient vainement de la libérer, mais l'exosquelette était indestructible.

— Enfant, raconta Solitude, Mystère avait une obsession : les coléoptères. Ces petits êtres qui fourmillaient dans la terre et voletaient dans les airs étaient comme ses pairs. Elle aimait sans comparaison fouiller les buissons, chercher criocères et autres apions. Enfant, elle avait aussi deux amies fidèles. Malheureusement, ces deux amies l'ont trahie.

— De quelle manière ? demanda Délicia.

— Mystère savait lire la vraie nature des gens au fond de leurs yeux brillants. Les yeux lui criaient la vérité, ils étaient des miroirs à la surface desquels se dévoilaient les âmes. Mystère y voyait danser des fils de vérités et de mensonges entremêlés, qu'elle était capable de dénouer. Elle effaçait les illusions pour mettre en lumière les véritables intentions.

— Quelle malédiction !

— Tu ne crois pas si bien dire ! Mystère a longtemps gardé ce secret bien enfoui. Mais il est devenu trop lourd à porter, elle avait besoin de le partager. Un beau jour, elle l'a confié à ses amies. C'était une mauvaise idée ! Terrifiées à l'idée que Mystère puisse lire en elles et dévoiler leurs secrets les plus intimes, elles n'osaient plus la regarder dans les yeux. Le lien d'amitié qui les unissait s'est brisé ce jour-là. D'après elles, leur âme n'était plus une tanière inviolable, leur esprit n'était plus un refuge insondable. Elles n'avaient plus aucune confiance en Mystère.

— Qu'ont-elles fait ?

— Ce que font la plupart des personnes angoissées, elles se sont confiées à leurs parents les plus proches ! Ce secret était trop lourd à porter pour elles aussi. Elles l'ont partagé avec une sœur, un frère, un ami, une grand-mère, qui l'ont à leur tour divulgué à leurs amis, à leurs sœurs, leurs pères, leurs cousines. Et de fil en aiguille, tous les gens alentour n'ont plus parlé que de Mystère et de son secret. Ils l'ont dénaturé, modifié, teinté d'interprétations subjectives. Les bruits qui se sont ensuite propagés à son sujet sont devenus plus prégnants que la vérité. Trahie et dévastée par les rumeurs de plus en plus folles qui couraient à son sujet, Mystère s'est enfuie. Elle s'est réfugiée au plus profond de la *Forêt sans fin*, là où personne n'était censé la retrouver.

— Comment t'es-tu séparée d'elle ?

— Cet épisode, je ne peux le raconter, répondit Solitude. Approche ta main de ce lien de lierre, il te montrera le souvenir de cette douloureuse épreuve.

Délicia approcha sa main. Le lierre s'enroula progressivement autour de ses doigts. L'anagramme sortilège s'imposa alors à son esprit.

LIERRE

RELIER

IRRÉEL

L'environnement changea subitement. Délicia se trouva plongée dans un souvenir commun de Mystère et Solitude. Sa part Alcidie avait beau se débattre, s'insurger contre le danger d'une telle entreprise, il était trop tard.

Au cœur de la *Forêt sans fin*, dans une maisonnette à peine éclairée par les lueurs diffuses du crépuscule éternel, Mystère baignait dans sa solitude. Elle se cachait, espérant ne plus avoir à revivre d'expérience aussi déplaisante. Elle parlait à son ombre, devenue sa meilleure amie, l'unique témoin de sa triste existence. Le calme régnait dans les profondeurs de la forêt. Mais à fleur de peau, la folie guettait.

Une nuit, alors que Mystère cherchait désespérément le sommeil, une fille et un garçon presqu'identiques se sont présentés à elle. Ils avaient l'air agités.

— Comment m'avez-vous retrouvée ? s'inquiéta Mystère lorsqu'elle les vit approcher.

— Si tu nous aides, nous ne révèlerons pas où tu te caches.

— Qui êtes-vous ?

— Fœil et Oféli. Aide-nous à dénouer les liens délétères qui nous unissent. Aide-nous à démêler le vrai du faux, Mystère.

Oféli parlait pour deux et Fœil bredouillait ses écholalies. Ils parlaient double et affirmaient n'être qu'une. Ils disaient être inquiets pour leur santé mentale. Quelque chose de noir s'ingéniait à brouiller leur âme. Quelque chose de si noir qu'ils avaient ressenti le besoin viscéral de couper les liens qui les unissaient l'un à l'autre, tout en craignant que ce soit impossible. Mystère était leur dernier espoir, disaient-ils.

— Vous ne direz à personne que vous m'avez retrouvée ?

— Nous ne dirons rien ! Aide-nous ! S'il te plait.

Ils avaient l'air si sincères et si désespérés que Mystère s'employa sans tarder à sonder leur esprit à travers leurs grands yeux miroirs. Mais ce qu'elle y vit emplit son cœur d'effroi.

Il était impossible de démêler leurs liens, Fœil et Oféli étaient étroitement imbriqués, soudés l'un à l'autre d'une manière peu commune. Ils n'étaient qu'une. Et leur unique esprit était si sombre que Mystère n'y distinguait ni le vrai ni le faux. Leur âme était pétrie de noirceur. Complètement embrumée. Elle ne put rien faire pour les aider. En dernier recours, elle leur offrit un breuvage qui devait, selon elle, endormir cette noirceur et désépaissir le brouillard qui l'empêchait de voir distinctement en eux. Elle leur dit de revenir quelques jours plus tard, une fois leur esprit éclairci.

Fœil et Oféli lui promirent de revenir bientôt pour obtenir d'elle des réponses, pour obtenir d'elle qu'elle les démêle. Et c'est ce qu'ils firent. Ils revinrent, plus sombres que jamais, embaumés d'une noirceur insondable et munis d'une paire de ciseaux étrange. Le breuvage n'avait rien éclairci ! Bien au contraire !

— Tu ne peux plus rien faire pour nous ! Il est trop tard, nous sommes perdus, nous suis plus qu'une, je sommes si triste ! Tu dois couper nos liens !

La main tremblante et la voix suppliante, Oféli lui avait tendu la paire de ciseaux. Son autre main avait disparu, avalée par le bras de Fœil qui semblait terrifié. Il murmurait ses écholalies comme on susurre une prière.

— Je sommes si triste, nous suis plus qu'une, je sommes si triste, je sommes si triste...

Leurs membres s'étaient soudés, leurs cheveux fusionnaient, ils commençaient à se fondre l'un dans l'autre. Et Oféli hurlait, le regard traversé par une lueur de folie, tandis que Fœil murmurait toujours, les yeux révulsés et ternis.

— Coupe Fœil ! Avant qu'il ne soit trop tard ! Couic ! Couic ! Coupe-moi ! Tue-moi ! Tue-nous ! Couic ! Couic !

Mystère refusa. Elle n'était pas une meurtrière ! Elle recula, effrayée par ce qui se jouait sous ses yeux. Fœil et Oféli se rapprochaient inexorablement, lentement, tout en lui parlant d'une seule et même voix. Si triste ! Il était trop tard ! Et malgré leur volonté d'empêcher cela, leurs corps se fondaient l'un dans l'autre. De plus en plus. Bientôt, ils ne firent plus qu'une. Et *elle* ne voulut plus changer cet état de fait. Fœil et Oféli étaient devenus Folie. Et Folie ne voulait pas en finir avec la vie !

FŒIL
OFÉLI
FOLIE

— Que disais-je ? souffla-t-elle. Tue-moi Mystère ? Quelle idée ridicule !

Un rictus sardonique et cruel dessiné sur son visage, Folie se rua brusquement sur la pauvre Mystère. Elle lui sauta à la gorge comme un animal sauvage. Tombée à terre, comprimée sous le corps lourd de Folie, Mystère était sidérée. Trop choquée pour se défendre, trop stressée pour appeler à l'aide, trop dévastée pour réagir. Au fond des yeux de Folie, elle distinguait les éclats de chaos qui grandissaient à la manière de taches d'encre sur un buvard. Et petit à petit, ils coloraient son esprit d'un voile noir insondable.

— J'ai très envie de m'amuser un peu avec toi, déclara Folie, incontrôlable, avant de la gifler violemment.

Elle déchira un morceau des vêtements de l'impuissante et larmoyante Mystère. Elle le roula en boule et l'enfourna brutalement dans sa bouche. Puis elle la frappa. Et la frappa encore. Elle la griffa furieusement, comme un félin qui dépèce sa proie, elle lui arracha les cheveux par poignées et mordit jusqu'au sang dans la chair de ses joues, de ses bras, de son ventre. La furie était douée d'une force phénoménale. La violence de ses morsures étourdissait Mystère. La pauvre jeune femme fut prise de nausée. La bouche ensanglantée, Folie entrava les bras de sa proie qu'elle maintint fermement contre le sol poisseux. Elle saisit ensuite la paire de ciseaux apportée par Fœil et Oféli et la brandit devant le regard implorant de Mystère. Terrorisée, celle-ci écarquilla les yeux et secoua la tête dans un mouvement de négation ponctué de supplications sourdes.

— Jolie Mystère, je me délecte de ta chair si tendre ! Sais-tu à qui appartiennent ces ciseaux ? Non ? Tu ne le sais pas ? Ils appartiennent aux *Sorcières Florifères* ! Ces mégères frigides ont la fâcheuse habitude de nous enfermer, mes *Noires-sœurs* et moi, pour couper nos cheveux. Car, vois-tu, la magie réside dans nos affreuses tignasses emmêlées. Heureusement pour moi et malheureusement pour toi, j'ai réussi à leur échapper ! Et maintenant, je vais couper un morceau de ton être, annonça Folie, tandis qu'elle étranglait Mystère.

La suite, Délicia ne souhaitait pas la voir. Elle se révulsa, se contorsionna pour échapper à ce souvenir imposé. Peine perdue, elle fut témoin involontaire des sévices endurés par la pauvre Mystère qui venait de perdre connaissance.

À l'aide des ciseaux vert-de-gris, Folie découpa Solitude, l'ombre de sa victime. Puis, une fois ce méfait accompli, elle brandit une fiole d'Élixir de folie furieuse et en déversa le contenu sur l'ombre esseulée alors à sa merci.

FIOLE

FOLIE

Puis elle approcha la paire de ciseaux de la poitrine de Mystère et elle trancha. Ranimée par l'horrible douleur qui parcourait son corps, Mystère subit l'intolérable.

— Couic ! Couic ! Couic ! Couic ! hurlait la démoniaque *Noire-sœur* en découpant sa peau.

Solitude, aussi docile qu'un pantin, fut ensuite contrainte de plonger une de ses *looooooooongues* **MAINS** froides et **sombres** aux doigts longs et ternis dans la poitrine de Mystère, déjà traumatisée par la violence des actes qu'elle venait de subir. Puis, brutalement, elle lui arracha le cœur. Mystère s'éteignit, le visage figé dans une expression de profonde terreur.

Alors, Folie s'empara de l'organe mis à nu et le porta à ses lèvres. Elle le flaira, goûta le sang qui s'en échappait, caressa la surface sanguinolente de sa chair. Puis, dans un accès de folie furieuse, elle bondit entre les cauchemars, le trophée de chair et de sang lové entre ses mains de démente. Elle l'emmena loin, très loin, quelque part dans la réalité. Et au contact de cette réalité, il se pétrifia, avant de disparaître dans les flots tumultueux d'une rivière sauvage.

Alors que les effets délétères de l'Élixir de folie furieuse se dissipaient, Solitude vit Mystère se pétrifier elle aussi. La jeune femme violentée était en passe de devenir la première des Virides. Dans un cri de douleur qui déchira la nuit, ses mains recouvertes du sang frais de Mystère, Solitude s'effondra, vaincue par la torpeur qui l'avait engourdie. Puis, lourde de désespoir, elle se laissa glisser dans la doublure des mondes et resta longtemps dissimulée à l'ombre des ombres.

Le retour de Délicia aux côtés de Solitude et Mystère fut douloureux. Paralysée par l'effroi, elle s'effondra à son tour. Émue. Apathique. Pratiquement aphone. Au bout de quelques minutes, elle réussit péniblement à articuler, d'une voix brisée par le chagrin :

— Qu'est devenue la cruelle Folie ? Était-ce la *Noire-Sœur* que nous avons croisée dans la forêt ?

— C'était elle. Les *Sorcière Florifères* l'ont retrouvée et l'ont punie, répondit Solitude d'un ton morne. Avec les ciseaux vert-de-gris, elles ont coupé sa chevelure empoisonnée. Ensuite, elles ont détruit son Élixir de folie furieuse. Folie est maintenant condamnée à vivre enfermée à perpétuité. Sa noirceur s'estompe petit à petit. Elle va rétrécir jusqu'à devenir complètement insignifiante. Quant au cœur de Mystère, tu sais ce qu'il est advenu de lui après cet épisode tragique.

— Personne n'a pu le retrouver avant *l'Oncle Miroir*... qui l'a ensuite confié à Alcidie, conclut Délicia.

— Il est temps de le remettre à sa place.

— Oui, il est grand temps !

Il était temps d'apaiser Solitude et Mystère, qui avaient bien assez souffert. Délicia s'approcha doucement du linceul de lierre qui recouvrait la mystérieuse endormie. Seul son visage, impassible, était encore visible. Ses yeux étaient clos. Elle paraissait sereine, mais dans le silence assourdissant du cimetière, Délicia discernait ses appels désespérés, ses cris déchirants, des hurlements atroces qui résonnaient dans les profondeurs de sa nuit noire. Sa peau blanche, recouverte de chitine aux reflets nacrés, évoquait la carapace d'un insecte. Et dans le prolongement de son front, avait grandi une étrange couronne de laquelle émergeaient les lianes de lierre qui s'entremêlaient à ses cheveux noirs.

Mystère était prisonnière d'une chrysalide parcourue de

centaines de coléoptères qui essayaient de la délivrer, sans succès.

— Il va falloir démêler ces cheveux pour accéder à sa cage thoracique... s'inquiéta Délicia.

— Impossible ! répondit Solitude. Les liens de lierres sont indémêlables et ils entravent sa chevelure. Tu dois utiliser les ciseaux vert-de-gris.

Délicia saisit la paire de ciseaux qu'elle scruta d'un air désapprobateur. Elle hésitait à les utiliser.

— Je crains que mes incisions ne soient trop douloureuses. Elle a déjà tant souffert ! Les ciseaux vert-de-gris ne sont jamais tendres, s'émut-elle.

— C'est un mal pour un bien, affirma Solitude. Coupe ! Petite *Sorcière Florifère*, il n'y a que toi qui puisses le faire !

Délicia s'exécuta. Elle coupa les liens de lierre et la chevelure emmêlée. Elle coupa, tailla et trancha encore, les larmes aux yeux, le rouge aux joues et le vert-de-gris au bout des doigts. Elle se sentait mal de torturer ainsi la pauvre Mystère.

Pourquoi l'acte de délivrance était-il toujours si douloureux ?

Vint enfin l'instant attendu. Elle inspira profondément et prodigua la dernière entaille.

Une dernière entaille.

Une dernière douloureuse entaille.

Une dernière douloureuse et salvatrice entaille.

COUIC !

Elle y était arrivée. Le creux sous la carapace, un abîme de tristesse, attendait son cœur.

— Ce n'est pas fini ! déplora Délicia, anxieuse. Il faut que je perce cette carapace. Oh Solitude ! Je n'y arriverai jamais ! se plaignit-elle.

— Tu y arriveras ! Tu n'as pas le choix ! Il faut percer Mystère !

Alors Solitude posa ses deux *looooooooongues* **MAINS**

froides et **sombres** aux doigts longs et ternis autour des petites mains tièdes et tremblantes de Délicia. Elle les enveloppa comme on recouvre quelque chose de fragile et elle porta le coup fatal.

CRAAAC !

La carapace était rompue.

Un hurlement viscéral surgit des tréfonds de la chrysalide. Une onde de choc puissante balaya tout sur son passage. Solitude et Délicia furent éjectées à quelques mètres. Assommées, elles mirent quelques minutes avant de réaliser. Le cœur de Mystère pouvait enfin être remis à sa place.

Lueurs opalines

> « *L'histoire n'est pas finie tant que passe la Parole enchantée, celle qui donne souffle et vie à toute chose, qui confère du prix à toute existence.* »
>
> *Une robe de la couleur du temps*
>
> *Jacqueline Kelen*

Après le cauchemar, un rêve.

Ou peut-être un autre cauchemar ?

L'ombre du mystère planait.

Solitude flottait, comme un fantôme, un reflet dilué dans la nuit, tout près de son corps engourdi. Ses pieds brumeux s'enroulaient autour de ceux, durs comme la pierre, de sa mystérieuse endormie.

Mystère.

Mystère aimait les coléoptères et ces derniers le lui rendaient bien. Ils grouillaient et s'affolaient, ils sentaient la vie refaire surface. La carapace était enfin brisée.

Délicia observa Solitude qui ondulait comme un drapeau. Puis elle se pencha vers le trou béant dans la poitrine de Mystère. Elle tendit l'oreille pour écouter ses pleurs qui sourdaient des profondeurs de la chrysalide. Des larmes de soulagement.

Délicia introduisit ses doigts dans la brèche, elle huma les fragrances qui s'en dégageaient : un doux parfum de fruits des bois. Elle murmura des paroles apaisantes, puis déposa quelques pétales d'aubépine au fond de la cavité. Une nuée de piérides vêtues de blanc et délicatement nervurées de noir déployèrent leurs ailes et vinrent, tour à tour, déposer des baisers aériens sur ses mains, ses avant-bras, son visage et sa chevelure.

Noir profond, reflets bleu vert.
La magie résidait dans sa tignasse de sorcière.

Sa tignasse de sorcière.
Sa chevelure ondoyante parée de rameaux fleuris.

Les pétales d'aubépines s'envolèrent, légers et gracieux, portés par une brise chargée d'espoir qui tourbillonnait. Un vent d'optimisme balayait le chagrin.

La paume gauche de Délicia verdissait. Elle ressentit l'envie pressante de la frotter, mais se souvint de l'avertissement de Spinosa.

Ne frottez pas votre épiderme, vous ne feriez que retarder le processus.

Les démangeaisons s'intensifièrent tandis que sur son thorax, la cicatrice chéloïde remuait de nouveau. Les deux cinq s'étaient rapprochés l'un de l'autre, entremêlant leurs arabesques comme deux serpents ondoyants trop longtemps privés d'une étreinte.

Caresses langoureuses.
Démangeaisons râpeuses.

Délicia eut alors un pincement au cœur. Quelque chose remua dans son for intérieur. Au centre de sa paume verdâtre, une minuscule excroissance ténébreuse palpitait frénétiquement.

Contenait-elle toute la souffrance du monde pour ainsi se parer de la teinte obscure d'une douloureuse ecchymose ?

Alors qu'elle exécutait des gestes qu'Idiclae connaissait par cœur, une anagramme sortilège s'imposa à l'esprit de la Sorcière Aubépine. Délicia psalmodia :

— Laisse ÉCLORE ta COLÈRE petit cœur cacochyme ! Car de ta chair NOIRÂTRE, va NAÎTRE ton cœur d'OR !

C'est alors qu'un bourgeon verdoyant perça la petite excroissance et que de la chair obscure naquit une liane de lierre. Une tige souple se déploya, élégante et fragile, portant à bout de feuillage, un nid de douceur plein du cœur de Mystère.

Un cœur d'or, timide et mortifié, resté trop longtemps absent. Du bout de ses doigts libres, la sorcière Aubépine fit naitre une épine blanche, au bout de laquelle s'étirait un étincelant fil d'or. Elle murmura :

— Je suis Délicia Aubépine, fille de l'aube aux fleurs guérisseuses, prompte à prodiguer des gestes apaisants. Voici mon ÉPINE blanche pour COUDRE de ce fil d'OR, les plaies causées par la PEINE sur ton précieux CŒUR D'OR !

Raccommodé, le cœur de Mystère s'apaisa progressivement. Délicatement, Délicia le déposa entre les pattes des coléoptères qui s'en emparèrent afin de le remettre à sa place. Cousu de fils d'or sur son nid de pétales blancs, il palpitait calmement. Cette image, Délicia la trouvait belle. Mais sa contemplation fut vite interrompue par Solitude qui s'inquiétait.

— Va-t-elle se réveiller ? demanda l'ombre à mi-voix.

— Le cœur est à sa place, répondit Délicia. La peau de son thorax se reconstitue. Vois-tu ? Elle se suture, bientôt le trou ne sera plus. Je vais maintenant déposer quelques *Gouttes de rosée* sur ses paupières.

Délicia déboucha doucement le flacon et macula les paupières de Mystère des précieuses *Larmes de Rose Vorace*, celles qui éveillaient les esprits et faisaient voir la réalité.

— Solitude, il faut que j'en verse quelques gouttes sur ton corps fuligineux. Après cela, tu redeviendras celle que tu n'aurais jamais dû cesser d'être. Tu redeviendras l'ombre de Mystère. Es-tu prête ?

— Je le suis ! affirma l'ombre sans l'once d'une hésitation.

— Parfait.

Le lierre, qui demeurait sous le charme de la *Sorcière Aubépine*, s'enroula autour de ses membres et la souleva à hauteur de Solitude.

— Délicia ? intervint l'ombre.

— Oui ?

— Merci... souffla-t-elle d'une voix lointaine et sépulcrale avant de s'évanouir entre les mondes.

Délicia déboucha le petit flacon de verre qui contenait les précieuses *Larmes de Rose Vorace*. Cinq gouttes rose brumeux s'échouèrent une à une sur la ténébreuse Solitude. Celle-ci glissa alors, comme un serpent ensommeillé qui dévorerait goulument l'espace, puis elle se fondit dans le décor indicible du cimetière, redevenant l'ombre de Mystère.

Au même moment, cette dernière s'éveilla comme une fleur qui s'épanouit. Les pétales de ses yeux s'ouvrirent sur le monde et son regard plongea dans l'immensité du crépuscule éternel.

Larmes de joie.

Ses lèvres s'écartèrent et elle inspira une bouffée d'air chargée du goût de sa liberté.

Rire nerveux.

Ses mains se déployèrent pour accueillir les fruits des bois offerts par les coléoptères qui célébraient son retour.

Festin frugal.

Mystère se redressa, lentement, péniblement.

Les gestes lourds, le corps ankylosé, l'esprit engourdi.

Et de sa voix éraillée, elle dit merci.

Ainsi assise sur son lit végétal, cajolée par son essaim de coléoptères, Mystère avait l'allure gracieuse d'une souveraine auréolée de bienveillance. Jamais Délicia, ni Alcidie, ni Idiclae n'avait décelé plus de force, de bonté et de volupté en un seul être. Il émanait d'elle une sincérité déstabilisante. Ses grands yeux bleus brillaient d'une lucidité désarmante, dont les rayons sondaient le moindre recoin de votre être. Elle était si belle drapée dans cette véracité !

— Délicia Aubépine, murmura-t-elle d'une voix plus limpide qu'à son réveil, je sais que tu as des questions. Et je lis dans ton regard que l'impatience et la crainte s'entrelacent au fond de toi. Approche, s'il te plaît, nous allons crever l'abcès, ensemble.

Délicia obtempéra, les yeux rivés à ceux de Mystère, fébrile à l'idée de lui poser ses questions. Saurait-elle vraiment y répondre ?

— Tu as une question capitale à me poser. N'est-ce pas ? Assieds-toi près de moi, tu seras plus à l'aise.

Délicia s'assit sur le lit de lierre, aux côtés de l'étrange Mystère qui la dévorait de son regard déstabilisant.

— L'*Oncle Miroir* m'a un jour confié votre cœur en me disant qu'il était une clé. De quoi est-il la clé ?

— Ce n'est pas ta question capitale, mais je vais tout de même y répondre. Mon cœur représente la clé du mystère. La clé de ton mystère, celle qui ouvrira le coffre de tes souvenirs enfouis. Maintenant, pose-moi ta question capitale jeune et soucieuse *Sorcière Florifère*. Comment puis-je apaiser tes tourments ?

— Savez-vous à qui appartient ce petit cœur sensible qui se laisse bercer par mon double pouls ? Je dois absolument le remettre à sa place avant qu'il ne s'endorme pour de bon. Une overdose de sang d'Aubépine lui serait fatale.

— Ce cœur fragile... hésita Mystère, ce cœur fatigué s'accroche à toi, car il te connaît. Il est comme un douloureux souvenir qui se cramponne et dont on ne sait pas écouter le chant.

— Il me connaît ?

— Approche-toi encore Alcidie Délicia Idiclae, tu y es presque ! Laisse s'envoler Idiclae. Laisse s'effacer ce double que tu as créé ! Arrête de rêver ! Ouvre les yeux, Alcidie ! Regarde la réalité en face !

Délicia, Alcidie, Idiclae... Soudain, tout se délita. Les fleurs dans ses cheveux perdirent leurs blancs pétales. Les rameaux d'aubépine ainsi dépouillés tombèrent à ses pieds et devinrent poussière. Sa cicatrice chéloïde s'estompa peu à peu. Elle s'accrocha à Mystère, sans vraiment savoir pourquoi. L'angoisse affluait. Dans un flash, elle crut soudain serrer Aubeline dans ses bras. Elle sentit son parfum de miel. Perçût les reflets mordorés de ses cheveux, sublimés par la brume dorée qui les enveloppait. Puis ce fut Rosamé qui, soudain, lui caressa les joues en la regardant d'un air mélancolique. Celle-ci disparut dans un souffle pour laisser place à Orson. Paré d'une longue chevelure blanche parsemée de cristaux, le vieil homme pleurait doucement tout en berçant sa petite fille.

L'inquiétante étrangeté régnait.

Délicia, Alcidie, Idiclae, rien de tout cela n'était vrai.

L'inquiétante étrangeté allait la dévorer.

Alcidie hurla.

Mystère était de retour. Elle enveloppa Délicia Alcidie Idiclae de ses bras parcourus de vérité puis la serra bien fort contre elle, avant de violemment crever l'abcès.

— Ce cœur à bout de souffle qui se cramponne à toi comme tu

t'accroches à moi, susurra-t-elle du bout des lèvres, c'est le cœur perdu de ton père Théophane, petite Alcidie.

Cœur myosotis.
Forget me not.
Chagrin de Théophane.

Délicia Alcidie Idiclae s'effondra dans les bras de Mystère, qui redevint Rosamé, puis Orson, puis Aubeline. Tout se mit à tournoyer, tout sauf elles. Mystère ne perdit rien de son allure majestueuse, elle était comme un roc arrimé aux profondeurs de la terre ferme.

— Pourquoi poser ma question capitale alors que j'en devine maintenant la réponse ! hurla Alcidie, anéantie. Pourquoi nous a-t-il abandonnées ?
— Parce qu'il est mort, Alcidie, ton père est mort ! articula Aubeline, parée de la chevelure de Mystère et vêtue d'une robe parcourue par des milliers de coléoptères.
Ce disant, Mystère-Aubeline plongea sa main dans la poitrine de Délicia pour en extraire le cœur mort de Théophane, un cœur de pierre inerte et froid.

BLEU CHAGRIN.

CHAGRIN TROP DOULOUREUX.

— Je sais ! cria Alcidie complètement désarmée et en larmes. Bien sûr que je sais que mon père est mort ! J'ai inventé toutes ces histoires ridicules pour endormir ma colère, pour éviter de voir la réalité en face ! Mon deuil a été dilué par mes larmes aveuglantes !
Ma vie entière est une aquarelle diluée par le chagrin.

DEUIL
DILUÉ

Alcidie venait de desserrer l'étau qui comprimait son cœur depuis si longtemps. Mais elle avait, dans le même temps, réveillé le petit monstre de douleur qui sommeillait en elle. Alors, cette créature enfantée par les épines qui s'étaient un jour plantées dans son petit cœur tendre se changea de nouveau en bête hargneuse, puis déchira le lien qui unissait Alcidie à Idiclae.

La bête avait tué Délicia.
La violence des émotions submergea Alcidie.

Décharge électrique.
Zzzztack !
Rupture.

Soumise à un stress intense, elle s'effondra de douleur. Quelque chose de terrible venait de se produire en elle. Elle ne cherchait plus à lutter. Elle s'enfonçait loin, très loin, dans les abîmes sombres de son esprit meurtri. Alcidie s'était brusquement éteinte. Comme si la bête hargneuse avait actionné un interrupteur.

À fleur de peau.
À corps perdu.
À cœur ouvert.
À perdre haleine.

Alcidie sombra dans les bras de Crépuscule, la femme univers, son univers, son for intérieur, le cœur de son être qui la regardait d'un air mélancolique et perdu. Sa chevelure blanche ondoyait comme un serpent lumineux qui venait dévorer les derniers morceaux d'ombre qui voilaient son esprit, pour l'emmener vers les lueurs opalines du lever du jour.

III

Bleu myosotis

> « J'irai, j'irai porter ma couronne effeuillée
> Au jardin de mon père où revit toute fleur ;
> J'y répandrai longtemps mon âme agenouillée :
> Mon père a des secrets pour vaincre la douleur. »
>
> Extrait de La couronne effeuillée
> Marceline Desbordes-Valmore

Les yeux révulsés, la bouche entrouverte et les poings serrés, Alcidie respirait bruyamment.

Les larmes du ciel s'échouaient sur son visage comme des milliers de points de suspension qui dévalaient sa peau frissonnante. Ses cheveux adhéraient à son visage, à son cou, à ses épaules, à ses bras nus. Un matelas de verdure humide accueillait son corps raidi par les spasmes.

L'orage grondait à l'extérieur.

Des éclairs foudroyaient son intérieur.

ÉPILEPSIE

Le ciel hurlait.

Son cerveau se consumait

ÉPILEPSIE

Aubeline s'inquiétait.
Le corps d'Alcidie convulsait.

Puis lentement, le brouillard s'étiola et Alcidie reparut, affaiblie, aux portes de l'oubli, s'agrippant péniblement au lien abstrait qui l'unissait à la réalité.

Aubeline était là, elle la serra fort dans ses bras.

AUBELINE

AUBE LIEN

Son cœur se calma.
Mais la douleur persista.
Longtemps.

BLEU NUIT.

Alcidie refaisait surface.
Alcidie rejoignait sa réalité.

Respire.

Aubeline était là, elle la serrait fort dans ses bras. Sans un mot, juste des gestes apaisants. Elle partageait son bleu chagrin.

Aubeline avait toujours été là, elle était le lien qui maintenait sa fille à flot, le lien arrimé aux souvenirs enfouis loin, très loin, en plein cœur du chaos qu'Alcidie avait en elle.

Le jour était sur le point de se lever.

Le bleu du ciel remplacerait bientôt le bleu des ecchymoses.

BLEU INDIGO

Alcidie refaisait surface dans les bras d'une fée poudroyante aux cheveux mordorés. Contrastes saisissants du lever du jour.

BLEU NUIT,

Constellé d'éclats argentés, larmes scintillantes.

BLEU INDIGO,

Habillé de son voile doré, larmes étincelantes.

Et les points de suspension continuaient de pleuvoir inlassablement... piquetant sa peau... diluant ses larmes... se dissimulant dans les replis de sa robe noire...

Les gouttes de pluie se mêlaient aux gouttes de rosée...

Et toutes ces gouttes, et ces larmes, et ces points de rosée chantaient et appelaient le soleil à se lever pour célébrer le cours du temps...

Toutes ces gouttes, et ces larmes, et ces points de rosée s'égrenaient comme les secondes, les minutes et les heures de la vie...

Une rivière de larmes, et de gouttes, et de points de rosée, s'écoulait le long de ses membres engourdis par l'orage qui avait secoué tout son être... un frisson parcourut le corps d'Alcidie.

Les éclairs dans sa tête avaient mis en lumière l'évidence, le cœur du mystère, l'ombre à l'ombre des ombres ...

ÉPILEPSIE
HALLUCINATIONS

SYNESTÉSIE
ILLUSIONS

FANTAISIE
IMAGINATION

POINTS DE SUSPENSION

...

— Maman...

— Oui mon cœur ? répondit Aubeline dans un sanglot.

— Maman, Papa est mort...

— Oui, il est mort...

— C'est la première fois que je le dis, c'est la première fois que je *te* le dis, c'est la première fois que je *me* le dis !

— Oui, tu y es parvenue, au fil du temps...

— Je vais arrêter de me mentir, hoqueta-t-elle, je vais effacer ce clone dilué que j'ai inventé pour endormir ma douleur, je vais oublier cet *Oncle Miroir* qui n'a jamais existé pour laisser place à la vérité... Papa est mort ! s'écria-t-elle avant de s'effondrer dans les bras d'Aubeline.

En pleurs mais soulagée.

Terriblement triste mais libérée des épines qui étreignaient son petit cœur, libérée de l'étau qui l'enserrait et l'empêchait de s'exprimer.

Le bleu des ecchymoses s'écoulait enfin pour se répandre dans les veines du mystère et abreuver les *Roses Voraces* dont les larmes lui montraient la réalité.

Son deuil.

Un deuil différé.

BLEU CHAGRIN

Étreintes salvatrices, larmes ruisselantes.

Son petit monstre hurlait de douleur, il lui faisait mal. Il caressait sa mélancolie et prononçait le prénom de son père qui écorchait son cœur. Aubeline la berçait, l'embrassait, alors qu'elle nageait dans les flots de couleurs vives et la lumière naissante de l'aurore. Le contraste entre cette vive douleur et la beauté du ciel était saisissant.

Théophane, lumière divine.

Théophane.

Comme une incantation magique, ces quelques lettres articulées ensembles avaient eu le pouvoir de figer le temps, de suspendre le cours des événements. Mais le temps s'écoulait maintenant à une allure vertigineuse et le clair-obscur de la vie avait fait place à l'aurore. Le crépuscule éternel s'était mué en un ciel d'or bleu, mouvant, changeant, modelé par le cours du temps. Alcidie était plus lucide, ses paupières s'étaient levées comme le soleil sur le monde qui s'éveillait. L'astre diurne se fit alors peintre et déposa des lueurs atmosphériques habillées de bleu, de rose et d'or, qui se mêlèrent aux larmes du ciel pour offrir à ses yeux un spectacle étincelant. Un rêve d'or bleu constellé de photométéores et d'éclairs.

— Iris la messagère parcourt l'azur teinté d'or bleu pour y dessiner des arcs-en-ciel, murmura alors Alcidie dont les larmes se mêlaient à la pluie.

Larmes de douleur, d'apaisement, de bonheur. À l'image de ce ciel tourmenté, un brouillamini d'émotions diverses la submergeait. Elle tremblait.

— Et Aurore embrasse les étoiles qui glissent et se cachent à l'horizon, ajouta Aubeline avant d'étreindre sa fille. Rentrons, avant d'attraper froid.

RÊVER DOUBLE
La douleur me BRÛLE, me DÉVORE.
Peut-elle DÉVORER le BLEU de mes ecchymoses ?
Je RÊVE D'OR BLEU.

Carnet Doré, 355 jours après le Jour Rose
Encre Dorée sur papier blanc

Aujourd'hui, nous sommes le cinq juillet, il s'est écoulé presqu'un an après le Jour Rose et j'ai mis des points de suspension à mon histoire.

Aujourd'hui, nous sommes le cinq juillet, et j'ai enfin déchiré le voile qui recouvrait mes souvenirs.

À cœur ouvert, je me suis laissée aller dans le Clair-obscur, entre le jour et le rêve. J'y ai glissé à corps perdu par la faille imperceptible qui s'étire à l'horizon, comme un sourire étrange dont s'échappent les ombres dansantes du crépuscule.

Marchant à la lisière de la folie, au bord de l'imagination, j'ai traversé l'obscurité sans me perdre en route, guidée par la lueur de l'aube qui se répandait sur les sentiers tortueux d'une étrange forêt de conte de fées. J'ai longtemps déambulé entre les rêves, vêtue des vers mélancoliques d'un poème et enduite des reflets mordorés d'une peinture à l'huile. Couronnée de rêve, j'ai rencontré mon for intérieur dans la doublure des mondes.

À présent, je marche lentement vers la vie réelle, m'éveillant telle Aurore d'un si long sommeil. Enfin, mes yeux regardent la réalité en face, mes oreilles entendent la vérité. Toutes ces sensations que je m'étais interdites reviennent à moi comme une gigantesque et puissante lame de fond. Cet état pourrait être salvateur, je dois prendre garde à ce qu'il ne soit pas dévastateur.

J'ai décidé d'ôter mon auréole de brume, de détruire ce diadème fait d'illusions réconfortantes, pour affronter mes démons.

Mon petit monstre est toujours là, blotti tout contre mon cœur, mais j'ai réussi à le dompter !

Je mets trois points de suspension à mon histoire. Imprévisible, déroutante, incertaine, la vie reprend son cours, lovée dans son mystérieux écrin de temps et d'espace infinis.

Le jour se lève, j'ouvre les yeux, je rejoints ma réalité.

Alcidie était enfin prête à faire face. Après l'impressionnante crise d'épilepsie qui l'avait terrassée dans le jardin, elle avait passé la journée en compagnie d'Aubeline. Elles s'étaient confiées l'une à l'autre. Elles avaient longuement évoqué Théophane et son souvenir était devenu moins douloureux à mesure qu'elles s'exprimaient. Alcidie avait soufflé sur les brumes ténébreuses qui le recouvraient pour le parer de nostalgie. La sérénité s'insinuait peu à peu dans son esprit.

La nuit suivante fut réparatrice. À son réveil, le soleil brillait. Elle proposa à sa mère de l'accompagner au village. Pour l'occasion, elle revêtit une tenue d'un blanc immaculé chargée de toutes les couleurs du monde, d'où s'échappait un arc-en-ciel éblouissant qui réchauffait son cœur convalescent.

— Maman... Quand j'étais petite, je croyais réellement que Papa avait suivi un ange des bois et qu'il s'était endormi quelque part dans le jardin des fées.

— Le cerveau est un gardien protecteur, il fait tout pour atténuer les douleurs. Il pousse parfois notre esprit à glisser de la réalité jusqu'à la rêverie pour s'y réfugier. C'est une belle histoire que tu n'es pas obligée d'oublier. Garde-la au fond de toi, elle est comme un pansement sur ton cœur.

— Je m'excuse de ne jamais être venue ici avec toi, je ne voulais pas y croire, j'espérais l'impossible.

— Ne t'excuse-pas, ma chérie. Je sais que c'était trop difficile pour toi, je ne t'en veux pas.

— Maman, c'était très difficile pour toi aussi, et je te remercie d'avoir gardé un œil si bienveillant sur moi et sur mes émotions. Tu m'as accompagnée avec tant de respect. Tu es une formidable maman. Je t'aime !

Elles s'étreignirent, se serrèrent l'une contre l'autre, très fort. Si fort qu'elles sentirent battre leurs cœurs à l'unisson. Puis Aubeline prit la main de sa fille et doucement, elles s'engagèrent ensemble sur le chemin gravillonné qui serpentait entre les sépultures.

Le lierre étendait ses lianes feuillues en une gigantesque toile qui semblait connecter les défunts avec le reste du monde.

LIERRE
IRRÉEL
RELIER

Il s'enroulait autour des arbres, des stèles et des statues. Il s'étirait sur les pierres tombales en de longs tentacules verdoyants qui s'arrimaient au sol, jusque sous leurs pieds.

Au-dessus de chaque tombe, Alcidie distinguait les ondes fantomatiques de silhouettes irréelles, nappées de brume et de larmes ruisselantes.

Le *Souffle des défunts.*

C'est ainsi qu'elle baptisa ces auréoles spectrales illuminées par une obscure clarté.

Le *Souffle des défunts.*

C'est ainsi qu'elle baptisa ces auréoles spectrales qui émergeaient de son imagination.

Et entre les tombes, entre les lianes étendues du lierre protecteur qui recouvrait le cimetière tout entier, elle vit poindre des boutons de rose et s'épanouir leurs corolles odorantes et majestueuses.

Des roses par centaines.

Des roses par milliers.

Des roses pour célébrer les morts.

Des roses pour glorifier la vie.

— C'est ici, annonça Aubeline. Théophane repose sous ce linceul de myosotis encore en fleurs.

— Sous la terre noire... Ombre parmi les ombres... murmura Alcidie, en faisant glisser ses doigts sur les lettres gravées dans la stèle qui émergeait du parterre de fleurs. Nous sommes chacun de notre côté de la surface de la terre... Papa...

Une larme roula sur sa joue, sa gorge se noua. Elle plongea sa main dans sa poche pour en ressortir une pierre.

La pierre.

La pierre cœur aux nuances bleu indigo profond. Celle qu'elle avait trouvée juste devant l'entrée de la petite maison qui aurait pu devenir leur foyer, avant qu'elle ne soit dévorée par les coulures de couleur de la mérule pleureuse.

COULURES

COULEURS

— Myosotis, *Forget me not*, chagrin de Théophane... susurra-t-elle, en déposant la pierre cœur au sein du massif d'herbe d'amour.

Aubeline et Alcidie restèrent ainsi, lovées l'une contre l'autre, devant le parterre de fleurs bleues. Elles se laissèrent bercer par le silence et les murmures portés par le vent. Puis, quand elles se sentirent prêtes, elles rejoignirent la maison qui les avait vues naitre toutes les deux, leur cocon familial, le berceau de leur univers : la maison des Bruman.

Orson et Rosamé les y attendaient sous la ramure de *Jour Radieux*. Les orages de la veille avaient laissé place à un ciel bleu sublimé par les rayons étincelants du soleil. Sur la table de jardin d'un autre temps, ils avaient disposé une nappe bleue ponctuée de petites fleurs. Et sur cette nappe, offert comme un trésor, attendait patiemment le carnet *Rêve étoilé*.

Carnet myosotis,
10 jours après le Jour des épines 🌸
Crayon bleu sur papier blanc

(Avec l'aide de papy Orson, mon petit ourson.)

Rosame m'a dit que Papa était parti.
Maman m'a dit que Papa était parti.

Je pense qu'elles se trompent. Moi, j'ai vu Papa s'allonger sur la pelouse la nuit ! Je crois qu'un ange des bois est venu le chercher et qu'il s'est juste endormi comme la Belle au bois dormant. Je pense qu'il dort dans la forêt, dans le jardin des fées. Moi, je crois au paradis des fées ! Et un jour j'irai le chercher là-bas mon papa choupinou doudou.

∞

Couleur sépia

> « *Tout enfant, j'ai senti dans mon cœur deux sentiments contradictoires : l'horreur de la vie et l'extase de la vie.* »
>
> Mon cœur mis à nu - Charles Baudelaire

Le *Jour Rose*.

Son récit avait commencé le *Jour Rose*.

Le matin de ce jour de fête, pratiquement un an auparavant, Alcidie s'était effondrée près de *Pernilla*, après avoir observé le ballet d'une pie-grièche écorcheur qui tournoyait autour de *Nuit Noire*. Elle avait été terrassée par sa première crise d'épilepsie convulsive. Sa première crise visible, qui suivait les multiples absences dont elle avait été victime les mois précédents. Celles, accompagnées de légères hallucinations auditives et visuelles, qui l'avaient troublée à plusieurs reprises et lui faisaient craindre la disparition des limites entre le rêve et la réalité.

Au moment de plonger la tête dans l'Effluviale, une de ces absences épileptiques l'avait privée de son tonus musculaire. Elle n'avait pas été en mesure de remonter à la surface. Dans le même temps, elle avait eu le loisir d'imaginer ce petit quelque chose qui protégeait la pierre. Lors de sa deuxième crise d'absence, elle avait entendu la voix de Rosamé qui l'appelait, alors que des hallucinations visuelles s'étaient invitées dans son esprit. Ni elle ni sa grand-tante ne se doutaient de ce qui se passait à ce moment-là. Enfin, quand Spinosa avait surgi dans la bibliothèque, une crise un peu plus grave dont elle ne gardait aucun souvenir, lui avait fait perdre connaissance. Épuisée et submergée par de violentes émotions, elle avait directement sombré dans un sommeil agité. Son imagination était sans limites. Ses hallucinations et ses rêves s'en trouvaient donc renforcés.

Bien entendu, jamais son vœu au carnet noir ne fut exaucé. Jamais elle ne glissa entre les mondes pour rejoindre le mystérieux *Clair-obscur*.

Non.

Tout ceci n'était qu'une histoire qu'elle s'était inventée.
Une histoire au sein de laquelle se lovait sa vérité.

Le *Jour Rose*.
Son récit avait commencé le *Jour Rose*.

Alcidie avait pris sa plus belle plume, alors qu'elle rentrait à peine de l'hôpital où elle avait subi divers examens. Elle venait d'apprendre qu'elle souffrait d'épilepsie, comme son père. Elle avait alors trempée cette plume dans le flacon de *Larmes de Rose Vorace*, l'encre rose trouvée chez Aristide. Puis, dans le carnet *Rêve étoilé* qu'Aubeline lui avait offert, elle avait rédigé les premières lignes d'une histoire qu'elle mettrait un an à écrire. Un conte en l'honneur de son père qui renfermait plus de vérité que la simple réalité. Un récit imagé, plein de symboles et de magie, qui avait fini par la réconcilier avec le passé et par conséquent, avec le présent.

En rentrant du cimetière, elle avait proposé à ses proches de lire cette histoire qui l'avait aidée à accepter une réalité qui l'avait longtemps effrayée. Chacun leur tour, ils avaient entrepris de parcourir les pages de son carnet *Rêve Étoilé*. Aubeline avait insisté pour être la dernière à le lire, afin de se préparer émotionnellement. Une semaine s'était écoulée avant qu'elle ne débute sa lecture. Elle venait de l'achever sous les yeux remplis d'appréhension d'Alcidie qui attendait son verdict.

— Ton récit est merveilleux, soupira-t-elle en refermant le carnet. C'est une belle alliance des histoires de ton père et des tiennes. Je n'aimerais tout de même pas me retrouver face à Folie Furieuse !

— Oui, elle est abominable ! annonça Alcidie, soulagée par l'avis positif de sa mère. Elle représente certainement les émotions violentes que j'ai ressenties à la mort de Papa...

— Et quel titre vas-tu donner à ce récit ?

— *Rêver Double*... enfin, je crois, je n'en suis plus certaine.

— N'en change pas ! Il est parfait ! s'exclama alors Aubeline, qui avait décelé l'incertitude dans la voix de sa fille.

— J'ai relu certains de mes carnets pendant la rédaction de *Rêver Double*, penses-tu que c'était une bonne idée ? J'ai peur de les avoir mal interprétés...

— Peu importe le sens que tu as donné à ces lectures, pourvu que tu n'en aies pas souffert, ma chérie.

— Je n'en ai pas souffert. Au contraire, ces lectures m'ont révélé quelques faits que j'avais oubliés. Pour créer Adénosine, je me suis inspirée d'un vague souvenir que j'avais du médecin que nous sommes allées voir après le décès de Papa. Celui qui suit l'évolution de santé d'Ailill.

— Emeric Pad ?

— Je ne sais pas si tu avais remarqué mais, l'anagramme d'EMERIC PAD est CARPE DIEM. Je ne me souvenais plus de ce cœur tatoué sur sa main gauche. Jusqu'à ce que je relise mon carnet Myosotis. Regarde ce que j'ai écrit à propos de ma rencontre avec lui quand j'avais cinq ans.

Carnet myosotis,
11 jours après le Jour des Épines ☀
Crayon bleu sur papier blanc

(Avec l'aide de papy Orson, mon petit ourson)

Maman m'a emmenée chez un monsieur sans cheveux qui m'a posé beaucoup trop de questions. Je crois qu'il voulait me voler mes souvenirs de Papa pour ne pas que je le retrouve ! J'ai beaucoup trop pleuré. Et Maman aussi elle a pleuré un peu.

Le monsieur, il n'avait pas de cheveux !

Il était louche ! Je lui ai pas répondu.

Sur son bureau, il y avait la photo d'une femme trop jolie qui avait des cheveux orange très longs ! Trop beaux ! Le monsieur m'a dit que c'était sa femme. Je pense qu'il rêvait d'avoir des cheveux aussi beaux qu'elle !

Le monsieur, il n'avait pas de cheveux et en plus, il avait dessiné un cœur sur sa main ! Alors là, j'ai eu très peur et j'ai beaucoup trop pleuré.

Papa m'avait bien dit de me méfier de ce monsieur ! Et Maman ! Elle avait pas l'air au courant qu'il fallait pas lui parler ! Alors je lui ai dit ! Et elle a décidé qu'il fallait partir. Et je n'ai plus jamais revu ce monsieur sans cheveux qui voulait me voler mes souvenirs de Papa !

— C'est indéniable. Il a marqué ton imaginaire. Et le portrait de sa femme aussi apparemment.

— Oui, Effluve a les mêmes caractéristiques physiques.

— Tu sais, ajouta Aubeline, le docteur Pad est quelqu'un de fiable. Mais ton père ne lui faisait pas confiance. Et il t'a transmis sa méfiance. Il était évident que tu ne voudrais plus jamais retourner à son cabinet après ce premier rendez-vous. Alors le Docteur Pad m'a proposé de venir seule, de temps en temps, et j'ai décidé d'accepter. Il m'a beaucoup aidée.

— Comme j'ai été idiote !

— Bien sûr que non, Alcidie ! Tu étais petite et terrifiée, tes réactions étaient compréhensibles. Et puis tu avais trouvé un autre moyen d'exprimer tes émotions.

— L'écriture... Oui, tu as raison, je ressentais toujours une espèce de soulagement quand j'écrivais. Même si mon tout premier texte a été très difficile à rédiger ! D'ailleurs, j'ai toujours les larmes aux yeux quand je le lis. Il est gorgé d'émotions fortes. Veux-tu le lire ?

— Avec plaisir ma chérie.

Carnet myosotis,
5 jours après le Jour des épines ✦
Crayon bleu sur papier blanc

(Avec l'aide de papy Orson, mon petit ourson.)

Je pleure beaucoup trop
J'ai mal au cœur à cause des épines.
Maman est trop triste.
Pourquoi Papa nous a abandonnées ?

— Ta question capitale, murmura Aubeline.

— La réponse l'est tout autant, sinon plus. Elle a eu l'effet d'une onde de choc salvatrice. Aussi libératrice que fut le retour d'Effluve aux côtés d'Adénosine, s'amusa-t-elle.

— En parlant d'Effluve, j'aime particulièrement ce que tu as fait de l'histoire de notre ancêtre Esthète Bruman. Remplacer le datura qui a causé sa mort par cette fée particulièrement curieuse, c'est une jolie métaphore de son destin tragique ! Y a-t-il d'autres concordances avec la réalité ?

— Il y a ce garçon avec qui j'ai longuement discuté à l'hôpital, le lendemain du *Jour Rose*, répondit timidement Alcidie.

— Oh, oui je me souviens de ce sympathique jeune homme.

— Alors que nous parlions de tout et de rien, j'ai évoqué ma synesthésie. Et lui, il m'a parlé de sa prosopagnosie. Je m'en suis inspirée pour écrire le début de mon histoire. J'imagine mal perdre la faculté de reconnaître mes proches, ce serait certainement affreux ! Mais pour lui, ne pas reconnaître les visages est une situation familière. Il est né ainsi et a naturellement développé des stratégies compensatoires pour palier à son handicap. Ce garçon est... ses yeux sont si... j'aimerais vraiment le revoir un jour, conclut-elle le rouge aux joues.

— Ce doit être possible. Si tu veux, nous irons glaner quelques informations pour le retrouver ? proposa Aubeline.

— Peut-être... plus tard... faut-il encore qu'il le souhaite lui aussi, répondit Alcidie, avant d'éluder le sujet. Maman, il reste un mystère que je n'arrive pas à éclaircir : je n'ai pas d'explication concernant mon aversion pour le grenier.

— Dans ton récit, tu évoques cette crise d'épilepsie que ton père y a faite quand tu avais quatre ans. N'est-ce pas cet évènement qui t'a perturbée au point de ne plus vouloir y monter ?

— Oui assurément, mais... Lotti-Eve... Pourquoi ai-je cru qu'elle était coupable d'avoir fait du mal à Papa ce jour-là ? Je ne l'ai jamais connue.

— Peut-être faudrait-il que tu m'accompagnes au grenier ma petite fille, intervint Orson qui venait de les rejoindre. La réponse s'y trouve immanquablement. Je comptais justement m'y rendre et j'ai mal aux jambes. Pourrais-tu m'aider à gravir les marches qui y mènent ?

— Orson, répondit-elle, hésitante. Je ne sais pas si je suis prête.

— Ne souhaites-tu pas connaître le lieu où j'ai déniché le carnet noir serti d'éclats de pierre de roche ? ajouta Orson, clin d'œil à l'appui.

— Alors, il vient vraiment du grenier ? demanda Alcidie. Tu savais pertinemment que ce carnet attirerait mon attention. Tu l'as intentionnellement déposé dans la bibliothèque ?

— Bien entendu, ma petite fille ! Je savais que cet objet qui appartenait à ton père allait faire jaillir l'étincelle qui allumerait un brasier libérateur en toi. Bien sûr, je n'aurais rien entrepris de ce genre sans l'aval de mes complices de toujours. N'est-ce pas, Aubeline ?

— Maman ? Tu étais au courant ?

— Eh bien... Oui, répondit-elle un peu mal à l'aise. Rosamé

aussi. Nous avons fait en sorte de te mener sur une voie sans savoir si tu la suivrais. Nous l'avons fait en espérant te voir accepter la réalité à ta façon, en parcourant les chemins cachés entre tes rêves. Et ça a marché, bien mieux que nous l'espérions.

—Et Lotti-Eve, pourquoi n'en parlez-vous jamais ? Toi grand-père, qu'est-ce qui t'en empêche ?

— Le chagrin qui borde mes yeux et fait trembler mes lèvres à chaque fois que je prononce son prénom, ma chérie. Lotti-Eve est devenue ma Violette Aconit et je chéris cette illusion aussi sûrement que j'ai aimé ma femme. Je pense qu'il ne faut pas avoir honte de se raconter des histoires, tant qu'elles ne grignotent pas complètement la réalité. Montons au grenier, s'il te plaît, conclut-il en tendant la main vers Alcidie.

Alcidie serra cette main tendue et elle suivit son grand-père dans les escaliers. Arrivé en haut des marches, le vieil homme poussa la porte en bois qui émit un grincement sinistre. Une odeur de poussière et d'objets anciens submergea Alcidie qui resta prostrée, alors qu'Orson s'engouffrait dans l'antre aux mille souvenirs. Sur le pas de la porte, elle respira profondément et ferma les yeux.

— N'aie pas peur, lui souffla Orson en lui prenant la main, je suis avec toi.

Alcidie posa alors un pied tremblant sur le vieux plancher de bois qui craqua. Il hurla sa complainte et maudit Alcidie qui déposait son pied de vivante sur son bois mort.

Et il craqua encore lorsqu'elle déposa son autre pied sur ses lames, qui la maudirent et hurlèrent leur aversion pour les vivants. Ensevelie sous les odeurs qui se glissaient dans son nez et la poussière qui recouvrait chaque centimètre carré de sa peau, Alcidie fut soudain submergée par l'émotion. Ses sens éprouvèrent le passé avant même que sa mémoire ne s'encombre de réminiscences qui se bousculèrent dans son esprit. Orson la guida jusqu'à un fauteuil sur lequel il l'invita à s'asseoir. Un vieux fauteuil qui devait renfermer l'âme de défunts dont les sanglots résonnaient maintenant dans son dos.

— C'est le fauteuil de Lotti-Eve, déclara Orson.

Alors Alcidie ouvrit bien grand ses yeux. Puis elle scruta le vieux fauteuil. Le fauteuil suranné de Violette Aconit. Alcidie se raidit quand le plancher grinça de nouveau sous les pieds de Rosamé et d'Aubeline.

— Regarde autour de toi Alcidie, déclara Rosamé, qu'est-ce qui s'est passé, ici ? Qu'est-ce qui a bien pu te faire peur à ce point ?

Alicidie balaya le grenier de son regard à la fois inquisiteur et craintif. Les odeurs d'objets anciens, la poussière qui flottait dans les rais de lumière, les tissus délavés, les portraits couleur sépia ... les portraits !

L'évidence la frappa.

— Je sais ! s'exclama-t-elle. Je sais ce qui s'est passé dans ma tête de petite fille ! Regardez cette photo !

— C'est un portrait de ta grand-mère, il a toujours été suspendu ici ... Oh ! Je crois comprendre ... murmura Aubeline, qui s'était approchée de la photographie.

— Je me souviens être venue ici, avec Papa, continua Alcidie. Il voulait me faire découvrir les trésors contenus dans cette malle, celle qui renferme les vêtements de ma grand-mère...

— Les costumes de théâtre qu'elle avait confectionnés, précisa Orson. Et peut-être te souviens-tu de cette paire de chaussures ? dit-il en dévoilant les souliers à talons aux bouts pointus, décorés de petits papillons noirs.

— Ce sont les bottillons de Violette Aconit ! s'extasia Alcidie en les saisissant. Ils s'étaient donc faits une petite place dans le fond de ma mémoire !

— Sais-tu pourquoi tu avais si peur du grenier maintenant ? demanda Rosamé.

— C'est parce que j'ai transformé la réalité. Dans mon souvenir, Lotti-Eve était présente quand Papa s'est effondré sur le plancher, terrassé par une de ses crises. J'ai même imaginé qu'elle l'avait rendu malade. C'est idiot, dans mon esprit de petite fille, Lotti-Eve avait tué Papa. Le grenier est alors devenu un endroit sinistre où demeuraient des souvenirs dangereux. Ce sourire, ajouta-t-elle en s'approchant du portrait. Je l'ai mal interprété, il m'a paru diabolique ce jour-là. Je pensais qu'elle se moquait de moi. Alors qu'aujourd'hui, il me semble exprimer une douce mélancolie. Ma mémoire m'a joué de vilains tours.

— Elle a été influencée par tes émotions, tes perceptions et ton imagination, déclara Rosamé. La mémoire est capricieuse. Il est parfois difficile, voire impossible, de distinguer ce qui relève d'un souvenir réel ou d'un souvenir reconstruit. Je suis heureuse que tu sois enfin libérée de ces images qui te hantaient.

Oui, Alicidie se sentait plus légère, elle était réconciliée avec son passé. Elle n'avait plus peur du grenier. La frayeur qu'elle avait ressentie ce jour-là devant le portrait couleur sépia de Lotti-Eve s'évanouissait enfin, emportant avec elle son voile de larmes aveuglantes.

Le Jour des épines

> « Qu'entend-on par réalité ? Cela semble être quelque chose de très changeant sur quoi on ne peut compter ...»

Une chambre à soi - Virginia Woolf

À mesure que ses souvenirs s'éclaircissaient, Alcidie prenait conscience de leur importance. Elle était toujours intimement convaincue qu'il fallait se méfier de la mémoire, qu'il ne fallait pas se laisser aveugler par les souvenirs car ils étaient changeants, malléables, interprétables. Aussi inconstants que l'espace et le temps.

Elle avait découpé les fibres d'illusions brodées sur la trame impalpable de son passé. Elle avait taillé en pièces les lambeaux de mensonge pour ensuite coudre bout à bout les fragments de vérité. La toile des instants révolus avait été reprisée, et de sa structure imparfaite, s'étiraient de longs fils qui glissaient sur le présent pour de se déployer vers l'avenir. Les temporalités étaient entremêlées, interconnectées, Alcidie ne pouvait plus le nier. Dorénavant, elle écouterait attentivement le chant bienveillant du passé et ignorerait ses complaintes mortifères.

Au fil du temps, au fil de l'eau.

Le long fil du PASSÉ
Enroulé sur des ASPES,

Glissait comme un SERPENT
Brodé par le PRÉSENT,

Sur la voile d'un NAVIRE
En route vers l'AVENIR.

Le plus douloureux de ces instants révolus, celui qui faisait naitre en elle des émotions contradictoires, Alcidie l'avait paré de véracité. Elle avait dépouillé le *Jour des épines* de ses illusions, de cet être imaginaire qu'était *l'Oncle Miroir*, pour y faire germer les fleurs de la nostalgie.

C'était onze ans plus tôt. Dans le jardin.

Cachée dans un buisson, la petite Alcidie, âgée d'à peine cinq ans, avait observé Aubeline qui l'appelait. Elle l'avait trouvée belle à cette heure du soir, quand les rayons du soleil s'étaient affaiblis et avaient parsemé sa chevelure de reflets mordorés.

— Alcidie, où es-tu ? Ton père aimerait te dire bonne nuit, il est très fatigué. Viens vite ma chérie !

— Je suis là, Maman ! J'arrive !

La fillette était brusquement sortie de sa tanière et s'était ruée en riant sur Aubeline, qui l'avait accueillie les bras grands ouverts. Des effluves agréables de miel avaient empli ses poumons au moment où elle avait enfoui son petit nez dans les cheveux lisses de sa douce maman. Relevant la tête, elle avait tendrement attrapé le visage de celle-ci entre ses deux petites mains potelées et avait arrimé son regard au sien.

— Maman, tu es la plus jolie des princesses et je t'aime de tout mon cœur.

— Moi aussi je t'aime, mon petit trésor. Viens, il ne faut pas faire attendre Papa.

Elles s'étaient dirigées vers la seule chambre du rez-de-chaussée, au bout du couloir, au nord. Théophane était étendu sur son lit. Il avait attendu Alcidie avec impatience, comme chaque soir depuis déjà plusieurs semaines.

Les crises d'épilepsie qui mettaient à rude épreuve ses nerfs et désorganisaient ses neurones lui semblaient de plus en plus rapprochées. Il se sentait prisonnier, pris en étau entre le désir de pratiquer son art et l'impossibilité grandissante de se remettre de ces crises imprévisibles. Blessé de l'intérieur, il n'était plus que l'ombre de lui-même.

Chaque soir, Alcidie avait pris l'habitude de venir le serrer dans ses bras avant qu'il ne parte pour les contrées du rêve. Elle en profitait pour lui raconter sa journée.

Attendri, Théophane l'avait écoutée attentivement. Il avait souri. Le son de la voix de sa fille avait bercé son esprit. Ses histoires d'enfant l'avaient consolé de ne plus pouvoir en écrire lui-même. Et son rire cristallin avait apaisé ses souffrances.

Avant qu'Alcidie n'aille dormir, Théophane lui avait offert une pierre lisse et douce ponctuée de minuscules éclats dorés et parcourue d'arabesques qui évoquaient le lierre. Puis il avait murmuré des paroles qui resteraient gravées dans sa mémoire. Des paroles qui émergeaient de son esprit inventif et qui allaient titiller l'imaginaire de sa fille.

— Cette pierre est la clé du mystère, garde la toujours avec toi. Un jour viendra où tu seras capable de remettre les choses à leur place, pour apaiser les esprits. Mais il faudra toujours te méfier de l'homme qui a le cœur sur la main ! Je t'aime.

Cette nuit-là, Alcidie avait rêvé de l'inquiétante femme aux cheveux argentés. Cette femme énigmatique nimbée d'une brume violine, qui allait longtemps hanter ses nuits. Violine, c'était la couleur la plus ambiguë qu'elle connaissait. Ni chaude ni froide, fascinante et énigmatique, cette couleur clair-obscur correspondait exactement à l'image de cette femme venue des limbes de son imagination.

Quelques heures après avoir serré son père dans ses bras, Alcidie s'était endormie. Elle s'était mise à rêver. Et dans ce songe, le jardin était peuplé d'ombres inquiétantes qui se mouvaient lentement. La frayeur et l'émerveillement s'étaient emparés d'elle quand la silhouette féminine était sortie du bois. Cette femme était d'une beauté irréelle, étrange, insaisissable. Elle était terrifiante. Un vrai mystère.

L'extraordinaire créature s'était avancée sur la pelouse, suivie par une nuée impressionnante de demoiselles et de papillons. Elle s'était mue comme une fée vaporeuse aux souliers immaculés, dont la cape paraissait faite d'un morceau de ciel étoilé. Sa chevelure, incroyablement longue, était restée suspendue dans un mouvement évoquant les ailes d'un ange. Elle s'était soudain arrêtée, s'adressant au père de la fillette qui semblait l'avoir attendue.

C'est à ce moment-là que, réveillée par un cri de douleur qui avait résonné dans la nuit, Alcidie s'était précipitée vers la fenêtre de sa chambre. Elle avait scruté la pénombre, et y avait découvert son père qui enserrait sa tête entre ses mains tremblantes. Il s'était écroulé, terrassé par une crise qui allait provoquer une apnée respiratoire responsable de sa mort. Aubeline avait accouru, mais elle n'avait rien pu faire pour le sauver. Alcidie était censée dormir depuis longtemps. Traumatisée, elle ne dormit plus jamais sur ses deux oreilles.

Le lendemain matin, elle avait attendu dans sa chambre que Maman vienne la chercher pour prendre son petit déjeuner. Elle avait entendu des pleurs au loin. Puis des pas avaient résonné dans l'escalier. Effrayée, elle avait couru se cacher sous sa couette, pensant que les pas pouvaient être ceux de la femme aux longs cheveux argentés qui venait la chercher. Elle avait saisi le petit caillou lisse et doux de son père pour se réconforter, avant de chantonner sa comptine préférée : celle que Théophane lui fredonnait dans le creux de l'oreille quand elle avait peur.

Puis, doucement, la porte s'était ouverte. Rosamé était entrée, le regard empli de tristesse. Elle avait pris Alcidie dans ses bras et tout en la cajolant, lui avait confié deux nouvelles aussi tragiques que révoltantes : les secours étaient arrivés trop tard, son père avait rendu son dernier souffle durant la nuit.

À cette annonce, Alcidie avait eu l'horrible sensation que mille épines s'étaient enfoncées au même instant dans son petit cœur tendre. Déversant son chagrin en larmes ruisselantes pour évacuer cette sensation douloureuse, elle avait couru vers la fenêtre.

C'était le *Jour des épines*, mères de ce petit monstre qui sommeillait en elle. Les épines acérées qu'elle saurait un jour retirer de son cœur.

ÉPINES

PEINES

Plus tard, à l'endroit même où s'étaient effondré Théophane, Rosamé avait planté un petit bouquet de myosotis pour Alcidie. Il était là, tout petit, comme un adieu. Portant le message de son père lui intimant de ne pas l'oublier.

Forget me not.
Jamais elle ne l'oublierait.

Carnet myosotis,
14 jours après le Jour des Épines ✾
Crayon bleu sur papier blanc

(Avec l'aide de Rosame, ma Tatie jolie)

 Je vais changer de couleur demain. Je suis triste parce que j'aime beaucoup le bleu du myosotis. C'est la fleur de Papa !

 Maman dit que c'est la couleur de l'amour et que la fleur dit : Ne m'oublie pas ! En anglais on dit Forget me not.

 Je vais changer de couleur demain et je crois que je vais choisir le vert d'eau, c'est une couleur câline. J'ai besoin de beaucoup de câlins maintenant. Encore plus qu'avant.

 Papa m'avait offert des belles boucles d'oreilles juste avant de partir. Deux petites fleurs en argent que Maman a attachées à mes oreilles. J'ai eu mal quand la dame a fait les trous. Mais moins mal que quand les épines ont percé mon cœur. Et c'est trop joli les boucles d'oreilles ! Plus joli que des épines dans un cœur qui saigne ! Alors j'ai pas pleuré 🍃

JOUR RADIEUX

« Faites que le rêve dévore votre vie afin que la vie ne dévore pas votre rêve. »

Antoine de Saint-Exupéry

Les histoires pouvaient être des pansements sur son petit cœur blessé par les épines de la vie. Alcidie l'avait bien vite compris. Mais ce dont elle était certaine maintenant, c'était qu'il aurait mieux valu désinfecter les plaies béantes de son cœur avant d'y apposer ces pansements. Car un pansement ne guérit pas. Il protège la blessure de ce qui pourrait la souiller davantage et engendrer des douleurs plus vives. Mais si vous enfermez ces souillures avec votre blessure, sous ce pansement qui est supposé leur faire écran, alors elle ne peut pas cicatriser convenablement. Elle s'infecte, elle enfle, et finalement, provoque d'autres maux.

Mais Alcidie n'était qu'une enfant quand ces entailles douloureuses avaient meurtri son petit cœur tendre. Une enfant qui s'était refermée comme une coquille pour endormir sa douleur. Ses proches ne l'avaient jamais abandonnée, ils avaient fait tout ce qui était en leur pouvoir pour l'aider à soigner son for intérieur.

Maintenant qu'elle se sentait libérée des épines du malheur, serait-elle à son tour en mesure d'apaiser d'autres petits cœurs meurtris ? Elle le souhaitait plus que tout.

C'est ainsi qu'elle renoua avec Ailill.

En lui proposant de lire son histoire.

Elle avait eu très peur qu'il la repousse encore une fois. Qu'il se mette en colère et qu'il l'injurie. Mais il n'en fit rien.

Ailill était plus serein depuis que le Docteur Pad s'occupait de lui, depuis qu'il lui apprenait à gérer les troubles dont il était victime. Il accepta sa proposition. Et contre toute attente, il se trouva apaisé par les mots d'Alcidie. Il avait enfin compris qu'elle ne lui voulait aucun mal. Malgré sa maladie, il avait su lire entre les lignes et comprendre qu'il s'était fourvoyé en imaginant qu'elle souhaitait sa mort. L'histoire d'Alcidie avait endormi ses pensées délirantes et ravivé la flamme de l'amitié qui brillait au fond de ses yeux. Son auréole de brume s'était évaporée et avait laissé s'épanouir de timides *Ondes d'Iris* aux reflets vert-de-gris.

— Je m'excuse de m'être emporté contre toi, Alcidie, lui dit-il les larmes aux yeux. Et je m'excuse de t'avoir effrayée avec la paire de ciseaux du Docteur Pad. Je le sais maintenant, j'en ai pleinement conscience : je suis malade. Quelque chose de sournois s'amuse avec mon cerveau. Ces ciseaux, je les ai volés au docteur lors de mon premier rendez-vous. Un vrai fiasco ce rendez-vous ! Et je m'en veux tellement d'avoir fait souffrir ma mère à ce point ! De t'avoir fait souffrir aussi. Tu sais, cette Damélia dont tu parles dans ton histoire, elle rôde toujours dans les méandres de mon esprit perturbé. Elle me hante et me fait dire et faire des choses que je regrette ensuite.

Alcidie le prit dans ses bras et le serra fort contre elle. Il souffrait, il était malheureux. Et cette souffrance déchirait son cœur.

— Je ne t'en veux pas, le rassura-t-elle avant de déposer un baiser sur son front. Tu seras toujours mon ami.

Il se redressa et posa ses mains de part et d'autre du visage d'Alcidie. Il la regarda longuement dans les yeux, ému et rassuré, mais honteux. Ses lèvres tremblaient, ses sourcils traduisaient sa gêne et cette envie furieuse de crier son amitié encombrait sa gorge. Il inspira profondément, puis il essuya ses yeux d'un revers de main et se leva, lourd de honte et d'émotions contradictoires.

— Maman m'attend, je dois y aller... Merci, Alcidie.

— Tu es certain de ne pas vouloir rester pour fêter mon anniversaire ?

— Non, c'est gentil, mais je ne me sens pas encore prêt à traverser le bois... Il y rôde de drôles de créatures... enfin... tu comprends, n'est-ce-pas ?

— Oui, je comprends. À bientôt, Ailill.

Alcidie le regarda s'éloigner en courant, laissant derrière lui sa rage ancienne, libéré d'un poids mort et des brumes du désespoir. Le cœur plus léger, il suivait dorénavant la voie salvatrice de l'apaisement.

Ailill, prince couronné d'espoir.

Il rétrécissait à mesure qu'il courait et bientôt, il ne fut plus qu'un tout petit point sautillant à l'horizon. Alors, Alcidie se leva. Il était temps de rentrer. Chez elle, Neven et Prunelle l'attendaient depuis trop longtemps.

Un an auparavant, le *Jour Rose* avait été calciné par les éclairs dans sa tête. La fête n'avait pas eu lieu. À la place, Alcidie s'était retrouvée clouée dans un lit d'hôpital, examinée et questionnée par une horde de fantômes nuance de gris qui déambulaient sur la toile vierge de sa nouvelle vie.

Alors, en ce jour teinté des lueurs de l'espoir, Alcidie allait fêter ses seize ans en compagnie de ses proches. Et ce jour, elle l'appellerait *Jour Radieux*.

Elle suivait le chemin qui serpentait entre les arbres séculaires du *Bois aux milles cheveux d'ange* en pensant à Ailill. Resterait-il encore longtemps son ami ? Qu'adviendrait-il de lui si Damélia décidait de s'éveiller et de le tourmenter de nouveau ? Saurait-il faire face ? Elle l'espérait de tout son cœur.

Les rayons du soleil jouaient avec le feuillage et s'échouaient à la surface de sa peau en des dizaines de points lumineux. Les oiseaux chantaient et volaient à travers la canopée. Les insectes bourdonnaient, grésillaient et stridulaient, sous le couvert des arbres et des buissons. Alcidie respirait les senteurs boisées qui lui soufflaient des bribes de souvenirs et grignotait les fruits des bois qui s'offraient à elle comme des trésors oubliés. Les sentiers du bois regorgeaient de merveilles.

— Ah ! Te voilà ! déclara Neven qui l'attendait assis sur une branche.

— Neven ! Tu m'as fait peur ! protesta Alcidie, surprise.

— Ça y est, j'ai lu ton histoire ! Merci d'être venu à mon secours.

Mourir dans les bras de Myrtha ! Non merci !

— Tu m'as sauvée des flots de l'*Effluviale*, il fallait que je te rende la pareille ! Prunelle n'est pas avec toi ?

— Ma sylphide aux prunelles ombrageuses est occupée, mais elle ne va pas tarder. Tu viens ?

Il la prit par la main et l'attira à sa suite, sur un chemin qui ne menait pas à la maison.

— Mais où m'emmènes-tu ?

— Fais-moi confiance, répondit-il guilleret. C'est une surprise, pour ton anniversaire. Je t'assure que tu vas l'apprécier.

— Qu'est-ce que tu me caches ? Maman nous attend à la maison !

— Non, répondit-il joyeusement. Elle ne nous attend pas ! Elle sait où nous allons.

Neven la conduisait sur les chemins tortueux du *Bois aux mille cheveux d'ange*. Elle savait exactement où elle se trouvait mais ne comprenait pas pourquoi son ami avait l'air si enjoué de l'y entraîner. Brusquement, il s'arrêta et fit volte-face.

— Alcidie, je vais te laisser ici et tu vas patienter quelques minutes, c'est d'accord ?

— Pourquoi es-tu si exalté ? Où est Prunelle ?

— Elle arrive, ne bouge surtout pas d'ici !

Puis il s'éloigna, la laissant plantée là, en plein milieu d'un magnifique tapis de bruyère aux belles nuances pourpres. Elle s'assit sur le sol, intriguée par la situation, puis se laissa bercer par le souffle du vent et les bruissements reposants de la forêt.

Au bout de quelques minutes, une brindille craqua, repoussant soudainement les rêves qui murmuraient déjà à ses oreilles. Ou peut-être que ce bruit la propulsa dans un rêve plus grand, plus flamboyant. Car une fois qu'elle se fut tournée vers le craquement, qui résonnait encore contre le tronc des arbres, elle fut traversée par une joie fulgurante et rougit violemment.

— Naoan, murmura-t-elle troublée par le regard profond qu'il portait sur elle.

Son souvenir lumineux était là, à quelques mètres, couronné de soleil et dévoré par l'envie de la rejoindre sur son tapis de bruyère pourpre. Lui non plus ne l'avait pas oubliée. Mais il hésita, il ne la connaissait pas encore assez pour oser.

La vue d'Alcidie se brouilla un instant, constellée d'étoiles scintillantes. L'émotion la gagnait tout entière. Naoan fit quelques pas timides vers elle. Le souffle du vent qui balayait la forêt ravit alors son parfum-sortilège qu'il transporta jusqu'à caresser le visage d'Alcidie. Elle inspira profondément les effluves merveilleux qui avaient le goût vert et frais de la chlorophylle.

— Bonjour, Alcidie.

Ses tympans vibrèrent au son de la voix claire de Naoan. Des milliers de papillons s'engouffrèrent subitement dans son estomac. Elle crut un moment se noyer dans cette vague de chaleur qui s'était déployée jusqu'au bout de ses doigts. Un rouge radieux consumait ses joues.

— Tu m'as reconnue ?

— Tes boucles d'oreille...

Alcidie y porta les mains, les deux petites fleurs en argent avaient servi de repère au jeune homme. Il ne l'avait pas oubliée et malgré la prosopagnosie, il l'avait tout de suite reconnue. Elle se leva et s'approcha de lui. Les *Ondes d'Iris* de Naoan se déployèrent alors en un puissant feu qui embrasa tout son être, ses joues, son cœur.

Alors, à cœur ouvert et à corps perdu, Alcidie s'approcha plus près encore, jusqu'à sentir le souffle tiède de Naoan sur son visage rougi. Elle laissa son regard plonger dans ses yeux verts cerclés d'anneaux dorés et doucement, elle déposa un baiser papillon sur ses lèvres pétales. Un baiser léger comme un murmure, doux comme un morceau de soie, traversé par des milliers d'éclats scintillants de poésie. Son rêve s'imprégnait de réalité, sa réalité se parait des brumes cotonneuses d'un rêve.

En cet instant de réalité envoûtante, lovée dans l'infini de l'espace, Alcidie saisit la main de son souvenir lumineux. Puis, ensemble, ils firent les premiers pas qui les menaient vers leur avenir commun, ils cheminèrent entre les songes en ayant conscience de *Rêver Double*.

Nulle part & partout

Il existe un univers, nulle part, ou peut-être partout à la fois. Un monde qui se love dans l'infini de l'espace, hors du cours évanescent du temps.

Un lieu incertain, à une époque indéterminée, où les rêves et les cauchemars prennent vie, où le jour côtoie la nuit.

Impalpable et indicible, aussi ineffable que les murmures portés par le vent, cet incommensurable monde est un lieu mystérieux où se mêlent les contradictions, les fantasmes et les non-sens.

Se perdre dans les méandres de cet ailleurs, un bref instant, inspire les artistes et les rêveurs éveillés.

En revanche, les infortunés qui s'y égarent, sont condamnés à errer longuement sur les chemins d'un monde halluciné, au travers d'un crépuscule éternel.

Alors, seuls et perdus, parfois hantés par leur propre esprit, ces égarés vivent une situation instable à la frontière des mondes. Un pied dans la réalité, un autre dans un ailleurs, ils marchent en équilibre sur le fil du rasoir, comme des funambules aveuglés et délirants au-dessus d'un gouffre sans fond.

Il existe un univers, nulle part, ou peut-être partout à la fois. Un monde ensorcelant dissimulé dans l'infini de l'espace, hors du cours évanescent du temps.

Un univers indicible, parcouru de cauchemars et de rêves lumineux, dans lequel il est bon de se perdre un instant.

Alors, lové dans une brume cotonneuse portée par le souffle léger d'un ailleurs enchanteur, les pieds bien ancrés dans la réalité et les yeux rivés sur le crépuscule éternel, la vie se pare de milliers d'éclats scintillants de poésie.

Cheminons entre les rêves sans toutefois nous y égarer.

Théophane Miroir

Fin

Achevé d'imprimer par
Booksfactory (Pologne)
Juin 2021